훌륭한 어머니들

훌륭한 어머니들

초판 1쇄 발행 2006년 10월 9일   초판 2쇄 발행 2006년 10월 16일

지은이 홍은희   **펴낸이** 김태영

기획 H2기획연대_연준혁

기획편집 1분사_ **편집장** 박선영   **책임편집** 오유미
1팀_양은하 도은주   2팀_오유미 가정실 김세희 3팀_최혜진 정지연 한수미
4팀_이효선 성화현   디자인_김정숙 하은혜 차기윤

상무 신화섭   **컨텐츠 기획** 노진선미 이유정 이화진   **제작** 이재승 송현주
마케팅 신민식 정덕식 권대관 송재광 박신용 김형준   **영업관리** 이재희 김은실
인터넷 사업 정은선 김미애 왕인정   **홍보** 김현종 허형식 임태순   **인사교육** 송진혁
광고 김정민 허윤경 이세윤 임효구   **경영지원** 하인숙 김도환 봉소아 김성자 고은미 최준용

펴낸곳 (주)위즈덤하우스   **출판등록** 2000년 5월 23일 제13-1071호
주소 서울시 마포구 도화 1동 22번지 창강빌딩 15층   **전화** 704-3861   **팩스** 704-3891
전자우편 yedam1@wisdomhouse.co.kr   **홈페이지** www.yedamco.co.kr
출력 으뜸프로세스 **종이** 화인페이퍼 **인쇄·제본** (주)현문

값 11,000원 ⓒ 홍은희, 2006 ISBN 89-5913-178-4 03810

우리 시대 최고의 인재를 키워낸 어머니들의 감동 스토리

훌륭한 어머니들

| 홍은희 지음 |

예담

위대한 어머니들의 제자리 찾기

모든 어머니는 훌륭하고 위대하다. '어머니 연구'를 해보고 싶다는 생각을 한 것은 그 위대성에도 불구하고, 한국의 어머니들은 여전히 하얀 그림자로 남아 있기 때문이다.

나의 이런 생각은 28년간 기자 생활을 하며 많은 여성 관련 기사들을 다뤄왔던 것과 무관하지 않다. 취재기자 시절에는 여성 권익에 대한 현장의 목소리를 전하고, 논설위원 시절에는 여성 정책에 대한 논평과 여성을 바라보는 사회적 인식의 굴곡을 지적하는 칼럼을 써왔지만, 무엇인가 부족한 듯한 느낌을 떨칠 수 없었다. 그것이 무엇이었을까 하고 이리저리 헤집어보다가 마침내 그 빈 공간이 우리 어머니들의 자리임을 발견했다. 그래서 이 '어머니 연구'는 어머니들의 제자리를 찾아주는 작업이나 다름없다.

모든 어머니는 위대하다는 이 불멸의 명제는 오늘날 아쉽게도 구두선에 그치고 있다. 불행하게도 어머니의 위대함이 일상 속에 묻혀 있기 때문이다. 그러나 시각을 달리하면 일상만큼 영향을 크게 미치는 것도 없다. 일상의 위대함을 증명해 낼 수 있다면, 어머니의 위대성을 밝히는 일 또한 그리 어렵지 않을 것이다.

이 책은 일상 속 평범한 어머니의 모습 속에서 그들의 위대함을 찾아내는 데 그 취지가 있다. 이를 위해 격변의 한국 사회에 뚜렷한 족적을 남기고 있는 현대 인물들의 어머니를 대상으로 삼았다. 사회적으로 존경을 받거나, 성공했다고 평가받는 인물들이 당초 자신들에게 주어진 환경을 뛰어넘을 수 있었던 동인을 어머니의 위대성에서 찾아보자는 것이다. 심층 인터뷰를 통해 그들의 어머니는 어떤 사람이었으며, 어머니들의 일상은 어땠는지, 그 속에서 무엇을 자녀에게 남겨주었는지를 살펴보았다.

어머니가 생존해 있는 경우에는 직접 만나 그들의 육성으로 지난 행적을 더듬어 살피고자 했다. 소프라노 조수미의 어머니 김말순, 바둑기사 이세돌의 어머니 박양례, 정동영 전前 열린우리당 의장의 어머니 이형옥 등이 이런 경우이다.

어머니가 작고한 경우에는 그 자녀들의 증언을 통해 어머니의 삶을 들여다보았다. 박근혜 전 한나라당 대표의 어머니 육영수, 이명박 전 서울시장의 어머니 채태원, 정운찬 전 서울대학교 총장의 어머니 이경희, 박원순 희망제작소 상임이사의 어머니 노을식 등이 그러하다.

어머니가 와병 중이거나 부득이 한 경우에도 그 자녀들의 증언으로 어머니의 삶을 추적해 보았다. 김정태 전 국민은행장의 어머니 강정례, 오연호 오마이뉴스 대표이사의 어머니 최명순 등이다.

현 한국 사회를 대표하는 이들 9인의 어머니들에게서 보여지는 공통점은 현실에 안주하지 않았다는 것이다. 몹시 가난한 형편에서 많은 자녀들을 길러야 했음에도 이들은 가난을 '숙명'으로 여긴 채 현실에 굴복하지 않았다. 그들은 자녀들 가운데 특출난 가능성을 보이는 자녀에게 '선택과 집중'을 함으로써 미래에 대한 혜안을 갖고 있었다.

동시에 이들은 자녀에 대한 전폭적인 신뢰와 기대를 갖고 있었다. 이들이 지닌 신뢰는 자녀들에게 때로는 책임감으로, 때로는 자신감으로 작용해 현재의 어려움을 극복하고 자신을 바로 세우는 기둥이 되었다.

그렇다고 해서 '귀한 자식'에게는 모든 것이 다 면제되는 '귀공자식' 교육을 한 것은 아니다. 아무리 귀한 존재라도 일하지 않으면 안 된다는 것을 일찍부터 가르쳤다. 어머니가 보여주는 일에 대한 열정, 부지런함 등을 통해 자녀들은 자신의 역할을 스스로 깨달았다.

일상 속에 깃들어 있는 어머니의 위대함은 대물림된 것이라는 점은 몹시 흥미롭다. 이 책에 등장하는 어머니들의 삶의 태도는 그 부모의 영향이 컸음을 보여준다. 특히 어머니는 딸이 어머니가 되는 데 결정적인 역할 모델이 되었던 것이다. 『대통령을 키운 어머니들』을 쓴 보니 앤젤로는 이 어머니들이 그들의 아버지로부터 많은 영향을 받았음을 밝힌 바 있다.

책을 쓰는 동안 개인적으로 많은 변화가 있었다. 공직을 맡기도 했으며, 28년간 몸담았던 직장과 직업을 접고 새로운 직업을 찾아 제2의 인생을 시작하기도 했다. 기획에서 취재와 집필에 이르기까지 2년 6개월이라는 결코 짧지 않은 시간이 필요했던 이유이기도 하다.

30개월이라는 시간 동안 인터뷰에 응했던 이들에게도 많은 변화가 있었다. 특히 정치인들은 현직에 있을 때 인터뷰를 했지만, 책이 나온 지금 모두 그 자리에서 물러났다. 이세돌 9단은 올봄 형들과 누나를 앞질러 결혼을 해, 어엿한 가장이 되었다. 박원순 변호사도 인터뷰를 했을 당시 아름다운가게 상임이사였으나, 이의 성공과 함께 후배에게 자리를 넘겨주고 이제 정책개발 싱크탱크인 희망제작소를 설립해, 전국을 무대로 한국 사회 발전의 새로운 모색을 시도하고 있다.

그중에서도 가장 잊을 수 없는 이는 정동영 전 열린우리당 의장의 어머니 이형옥이다. 이형옥은 인터뷰 작업 후 책이 완성되기 전에 눈을 감았다. 2005년 2월 그녀의 생애 처음으로 했던 인터뷰에서 고령임에도 불구하고 또렷한 기억력과 유머 감각을 유감없이 발휘해 깊은 감동을 주었었다. 향년 83세라는 연세와 관계없이 그녀의 별세 소식은 너무나도 당황스럽고 안타까운 일이 되고 말았다.

이 책을 내면서 정말 많은 이들에게 빚을 졌다.

가장 첫 번째가 바로 인터뷰를 허락해 준 이들이다. 바쁜 가운데도 불구하고 '어머니 연구'라는 낯선 작업에 신뢰를 실어 기꺼이 응해준 분들에게 머리 숙여 감사드린다. 특히 나 자신조차 첫 단추를 어떻게 끼워야 할지 몰라 헤매고 있을 때 인터뷰에 응해줘 이 연구 작업의 물꼬를 터준 정운찬 전 서울대학교 총장에게 고마움을 더하고 싶다. 만약 첫 단추를 제자리에 채우지 못했다면 '어머니 연구'는 어디까지나 나의 의욕이었을 뿐 현실화되지 못했을 것이다. 나아가 깊은 우울증과 싸우고 있는 병석의 어머니를 대신하여 인터뷰에 응해준 김정태 전 국민은행장, 몇 번씩 보완과 확인을 요청하는 번거로움에도 불구하고 성실하게 온 마음을 쏟아준 오연호 오마이뉴스 대표이사, 쉴새없이 몰려드는 공무에도 이 책의 취지를 충분히 이해해 적극적 지원을 아끼지 않은 이명박 전 서울시장, 박근혜 전 한나라당 대표

등이 있었기에 제대로 모양새를 갖출 수 있었다.

또한 나의 전 직장이기도 한 중앙일보 후배 기자들에게도 갚을 수 없을 만큼 많은 빚을 졌다. '어머니 연구'가 하고 싶다는 나의 개인적 욕구에 부응해 자신들의 인맥을 동원하고 일이 제대로 진행될 수 있도록 시간과 관심을 아낌없이 나누어주었다.

나의 밋밋한 연구가 색깔을 지닐 수 있게 방향을 잡아주고, 멋진 책으로 탈바꿈할 수 있도록 물심양면으로 애써 준 연준혁 기획실장에게도 큰 빚을 졌다. 집필 중에 흔들리거나 방황하는 나를 격려와 지지로 다시 일으켜 세우고, 늦은 탈고에도 묵묵히 기다려준 데 대해 고마움과 미안함을 함께 전한다.

이 책에 실린 아홉 분의 어머니들 외에도 인터뷰한 이들이 있었으나 편집상 싣지 못한 이들에게 송구하기 짝이 없다. 비록 마침표를 찍었지만, 숙제를 다한 느낌이 들지 않는 것은 아직도 미완으로 남겨진 어머니들의 이야기가 많이 남은 까닭이리라.

2006년 10월

홍은희

| contents |

김.말.순

오페라계의 프리마돈나 조수미의 어머니

Theme 01

잠재된 재능을 키워
세계를 무대로 꿈을 펼치다

조수미

1962년 서울에서 태어나 1983년 서울대학교 음악대학을 수료한 후 이탈리아로 유학을 가서 산타체칠리아 음악원을 졸업했다. 1986년 이탈리아 오페라 「리골레토」의 질다 역으로 데뷔한 후 올해로 국제 무대 데뷔 20주년을 맞은 그녀는 1986년 헤르베르트 폰 카라얀에게서 '신이 내린 목소리'라는 극찬을 받았다. 음악에 대한 열정과 한국인으로서의 긍지를 가슴에 담고 세계적인 소프라노로서 활발한 활동을 펼치고 있다.

사랑하는 수미에게

오늘은 하늘이 무척 맑았다. 쪽빛 가을 하늘은 언제 보아도 상큼하구나. 투명한 하늘을 가로질러 쏟아지는 가을 햇빛은 어쩜 그리 고운지.

도심의 가을 향기에 취하고 싶어 광화문에 갔다. 서점에 들러 시집도 몇 권 샀다.

꿈에 취한 소녀처럼 시집을 가슴에 안고 돌아오며 무척 행복했단다.

시인이 살아가기 힘든 세상이라고도 하고, 제대로 시를 알아보는 이조차 없는 시대라고도 하지만 반드시 그런 것은 아닐 게다. 시집을 고르는 내 곁에서 몇몇 사람들도 열심히 책장을 뒤적이며 있었으니까.

요즘도 나의 글쓰기는 여전하다. 큰 진전을 보이는 것은 아니지만, 그래도 조금씩 나아지고 있는 듯하다. 네가 잘 알다시피 시 쓰기만큼 엄마를 사로잡는 것은 없으니까.

은은한 클래식 음악을 들으며 '오늘의 편지'를 쓰던 김말순은 잠시 펜을 멈췄다. 시계는 자정을 지나고 있었다.

'지금 로마는 4시겠지. 수미는 지금 산타체칠리아 음악원에서 음악사 강의를 듣고 있겠네.'

얇은 항공우편용 편지지는 다하지 못한 말순의 마음처럼 아직 흰 여백을 남기고 있었다. 그녀는 다시 펜을 잡았다.

오늘 고른 책 가운데 몇 권을 네게 보낸다.

삶이란 행복과 기쁨을 주기도 하지만 고단하고 가시투성이일 때도 있지. 이럴 때 책은 우리에게 가장 큰 위안을 줄 수 있어. 책 속에 길이 있음을 잊지 말기를.

어릴 때부터 독서광이었던 너니까 지금도 많은 책을 읽고 있을 거라 생각한다. 그런데도 내가 책을 보내려는 것은 로마에서는 우리말로 된 책을 구하기 어려울 것 같기 때문이란다. 엄마는 네가 늘 모국어로 된 책을 읽었으면 해. 많은 세월이 흐른 뒤에도 지금처럼 우리의 언어로 한 치의 간격도 없이 서로 흉금을 털어놓을 수 있기를 바란단다.

우리말의 아름다움을 잊지 않기를. 그래서 수미가 언제나 한국의 딸임을 기억하길. 그것이 엄마의 소망임을 잊지 말아라.

1983년 4월

엄마가

세상에서 가장 친한 사람

1983년 3월 서울대학교 음악대학 2학년에 다니던 딸 조수미를 낯선 땅 이탈리아로 유학을 보낸 뒤 말순은 한동안 안절부절못했다. 친지 한 명 없는 낯선 타국에서 외롭게 살아갈 딸의 얼굴이 계속 어른거렸던 탓이다.

'언제든 흉금을 털어놓을 수 있는 수미의 대화 상대가 필요해.'

지난 세월 동안 그녀는 딸과 모든 것을 함께했다. 말순은 수미의 유학 생활로 인해 모녀의 끈이 헐거워져서는 안 된다고 생각했다. 그러기 위해서는 자신이 수미의 대화 상대가 되어야 했다. 며칠 동안 궁리한 끝에 새로운 방안을 찾아냈다.

말순이 생각해 낸 대화 방식은 매일 편지를 쓰는 것이었다. 한국과 이탈리아는 비행기로도 13시간이 넘게 걸리는 곳이다. 편지 쓰기는 물리적인 거리가 심리적인 괴리로 돌아오지 않게 하려는 방편이었다. 마산여자중·고등학교를 거치면서 문학가를 꿈꿔 온 그녀는 어린 수미가 어머니의 직업을 시인으로 알고 있었을 정도로 줄곧 습작을 해왔다. 그런 그녀인지라 글쓰기가 낯선 일은 아니었다. 그녀는 자신의 일과나 일상에서 스친 상념들을 적어 보내기 시작했다. 요즘이야 메신저라는 편리한 소프트웨어가 있어서 네트워크로 연결된 컴퓨터를 이용해 세상 어느 곳이든 가리지 않고 실시간으로 대화를 나눌 수 있지만, 1980년대 중반에는 전화 통화조차 쉽지 않았다. 국제 통화료가 턱없이 비쌌기 때문이다.

말순의 이런 노력은 수미로 하여금 '이 세상에서 가장 친한 사람은 어머니'라는 인식을 갖게 만들었다. 비록 몸은 이역만리 떨어져 있을지언정 지금 딸이 무엇을 하고 있는지 훤히 꿰뚫을 정도로 모녀 관계는 더욱 돈독해졌다. 눈에 보이지 않는다고 해서 반드시 마음에서도 멀어지는 것은 아니다. 존재와 느낌의 공유란 별개인 것이다. 어떤 방식으로라도 딸을 가까이에 두겠다는 일념이 말순으로 하여금 커뮤니케이션의 수단을 찾게 만들었던 것이다.

　며칠 후, 수미의 경쾌한 목소리가 전화를 통해 울려왔다.

　"엄마, 다 읽었어요. 너무 재미있어서 밤을 꼬박 새웠어요. 좋은 책 보내주셔서 고맙습니다. 또 보내주시는 것, 잊지 마세요."

　수화기 저편의 수미 얼굴이 어른거렸다. '내 착한 딸.' 말순은 칭찬을 하고 싶었지만 좀처럼 말을 잇기 어려웠다. 벅찬 감격으로 가슴이 떨려왔기 때문이다. 어린 나이에 유학을 떠난 탓에 서양문화만 자꾸 접하다 보면 우리말 어휘를 다 잊어버릴지도 모른다는 걱정이 말순의 마음을 불안하게 했었다. 그런데 어머니의 간절함이 담긴 우리말로 된 책을 마치 어머니의 언어를 어루만지듯 설레는 마음으로 밤을 밝혀 읽었다지 않는가. 딸이 읽은 것은 글자만이 아니었다. 수미는 말순의 마음까지 올올이 헤아린 것이다.

　세계 오페라계의 정상급 프리마돈나로, 세계를 무대 삼아 공연을 하다 보니 1년에도 수십 번씩 딸의 주소가 바뀌는데도 말순은 지금껏 틈만 나면 책을 보내고 있다. 조국을 떠나 있어도 우리나라 사람들의 말과 생각을 잊지 말라는 뜻에서다. 한국이 낳은 인물 가운데 세계를 무대로 활동하는 예술가들이 한둘이 아니건만, 독창회나 콘서트 무대에서 한국 디자이너의 무대 의상을 입고, 한국 대표 브랜드 뮤지컬이 된 「명성황후」의 주제가를 부르고, 2002 월드컵이나 2006 월드컵 같은 국가적 관심사에 항상 기꺼이 달려와 응원가를 부르는 등 '조국을 사랑하는 프리마돈나'로 조수미가 단연 첫손가락에 꼽히는 것은 이런 말순의 교육에서 비롯된 것이다.

'책과 벗하라'는 말순의 가르침은 그녀의 어머니로부터 이어받은 것이다. 어린 시절 말순은 책을 읽는 어머니를 자주 보았다. 『도덕경』 같은 책을 짬만 나면 읽었다. 선비집 외동딸이었던 말순의 어머니는 아들이 아닌 까닭에 서당에 다닐 수는 없었다. 그러나 여자도 배워야 한다고 생각한 부친은 딸에게 글을 가르쳤다. 글을 깨우친 말순의 어머니는 늘 손에서 책을 놓지 않았으며, 그 시대의 여성들처럼 부덕을 익혔지만 '여자는 글을 배울 필요가 없다'는 당시의 풍조에 따르는 것은 거부했다. 『유충렬전』 같은 이야기를 들려주면 줄거리를 통째 외워두었다가 붓글씨로 옮겨 서책을 만들었다. 그런 까닭에 많은 이야기를 줄줄 꿰고 있었다.

말순의 어머니는 독특한 방법으로 말순에게 책읽기를 가르쳤는데, 바로 일을 시키면서 이야기를 활용하는 것이었다. 목화 씨뽑기를 해야 할 때 말순의 어머니는 딸들에게 "이야기를 하나 해줄 테니 이것 좀 까라" 하면서 커다란 자루에서 목화를 퍼 담은 그릇을 슬며시 내미는 식이었다. 일상생활 속에서 자연스럽게 책의 재미를 느끼게 한 것이다.

이런 어머니의 가르침 속에서 말순도 책과 친해졌다. 덕산리에서 마산여자중학교까지 기차통학을 하던 말순은 가끔 지각을 했다. 문학에 빠져 있던 말순은 김말봉의 『백화』 같은 소설을 일단 손에 들면 다 읽고 나서야 비로소 잠을 청한 탓이다. 새벽 4시 먼동이 터오르며 책장을 덮는 날이 부지기수였다. 학교까지 문학 책을 가져가 수업 시간에 몰래 읽다가 들켜서 벌을 서기도 했다. 『인형의 집』, 『적과 흑』

등 고등학교 1학년 때 그녀가 읽은 책만도 40여 권이 넘는다.

　말순은 인생에서 처음부터 끝까지, 어떤 경우에도 함께할 수 있는 유일한 벗은 바로 책이라는 신념을 갖게 되었다. 그녀는 수미가 어린 시절부터 책을 즐겨 읽도록 세심한 관심을 기울였다. 수미에게 변성기가 찾아왔을 때 말순은 음악 책은 물론 세계명작을 섭렵하게 했다. 『파브르 곤충기』, 『플루타크 영웅전』, 『소공녀』 등 36권으로 된 계림문고 전질을 모조리 숙독하게 했다. 변성기 후 목소리가 달라져 좌절할 수도 있다고 여긴 그녀는 만약 딸이 좌절하더라도 책 속에서 다시 길을 찾을 수 있을 것이라 여겼기 때문이다. 수미가 성악가의 길을 걷기로 한 다음에는 더욱 우리 문학 작품을 읽히는 데 주력했다. 노랫말은 바로 시였다. 노래와 문학은 자연스럽게 서로 연결돼 있다고 여긴 그녀는 독일 리드를 연습하는 수미에게 이렇게 조언했다.

　"이 가사를 몇 시간이든 읽어봐. 자꾸 읽다 보면 그 뜻을 넉넉히 헤아릴 수 있지 않겠니? 그러면 가슴으로 노래를 부를 수 있을 거야."

무슨 일에든 당당하게 맞서다

조수미는 성격면에서 어머니와 닮았다. 세계를 향한 당당함, 포기하지 않는 꿈들이 그것이다. 말순의 지난날을 살펴보면 오늘의 조수미를 엿볼 수 있다.

　집안의 경제 사정과 관계없이 말순이 고등학교에 진학하는 것은 불가능했다. '여자가 배워서 뭣에 쓰냐', '여자가 많이 배우면 골치만 아프다'는 식의 당시 생활 풍조 때문이었다. 여자에게는 배움보다 결혼이 먼저였다. 나이가 찬 처녀들은 주위에서 가만히 내버려두지 않았다. 초등학교 시절부터 교사들의 기대주였던 말순의 큰언니도 중매쟁이의 등쌀에 18세에 학업을 중단하고 여섯 살 위인 신랑과 결혼을 했다. 말순 역시 같은 길을 걸을 게 뻔했다. 그러나 그녀는 포기하지 않았다.

마산 숙부댁에서 학교를 다니고 있던 중학교 2학년생 말순은 추석을 앞둔 어느 날 아버지의 부름을 받았다.

"어머니가 하혈을 많이 해서 누워 계신다. 뇌빈혈로 쓰러져 거동을 하시기 어렵구나. 그러니 네가 집안을 돌봐야겠다."

이튿날 말순은 집으로 가는 열차를 탔다. 며칠이면 될 것이라 생각했던 말순의 예측은 빗나갔다. 계절이 바뀌어도 어머니는 차도를 보이지 않았다.

며칠 밤을 하얗게 뒤척이던 말순은 마침내 결심을 했다. 그리고 아버지를 찾았다.

"저, 학교에 가겠습니다."

아픈 어머니를 돌보기 위해 읍내의 작은어머니(부친의 둘째부인)를 데려오기로 한 날, 말순은 정중하지만 단호한 어조로 부친에게 말했다. 아버지의 말에 거역해 본 적이 없는 그녀였다. 이런 당돌함은 처음이었다. 아버지와의 말없는 싸움은 두 달이 넘도록 지리하게 계속되었다. 공부를 계속해야겠다는 말순의 굳은 의지는 마침내 부친을 손들게 했다. 수업 공백을 메우느라 이를 악물었던 그녀는 마침내 동급생과 나란히 마산여자고등학교로 진학했다.

말순의 이런 위기 돌파력은 조수미에게서도 볼 수 있다. 오늘날 오페라의 여왕이 된 조수미에게도 늘 행운만 뒤따랐던 것은 아니다.

오히려 1퍼센트의 행운과 99퍼센트의 인내와 노력의 결과라고 봐야한다. 정상에 서기까지 겪어야 했던 어려움은 그만큼 많았다. 내노라하는 콩쿠르를 두루 섭렵하고 마침내 국제 오페라계에 데뷔했을 당시, 지휘자에게 사사건건 트집을 잡히면서도 끝까지 맞섰던 것이 그예다. 지휘자가 누구인가. 캐스팅 결정권을 쥐고 있는 지휘자들과 사이가 벌어지면 무대에 서기가 힘들게 된다. 게다가 조수미로서는 첫무대인 만큼 그가 목줄을 잡고 있다고 보아도 무방했다. 더구나 그녀는 나이 어린 동양의 소프라노였다. 그러나 그녀는 자신의 뜻을 굽히지 않았다. 처음에는 간이라도 빼줄 듯 예뻐하던 지휘자는 그녀가 자기 맘대로 쥐락펴락할 수 있는 상대가 아니라는 생각이 들자 아예 말도 나누지 않고 무시하는 태도를 보이는가 하면, 어느 때는 합창단들이 모두 모여 있는 자리에서 그녀의 머리 모양을 흉보며 망신을 주곤했다. 그러나 그녀는 연습 기간 내내 타협하지 않았다. 갓 데뷔한 어린 소프라노라고 만만하게 보여서는 안 된다고 여긴 것이다. 데뷔 무대의 결과는 엄청난 성공이었다. 이후에도 고비마다 그녀는 당당하게 헤쳐 나가는 쪽을 택했다. 우물쭈물하거나, 감추려하거나, 시간에게 미루는 식의 해결 방법은 그녀의 사전에는 없다.

아이의 지능을 알아본 억척 맹모

김말순은 1936년 김종기와 남명수 사이에서 태어났다. 경남 창원군 동면 본포리가 출생지다. 남씨가 낳은 3남 3녀 중 셋째 딸이었다. 건장했던 말순의 부친은 둘째부인을 두어 말순의 형제는 모두 열 명이나 된다. 무조건 아들이 우대받던 시대였지만, 말순은 장남인 남동생을 둔 덕에 두 언니들보다 부친의 사랑을 많이 받았다. 86세에 작고한 말순의 할아버지는 새벽부터 밭에 나가 달이 중천에 뜬 다음에야 일을 마치고 돌아올 정도로 무척 부지런한 농군이었다. 이런 근면함으로 윗대에서 재산을 모아 말순의 집은 여유가 있었다.

면사무소를 다니다 해방 후 면장이 된 말순의 부친은 문학과 가락을 좋아했다. 일본에서 축음기를 사와 대청마루에 두고 남인수의 「애수의 소야곡」이나 「소녀의 기도」를 즐겨 틀었다. 그런 분위기에서 자란 까닭인지 말순은 노래를 좋아했다. 신방초등학교 4, 5학년 그녀의 담임이었던 바이올리니스트 김형구 교사는 "노래는 네가 최고"라고 칭찬할 정도였다. 그러나 말순은 마산여자중학교 재학 시절 합창단원 오디션에서 탈락하고 만다. 다른 아이들은 대개 피아노를 칠 줄 알아 충분히 연습한 데 비해 피아노를 못 치는 그녀는 음정과 박자가 틀리는 등 실수투성이였던 것이다. 이날의 기억은 말순에게 '노래와 피아노는 한 몸'이라는 인식을 깊이 심어주었다.

피아노 조기 교육에는 그녀의 이런 한이 서려 있다. 수미가 다섯 살이 되자 말순은 피아노 개인지도교사를 찾았다. 학창 시절 피아노를 치는 친구들이 몹시 부러웠던 그녀는 일찍부터 수미에게 피아노를 가르치겠다고 별렀다. 게다가 수미가 노래를 곧잘 하는 것을 보자 혼자 연습할 때를 대비해 반주를 가르쳐야 한다는 생각에 더욱 서둘렀다.

"이 아이에게 피아노를 가르쳐주셨으면 합니다."

"아이가 몇 살이죠?"

"다섯 살인데요."

"너무 어려서 힘들 것 같네요. 좀 더 큰 다음에 다시 오세요."

"이 아이는 한글도 읽을 줄 알아요. 악보 보는 것은 문제 없습니다. 선생님, 제발 지금부터 가르쳐주세요."

말순이 통사정을 했지만 지도교사는 고개를 가로저었다. 말순은 수미가 유치원에 입학하기만을 기다려 다시 수미의 손을 이끌고 피아노 교사를 찾았다.

그녀의 예상대로 수미는 피아노를 잘 쳤다. 피아노 교사는 "악보를 봐. 외워서 치면 안 된다"고 했지만 수미는 "선생님, 제가 외우려고 하지 않아도 저절로 외워져요"라고 말할 정도였다.

수미가 초등학교에 들어갈 무렵 말순은 피아노를 선물했다. 과제물을 하는 데 게으름을 피거나 연습을 빼먹는 일이 없어 진도가 무척 빨랐다. 라디오에서 흘러나오는 음악을 듣고 곧장 피아노로 옮겨 치기도 했다. 말순은 '이 아이는 뭔가 타고난 아이'라는 생각이 강해졌다.

이렇듯 오늘의 조수미를 있게 한 원동력을 꼽는 데 말순의 조기교육을 빼놓을 수 없다. 155센티미터에 59킬로그램으로 보통 체격인 말순이지만 직장 여성으로, 아내이자 엄마로 1인 3역을 동시에 수행하면서 심하다 싶을 정도로 억척 맹모가 되어 수미의 조기 교육에 매달렸다.

1962년 1월 27일 말순은 같은 고향의 대학생 조언호와 결혼한다. 고등학교를 졸업한 후 살림을 돕다가 영자신문사인 코리아헤럴드의 영문타자수 공채에 합격해 직장 생활을 한 지 5년이 지날 무렵이었다. 함께 채용된 남자 타자수 가운데 몇 명이 편집부 기자로 변신하는 것을 보면서 그녀도 기자의 꿈을 키웠다. 여자인 그녀로서는 '하늘의 별따기'였지만 포기하지 않았다.

'언젠가 나에게도 기회가 올 거야. 그날을 위해 더욱 열심히 준비하자.'

이성에게는 관심조차 없는 말순을 보며 집안 어른들은 마음이 바빠졌다. 1961년 세밑, 부친의 명령으로 내키지 않는 맞선 자리에 나간 그녀는 "만약 네가 이 혼사를 거절할 생각이면 당장 서울에서 데리고 내려올 터이니 그런 줄 알고 있거라"는 부친의 호통 속에 한 달 만에 결혼식을 올렸다.

서울 보문동 단칸 셋방에서 신혼 살림을 시작했다. 가구래야 캐비닛 한 개와 화장대가 전부였다. 신접 살림하랴, 직장 일 하랴, 눈코 뜰 새 없이 바쁜 와중에 첫아이가 태어났다. 1962년 11월 22일, 2.8킬로그램의 딸이었다. 당시 신생아의 평균 몸무게에도 못 미쳤다. 눈이 무척 큰 갓난아이는 여기저기 주름이 잡혀서 애처롭기까지 했다.

가부장적 문화에 젖은 가문에서 자랐지만 말순이나 남편은 '아들 지상주의자'가 아니었다. 더구나 말순의 집안에서는 첫 손녀라 모두 반가워했다. 말순의 언니가 아들만 넷을 두었던 것이다. 시인인 둘째 남동생 건일은 「채송화」라는 축시를 지어 붓글씨로 써 보내기까지 했다. 귀한 딸의 이름은 '수경(훗날 수미로 개명)'이라 붙여졌다. 차츰 살이 오르기 시작하자 아이는 눈에 띌 정도로 예뻐졌다. 수미에게 흠뻑 빠진 말순의 언니는 인근 안암동에 살면서 직장 생활을 하는 말순을 대신해 어린 조카를 돌보았다.

말순은 직장 생활을 하며 수미를 키우느라 늘 파김치가 되어서야 잠이 들곤 했다. 그러나 꿈을 이루지 못한 한을 자식에게 대물림하지 않겠다는 그녀의 집념은 육체적 피로를 넘어설 만큼 강했다. 수미가 연필을 쥐고 그림을 그리기 시작하자 그녀는 바빠졌다. 말순은 퇴근 하기가 무섭게 수미를 붙들고 기역, 니은을 가르치기 시작했다. 수미 는 이것을 금방 익혔다. 영특한 수미는 어머니의 기대에 부응하여 네 살이 되자 광고문을 척척 읽기 시작했다.

수미가 유치원에 들어간 뒤 말순은 코리아헤럴드와 작별했다. 13년 만이었다. 직장 생활과 학부모 노릇을 병행하기가 버거웠던 까닭이 다. 유치원에서는 항상 평일에 학부모를 소집했는데 직장 생활을 하 는 말순으로서는 근무 시간에 유치원에 가는 게 쉽지 않았다. 엄마 노 릇을 하려니 직장에 눈치가 보이고, 그렇다고 아이 유치원에 안 가자 니 생고아 신세로 외톨이가 될 딸이 눈에 밟혔다. 결국 그녀는 '어머 니의 길'을 선택했다.

말순은 수미를 사립학교인 금성초등학교에 보냈다. 생활이 부유 해서가 아니라 딸만은 최상의 교육을 받게 해주고 싶어서였다. 말순 은 수미가 초등학생이 되기가 무섭게 기다렸다는 듯 영어를 가르치 기 시작했다. 영어는 그녀가 가장 자신 있는 과목이기도 했다. 학교 에 간 수미가 선두에 선 것은 당연했다. 피아노에 두각을 보인 것은 물론, 영어 받아쓰기 시험도 언제나 백 점이었다. 수미는 피아노 치는 것을 무척 좋아했지만 말순은 하루 한 시간은 반드시 공부 시간으로 정하고 이를 지키도록 했다. 또 하루도 빠짐없이 일기를 쓰게 했다. 삶의 기록인 일기는 평생 꾸준히 써야 하므로 일기 쓰는 습관은 어렸 을 때부터 확실히 잡아줘야 한다고 그녀는 생각했다.

이런 말순의 극성을 보다 못해 옆방에 세든 젊은 엄마는 그녀에게

핀잔을 주었다.

"수경(수미의 옛 이름) 엄마, 아이를 왜 그렇게 몰아치세요? 제발 좀 놀게 놔둬요."

그러나 이런 말들이 말순을 주저앉힐 리 없었다.

말순이 어릴 적 그녀의 어머니는 '부지런히, 그리고 지속적으로'를 귀에 못이 박히도록 강조했다. 그녀의 부모는 "단 한 가지라도 열심히 해야 한다. 그래야 하나라도 건질 수 있다"고 가르쳤다. 말순은 평생 이 말을 가슴에 새기며 살아왔고 수미도 '지속적'이라는 말의 가치를 깊이 새기기를 원했다. 그래서 몸소 이 가치를 실행해 딸이 본보기로 삼게 했다. 초등학교 5학년인 수미를 이화여대 강당에서 열린 소프라노 안나 모포의 공연에 두 번이나 데리고 간 것이나, 세종문화회관 개관 기념으로 열린 파르마 오페라단 공연에 가도록 한 것 모두 수미에게 좋은 연주를 '지속적'으로 보여주겠다는 그녀의 교육 방침이 있었기 때문이었다. 그러다 보니 고등학생이 된 수미는 세종문화회관에서 열린 송광선 독창회를 보고 나오면서 "엄마, 잘 즐겼어요"라고 으젓하게 말할 정도가 되었다.

세상을 울린 지독한 열정과 철저함

1965년 말순은 둘째를 낳았다. 아들이었다. 그러나 전치태반이어서 신산의 산고를 치뤄야 했다.

임신 예정일을 코앞에 두고도 말순은 회사에 늦게까지 남아 일을 했다. 철두철미한 성격의 말순은 일을 남겨둔 채 출산 휴가를 갈 수는 없었다. 만삭인 배를 안고 야근을 하는 말순을 보고 주위 사람들은

‘지독한 사람’이라고 혀를 내둘렀다. 그런데 갑자기 통증이 오기 시작한 것이다. 말순은 바로 보문동의 산부인과의원으로 갔다. 아직 출산일이 남았다고 방심하고 있었던 것이 화근이었다. 회사일에 쫓겨 정기검진조차 제대로 받지 않았던 것이다.

“아이의 발이 안 보이네요. 거꾸로 들어 있는 것 같군요. 큰 병원으로 옮기셔야겠습니다.”

의사는 서둘러 동대문 이대부속병원으로 후송 조치를 했다. 병원에서 ‘수술로 인한 산모나 아이 사고에 대해 책임을 물을 수 없다’는 각서에 보호자의 사인을 받은 뒤 비로소 수술 순서를 배정한 것을 보면 몹시 위험했음을 짐작할 수 있다.

말순의 철저한 성격은 자녀 교육을 하는 데도 그대로 발휘되었다.

2006년 3월 31일, 당뇨를 앓고 있던 말순의 남편은 가족들과 영원히 작별하게 되었다. 2006년은 수미가 이탈리아 트리스테 베르디 극장에서 베르디 오페라 「리골레토」의 여주인공 질다 역으로 오페라 무대에 데뷔한 지 20주년이 되는 해이다. 여느 해보다 더욱 빡빡한 스케줄로 잠시도 틈을 내기 어려운 상황이었지만, 아버지의 별세 소식을 접한 수미는 “사랑하는 아버지의 마지막 모습을 보겠다”며 울먹였다. 하지만 말순은 허락하지 않았다.

“아버지는 하늘에서 너를 보고 계신다. 네가 공연을 성공적으로 마치는 것을 더 기뻐하실 거야. 아버지를 사랑하는 네 마음을 담아 지금까지 보여주었던 어떤 무대에서보다 훌륭한 공연을 하도록 해라. 그것이 네가 아버지에게 드리는 가장 좋은 작별인사가 될 거다.”

수미는 말순의 말에 따랐다. 영결식이 거행된 4월 4일 수미는 프랑스 파리의 샤틀레 극장 무대에 섰다. 일찌감치 매진된 수미의 독창회에는 이날따라 공연 실황 DVD 녹화까지 있어 더욱 부산했다. 마지막 공연 레퍼토리가 끝나자 청중들은 신이 내린 아름다운 목소리에 매료되어 열렬히 브라보를 외쳤다. 앙코르가 빗발치자 수미는 다시 무대에 섰다. 그리고 프랑스어로 말했다.

"지금 서울에서는 아버지의 장례식이 치러지고 있습니다. 제가 여러분 앞에 서서 노래를 하는 것이 옳은 일인지는 잘 모르겠지만……, 아버지도 제 노래를 잘 듣고 계시리라 믿습니다. 앙코르 곡은 저세상에 가신 아버지를 위한 노래입니다."

순간 객석이 숙연해졌고, 수미는 노래를 부르기 시작했다. 푸치니의 오페라 「자니 스키키」 중 「오! 사랑하는 나의 아버지」였다. 노래가 끝나자 청중들은 너나 할 것 없이 모두 자리에서 일어섰고 10여 분이 넘도록 뜨거운 박수가 이어졌다.

끊임없이 그리고 조용히 격려하라

1인 3역을 해야 하는 힘겨운 생활 속에서도 말순은 단 하루도 결근하지 않는 성실함을 보였다. 또 자신의 꿈을 위해 습작시도 계속 썼다. 말순의 배움에 대한 끊임없는 열정, 그리고 일에 대한 즐거움조차 뛰어넘는 존재가 바로 수미였다. 그녀는 딸을 위해 자신을 기꺼이 희생했다. 수미는 그녀의 모든 것이었기 때문이다. 그런 만큼 말순은 누구보다도 지독한 '극성 엄마'였다. 그렇다고 해서 여느 '치맛바람'이 심한 어머니들처럼 눈앞의 성과에 좌우되지는 않았다. 그녀는 교육 과정에서 보인 혹독함과는 달리 결과에 대해 크게 기뻐하거나, 실망을 드러낸 적이 없었다. 어떤 상황에서도 말순이 수미에게 보인 반응은 한결같았는데, 그것은 '조용한 격려'였다.

1986년 10월 26일 이탈리아 트리스테 베르디 극장에서 베르디 오페라 「리골레토」의 막이 올랐다. 순결하고도 청순한 질다의 노래가 수미의 데뷔 곡이었다. 아버지 리골레토의 품에 안겨 숨을 거두는 질다를 끝으로 막이 내리자 우레 같은 박수가 쏟아졌다. 십여 차례의 커튼콜을 받을 정도로 대성공이었다. 딸의 데뷔 공연을 보지 못하고 서울에서 피를 말리고 있던 말순이었지만 수미로부터 공연 소식을 전해 듣고 해준 말은 여느 때나 다름없었다.

"그래, 그럴 줄 알았다. 잘해 낼 줄 알았어. 장하다, 수미야."

초등학교 1학년이었던 수미가 전국웅변대회에 나가 「짝짝이 고무신」으로 결선에 올랐을 때도 말순이 한 말은 같았다.

"우리 수미는 잘해 낼 거야."

수미는 그날 최우수상을 받았다.

1985년 222명이 몰려 바르셀로나 비냐스 콩쿠르 사상 최대 각축전이 벌어졌을 때 3차를 앞둔 수미의 전화를 받고서도 마찬가지였다.

"걱정하지 마, 수미야. 잘해 낼 거야."

그녀의 확신을 궁금해하는 딸에게 말순은 늘 꿈을 팔았다.

"최선을 다해라. 잠시라도 방심하면 안 돼. 네가 최선을 다하면 듣는 사람도 다 아는 법이야."

그리고 살짝 덧붙였다.

"꿈도 아주 좋았거든."

말순의 이런 조용한 격려는 낯선 외국에서 홀로 삶을 개척해야 하는 딸의 두려움을 가시게 했을 뿐 아니라 결과에 낙관하는 여유를 심어주었다. 훗날 조수미는 자서전 『노래에 살고 사랑에 살고』에서 "내가 여기까지 온 것도 다 엄마의 그 조용한 격려 때문이다"라고 말했다.

스승에게 조언을 구하다

자녀를 어떤 사람으로 길러내는가의 상당 몫은 부모에게 있다. 그러나 통상 자녀의 재능을 파악하고, 일찌감치 방향을 정해 틀을 잡아가기란 정말 쉬운 일이 아니다. 모든 엄마가 세상사에 통달해 있는 것도 아니고, 설혹 판단력이 뛰어나다 해도 아이들은 자라면서 얼마든지 변화할 가능성이 있기 때문이다. 특히 어린 시절 우수한 아이들은 다방면에 재능을 보인다. 때문에 어떤 길로 자녀를 이끌어야 할지 판단하기란 쉽지 않다.

수미는 무엇이든 잘했다. 공부는 물론, 그림을 그리면 미술부에서, 무용을 하면 무용부에서 서로 재능이 아까우니 전공을 시키라고 했다. 결단력 빠른 말순이었지만 수미를 성악가로 키우겠다는 결정을 내리기까지 쉽지만은 않았다. 이때 말순은 전문가를 찾아가 조력을 구하는 현명함을 발휘했다.

KBS 라디오 어린이 노래자랑 시간이었던 「누가 누가 잘하나」는 입상자에게 KBS 합창단에 입단할 자격이 주어지는 당시 어린이들의 최고 인기 프로그램이었다. 수미 역시 그 프로그램에 나가겠다고 졸라댔고 말순의 생각에도 입상은 무리가 없다고 생각했지만 심사숙고했다. 수미의 초등학교 시절 음악 스승인 유병무 선생님은 당시 KBS에서 근무하던 작곡가 이수인 씨와 친했다. 말순은 수미를 데리고 이

수인 씨를 찾아가 수미의 노래를 들려주었다.

"정말 빼어난 목소리입니다. 하늘이 내린 재능을 계속 살려 나가야 해요. 그런데 합창은 여럿이 함께 어울려 조화를 이루는 게 중요하기 때문에 방해가 될 수 있어요. 자신의 목소리를 죽이고, 다른 이들의 소리를 들으며 그것에 맞추는 훈련을 계속하다 보면 개성을 잃어버릴 수 있습니다. 수미는 독창을 하는 것이 좋겠습니다."

그 말을 듣고 말순은 단호하게 수미를 설득했다. 그리고 KBS 합창단에 입단하는 대신 근사한 '초등학교 졸업 축하음악회'를 열어주었다. 수미의 첫 무대라고도 할 만한 이 음악회는 유병무 선생님의 주도로 명동 국립극장에서 열렸다. 훗날 피아니스트가 된 김대진이 피아노를, 첼로는 지진경이, 바이올린은 채승화가 연주했으며, 수미는 노래를 불렀다.

수미는 선화예술중학교로 진학하여 2회 입학생이 되었다. 선화예술중학교는 리틀엔젤스 무용단으로 유명했다. 그러함에도 말순이 선화예술중학교로 결정한 것은 집에서 가깝기도 했지만, 유병무 선생님이 합창반 지도를 맡고 있었기 때문이다. 초등학교 시절부터 수미를 지도해 온 유 선생님에 대한 말순의 신뢰는 그만큼 전폭적이었다.

수미의 사춘기 몸살은 심해서 반항심은 날로 커져만 갔다. 그녀의 가장 큰 불만은 친구들과 놀지 못한다는 것이었다. 얽매임을 싫어하는 수미는 꽉 짜인 연습 스케줄만 생각하면 숨이 막힐 것 같았다. 수미가 가야 할 길은 멀고, 정상은 아직도 높기만 했다. 말순은 마음이 급했지만 먼저 자신의 마음을 다스렸다. 사춘기의 반항을 잘 아는 유 선생님의 조언이 생각난 까닭이다.

‘천천히, 천천히.’

그녀는 수없이 자신에게 말했다.

‘아직 어린아이다. 이러다가 정작 노래에 싫증이라도 나버리면 걷잡을 수 없으니 아이를 풀어주자.’

또 자신이 수미를 너무 지독하게 몰아붙였던 것은 아닌가 하는 반성도 일었다. 그래서 밤중까지 돌아다니는 수미를 붙잡고 약속을 했다.

“네가 친구들과 어울리고 싶어하는 마음은 알아. 하지만 너무 늦으면 걱정이 되니까 약속을 하렴. 밤 10시까지는 집에 들어오기로 하는 거다.”

수미는 불만스러운 듯했지만 그래도 일단은 동의했다. 며칠 동안 말순과 한마디도 하지 않고 지내거나 심지어 눈길조차 마주치지 않기도 했다. 그러나 수미는 약속을 지키는 착한 딸이었다. 귀가 시간만큼은 반드시 지키려고 노력했던 것이다. 지금도 수미는 어머니와의 약속은 되도록 지키려고 애쓴다.

수미가 연습에 싫증을 내거나 등한히 하려고 하면 말순은 방을 나가며 슬쩍 한마디 던지곤 했다.

“여기서부터 여기까지는 너무 좋다. 한 번 더 해볼래?”

어머니의 칭찬에 수미는 금방 기분이 좋아져 더 열심히 부르곤 했다.

서울대학교 음악대학 1학년 때 첫사랑에 빠진 수미를 놓고 어떻게 해야 할지 모를 때도 스승을 찾아 조언을 구했다.

입학 당시 음대 수석으로 들어간 수미의 성적은 열애에 빠지면서 곤두박질치기 시작하더니 2학기에는 ‘쌍권총(F학점 2개)’까지 찼다.

합창 과목 수업은 아예 들어가지도 않았고, 체육도 F였다. 선화예술 고등학교 시절부터 수미를 지도해 온 이경숙 교수는 물론 음대 학장이었던 안영일 학장까지 신경이 곤두섰다.

"어떤 애니?"

말순의 말에 수미는 간단히 대답했다.

"괜찮은 사람이에요."

말순은 속으로 고개를 끄덕였다. 몰래 훔쳐본 수미 남자친구의 편지에는 김춘수의 시가 적혀 있었다. 시를 사랑하는 학생이라면 좋은 사람일 거라고 생각했다.

그러나 워낙 불같은 성격의 수미가 걱정이었다. 무엇이든 한 번 빠져들면 좀처럼 걷잡을 수가 없었기 때문이다.

'사랑에 안주하기에는 하늘이 수미에게 준 재능이 너무 크다.'

말순은 매일 아파트 정문을 지켰다. 이성간의 사랑이 이기나, 모녀간의 사랑이 이기나 결투를 하는 심정이었다.

이경숙 교수는 빨리 이탈리아 유학을 보내야 한다고 종용했다. 말순은 내심 수미가 유학을 가더라도 졸업한 후 가야 한다고 생각하고 있었다. 이제 겨우 스물이었다. 사랑에 눈멀 수 있는 시기라 서울에서도 이런데, 외로운 타지에서 또다시 연애에 빠지면 어떻게 하나 걱정이 앞섰다.

하지만 이 교수의 생각은 달랐다.

"수미 어머니, 걱정하지 마세요. 수미는 성취욕이 강해요. 그러니 분명히 열심히 할 겁니다. 제 말을 믿으세요."

마침내 말순의 남편이 먼저 결단을 내렸다. 말순은 수미가 서울대학교를 졸업하면 유학을 보내려고 준비해 두었던 적금을 해약했다. 1983년 수미는 이탈리아 로마로 떠났고, 그해 가을에 산타체칠리아 음악원에 입학했다.

수미가 이탈리아로 떠난 후에도 말순의 원격 교육은 계속되었다. 수미가 일본인 유학생 가쓰에와 미묘한 신경전을 벌일 때 말순이 수미에게 보인 태도는 귀감으로 삼을 만하다.

가쓰에는 이탈리아어에 능통해 학업 성적도 좋고, 모르는 노래가 없을 뿐만 아니라 목소리도 고왔다. 이탈리아어에 능란하지 못해 수업에 허덕이는 수미의 눈에 가쓰에는 모든 것이 술술 풀리는 듯 보였다. 열정적이고 지기 싫어하는 수미로서는 가쓰에와 친하기는 했지만 편하지는 않았다.

'엄마, 가쓰에가 노래 부르는 것을 보고 있으면 나도 모르게 가슴에서 뜨거운 불덩이가 치솟아요.'

딸의 편지를 받은 말순은 당장 답장을 썼다.

사랑하는 수미에게

지오넬라 보렐리 교수님의 지도는 잘 받고 있겠지?

노래하기만도 시간이 모자랄 텐데 음악사에서 세계사까지 공부하려니 너무 바쁘겠구나. 하지만 엄마는 네가 그런 공부까지 열심히 하고 있다는 말에 몹시 기뻤다. 인간들의 삶의 기록이 바로 역사니까. 어떤 분야든 족적을 남긴 위대한 사람들은 보통 사람들과 다른 깊이를 지니고 있어. 자신의 체험과 책에서 얻은 지식이 함께 어우러져 한 인간을 재정립하는 것이지. 인격을 도야하고 내면의 깊이를 더해가는 것은 언제 어떤 사람에게나 가장 중요한 일이야. 예술가들도 마찬가지다. 엄마는 우리 수미가 세계적인 성악가가 되었을 때 노래뿐만 아니라, 인격적인 면에서도 모든 이를 감복시키는 사람이 되길 소망한다.

그렇지만 아직 이탈리아어가 서툴러서 공부를 따라가려면 몹시 힘들 것 같구나. 지기 싫어하는 네 성격을 알기 때문에 무리하는 것은 아닌지 걱정도 된다. 열심히 공부하는 것은 좋지만, 최우수 성적을 얻지 못했다고 해서 자신을 괴롭히거나 못마땅해해서는 안 된다. 나는 지금까지 네게 일등을 하라고 얘기해 본 적이 없어. 그렇지 않아도 긴장될 텐데 나까지 부담을 줄 필요가 없다고 생각했기 때문이지.

오늘 네게 마리아 칼라스 얘기를 해주고 싶구나.

마리아 칼라스와 레나타 테발디의 그 유명한 라이벌 관계는 수미 너도 잘 알고 있지? 두 사람은 소프라노의 양대 산맥이었잖니. 그러나 칼라스는 테발디에 비해 질투가 많았어. 풍부한 성량으로 드라마틱에서 콜로라투라까지 넘나들던 칼라스는 천사의 목소리라는 평을 들을 정도로 아름다운 리릭 소프라노였던 테발디에게 완전히 무시하는 태도를 취했다고 하지. 사람들은 칼라스의 노래에 환호했지만, 테발디에게는 인간적인 경의를 표했지. 어떤 게 바람직할까? 너는 누구를 닮고 싶지? 칼라스는 훌륭한 성악가야. 네가 칼라스에게 배워야 할 점은 오직 그것뿐이란다.

노래란 아름다운 것 아니니? 상처받은 사람들의 영혼을 위로하고 쓰다듬는 게 바로 노랜데, 노래하는 사람들의 마음속에 미움과 질투가 가득하다면 그 노래는 결국 거짓일 거야. 엄마는 수미 네가 항상 아름다운 마음으로 노래하길 바란다. 어떤 사람이든 그의 상처를 이해하고 받아주는 아름다운 마음을 가진 가수라면 세계 정상이 아니어도 좋다고 말이야.

가쓰에가 이탈리아어를 잘하는 것을 보면 어학에 재능이 있는 것 같구나. 일본 도쿄예술대학에서는 이탈리아 성악가가 직접 수업한다고 네가 말한 것이 생각난다. 그러니 너보다 공부하는 데 시간이 덜 드는 것은 당연하지. 물론 음악사 성적도 좋겠지. 하지만 그것을 너무 샘내지 마라. 샘이 지나치면 질투가 되거든. 가쓰에에게 좋은 점이 많다는 것을 기억해라. 로마 생활에 익숙지 않은 너에게 차도 태워주고, 여러 가지 친절하게 가르쳐주던 것을 엄마는 지금도 감사하게 생각하고 있다.

너도 가쓰에에 대한 고마움을 잊지 말았으면 한다. 라이벌은 긍정적으로 활용하면 자기 발전에 가장 좋은 존재가 된다는 것을 너도 알고 있겠지?

잘 자라.

1983년 12월

엄마가

이날 말순의 편지는 유학 간 지 1년 반 만에 핀란드 콩쿠르에 참가했다가 세평과는 달리 탈락의 쓴 잔을 마시고 엄청난 좌절을 겪던 수미를 일으켜 세우는 데 결정적인 역할을 했다.

유학을 보내라던 이경숙 교수의 말은 옳았다. 그 결과는 2년 뒤인 1985년 이탈리아 시칠리의 엔나 콩쿠르와 이탈리아 트리에스테의 비오티 국제콩쿠르, 1986년 스페인의 프란치스코 비냐스 국제 콩쿠르와 베로나 콩쿠르 우승으로 나타났다. 이탈리아 유학길에 올랐던 수미가 처음으로 서울을 다녀간 것은 5년제 산타체릴리아 음악원을 4년 만에 조기 졸업한 다음이었다.

요즘도 수미는 말순에게 유학을 보내주어서 고맙다고 말한다.

"자식들에게 뭐 그렇게 희생할 필요가 있느냐는 이들이 있지만 부모로서 이를 개발하고 일깨워주지 않으면 안 된다고 생각해요."

마음이 따뜻한 프리마돈나 수미 조. 그녀는 조국이 부르면 세계 어느 곳에 있더라도 달려오는 지칠 줄 모르는 열정의 소유자다. 예술가들도 자기 세계에만 안주하지 말고 인도주의적 심성을 지녀야 한다고 여긴 말순의 가르침은 세계의 연인이 된 조수미의 가슴속에 살아 숨쉬고 있는 것이다.

이 책을 읽는 여러분에게 질문을 하나 하고 싶다.

"당신은 자녀와 얼마나 친밀한가?"

선뜻 대답하기 어렵다면 여기 간단한 자가진단법이 있다.

"당신은 자녀의 친구 이름을 몇 명이나 댈 수 있는가? 자녀 친구 가운데 몇 명의 연락처를 알고 있는가?"

시대를 앞서간 위대한 어머니들은 자녀와 격이 없이 마음과 생각을 나누며 친밀한 관계를 유지했다. 한국이 낳은 세계적인 소프라노 조수미와 어머니 김말순도 세대와 공간을 뛰어넘어 흡사 친구처럼 친밀함을 나누었다.

그러나 오늘날 대부분의 부모들은 대화조차 제대로 나누지 않는다. 청소년위원회의 전신 청소년보호위원회의 조사에 따르면 우리나라 중학생 가운데 20퍼센트가 하루 중 아버지와 대화하는 시간이 1분도 채 되는 않는 것으로 나타났다. 한 인터넷사이트의 회원 600명을 상대로 한 조사에서도 52퍼센트가 부모와의 하루 대화 시간은 10분 이내라고 응답했다. 인터넷과 휴대전화로 또래 집단 간의 의사 소통에는 익숙하지만 가정에서의 대화는 점점 멀어지고 있는 것이다. 게다가 부모와의 대화 내용도 '밥 먹었어요, 다녀왔습니다' 등 일상적인 질문과 답변이 70퍼센트가 넘었고, 고민 상담은 9퍼센트에 불과해 대화의 질도 심각한 수준이었다.

짧은 시간의 의례적인 대화만으로는 서로 교감할 수가 없다. 게다가 자녀의 연령이 높아질수록 부모와 자녀 간의 대화량은 줄어들었다. 대학생들을 대상으로 한 조사에 따르면 대학생들이 하루에 아버지와 대화하는 시간이 거의 없는 경우가 32.2퍼센트나 되었다. 어머니는 좀 나은 편이기는 하지만 하루 10분 미만인 경우가 47퍼센트로 심각한 것은 마찬가지였다.

2006년에 호주가족협회가 캔버라대학에 의뢰해 조사한 결과에 따르면 응답자들은 가정의 화목을 위해 가장 중요한 것으로 '함께 시간 보내기'를 꼽았으며 두 번째가 '대화와 신뢰'였다. 10대 자녀들은 함께 시간을 보내는 것 못지않게 부모와 자식 간에 서로 경청하고 이해하는 것도 중요하다고 말했다.

자녀와 대화하는 방법을 찾는 것이 중요하다. 이 책에 실린 조수미의 어머니 김말순은 이역만리에 딸을 보내고서 모녀간의 대화 채널을 만드는 데 골몰했다. 인터넷도 없던 시절 자신의 일상과 생각들을 적은 편지를 보내고, 국내 책들을 사 보내면서 자신과의 관계는 물론, 조국에 대한 각별함도 잊지 않도록 교육했다.

조기 해외유학과 기러기 아빠가 양산되는 요즘, 어머니가 적극적으로 대화 방법을 찾고 실행해야 한다. 일가족이 모두 11개의 박사학위를 취득하는 등 미국에서 성공한 한국계로 널리 알려진 전혜성 박사는 헤럴드 고(홍주) 예일대학교 법대 학장 등 여섯 자녀를 키우면서 집을 떠나 학교 생활을 하는 자녀들에게 매주 요일과 시간을 정해 통화를 정례화하는 방법을 썼다. 또 자녀의 상황을 파악하기 위해서 가끔 다른 형제를 불러 넌지시 상황을 알아보기도 했다.

친밀감을 형성하는 열쇠는 대화법이고 의사소통을 잘하는 첫 단추는 잘 듣는 것이다. 부모와 자녀와의 관계에서는 합법적인 힘뿐 아니라 보상의 힘, 벌하는 힘 같은 것들이 복합적으로 작용한다. 파워를 지니고 있는 존재인 까닭에 부모는 왕왕 자녀의 말을 중간에서 가로채거나, 흘려듣거나, 아예 말할 기회를 주지 않고 자신이 하고 싶은 말만 하는 일방적 대화를 하기까지 한다. 자녀의 말을 끝까지 들어주고 고개를 끄덕이거나 추임새를 통해 잘 듣고 있다는 표현을 하면 더욱 좋다.

평상시 대화에서도 '하지 마라' 등의 부정적 대화를 하기보다 잘한 것을 칭찬하는 식의 긍정적 대화가 필요하다. 또 요즘 아이들의 특성을 배려해 같은 말을 되풀이하지 말고 짧게 말하는 법을 익혀야 한다. 자녀가 충분한 대화를 통해 자신의 견해를 말할 수 있도록 유도해 나가야 한다. 캐묻거나 판단하는 식의 대화 전개는 오히려 자녀의 대화 의욕을 떨어뜨리고, 자유로운 견해 형성을 가로막을 수 있다.

© cho

© 최상규

박 . 양 . 례

쎈돌 바둑왕자 이세돌의 어머니

Theme 02

이세돌

1983년 전라남도 신안군의 비금도에서 태어나 권갑용 7단 문하에서 바둑을 배웠으며,
1995년 프로바둑기사로 입단했다. LG배 세계기왕전, 후지쓰배 세계바둑선수권대회, 도
요타덴소배 세계왕좌전, GS칼텍스배, 박카스배 천원전 등 여러 세계대회와 국내대회에서
우승을 차지했다. 2003년 9단으로 승단했으며 이상훈 9단과 함께 국내 두 번째 형제 프로
기사다. 2000년과 2002년 한국기원이 수여하는 바둑대상 최우수기사상을 수상했다.

"엄마, 나 타이틀 먹었어."

"어, 그래, 잘했다. 이기는 것도 좋지만 몸조심하그라. 밥 많이 먹고……."

전화선을 타고 들리는 아들의 여린 목소리를 듣고 박양례는 가슴이 울컥했다.

바둑 기자들이 붙인 그녀의 별명은 '비금도 총본부장'이었다. 가족의 생계를 한몸에 떠안고 힘든 농사일을 마다하지 않고 살아온 그녀의 삶과 어울리는 별칭이기도 하다.

그러나 정작 그녀를 만나면 고개를 갸웃거리게 된다. 호리호리하게 마른 몸매, 선이 가는 고운 얼굴은 보는 이의 보호 본능을 자극하기에 충분하기 때문이다. 그런 그녀가 엄청난 생활의 무게를 짊어진 가장으로 30여 년을 살아온 힘은 대체 어디에서 나오는 것일까?

밭일에서 돌아온 박양례가 남편을 보고 물었다.

"오늘 세돌이는 어때요?"

남편 이수오는 동네 아이들을 모아놓고 바둑을 가르치고 있는 중이었다.

"문제 내준 걸 다 풀었어. 역시 내 눈은 틀림없어."

웃음 띤 얼굴로 남편은 대답했다.

5년 전, 아마 5단의 실력자인 그의 마음이 꿈틀거리기 시작했다.

'바둑처럼 좋은 것이 없어. 바둑의 도를 닦으면 세상의 난관을 헤쳐가는 마음의 눈을 기를 수 있어. 우리 아이들만 가르치지 말고 동네 아이들에게도 바둑 지도를 해주자. 그러면 이 낙도의 어린이들에게도 다른 미래가 열릴 수 있어.'

이들 부부가 생활의 뿌리를 내리고 있는 비금도는 목포에서 가산행 뱃길을 따라 두 시간 남짓 들어가야 하는 섬이다. 아름다운 곳이지만 풍랑이 몰아치는 일이 잦아 날이 궂은 겨울철에는 이틀이나 사흘을 기다려야 겨우 배가 떠서 뭍으로 왕래할 수 있는 오지나 다름없었다.

수오가 비금도의 동교초등학교 교사를 그만둔 지도 벌써 11년이 되어갔다. 자녀들이 하나둘 학교 문턱을 밟기 시작하자 그는 아이들 손에 바둑돌을 쥐어주기 시작했다. 수오의 믿음만큼 바둑의 교육 효과는 확실했다. 아직 어리광을 피울 나이였지만 옷깃을 여미고 바둑판 앞에 앉아 침착하게 돌을 두는 아이들은 의젓하기 이를 데 없었다. 바둑판을 떠나서도 아이들은 또래들과 사뭇 달랐다. 마음이 차분해지고 사고력이 발달해 학교 성적도 우수했다. 바둑이 집중력과 응용

력을 키워준다는 것을 절감했다. 어린이 교육에 열의가 있던 그는 동네 아이들에게도 바둑을 가르치기로 했다.

훗날 양례의 3남 2녀 가운데 프로기사의 길을 가지 않은 세 아이가 모두 서울의 명문 대학으로 진학한 것을 보면 어릴 적 바둑 교육의 효과가 상당했음을 짐작하게 한다.

"이제 너에게도 바둑을 가르쳐줄 테니 열심히 해보거라."

막내 세돌이 다섯 살이 되자 수오는 바둑 교육을 시키고자 했다.

세 살 위인 형 차돌이 바둑을 잘 두어 아버지에게 칭찬을 받을 때마다 호기심과 부러움이 담긴 눈으로 쳐다보던 세돌이었다. 수오는 좋아서 날뛰는 아들의 모습을 은근히 기대하며 바라보았다.

"아빠, 저만 따로 가르쳐주실 거예요? 아니면, 친구들과 같이 배워요?"

뜻밖의 질문에 수오는 당혹했다.

"당연히 친구들과 함께 배우는 거지. 형처럼 말이다."

"싫어요. 저는 같이 안 배울래요."

세돌은 여럿과는 배우지 않겠다며 고집을 부렸다. 그후 수오는 세돌에게 다시는 바둑 이야기를 꺼내지 않았다.

마침내 세돌이 수오를 찾아왔다.

"아버지, 제게도 바둑을 가르쳐주세요."

"친구들과 함께 배워야 하는데도?"

"예. 저도 바둑 배울래요. 가르쳐주세요."

수오는 그제야 세돌에게 바둑돌을 쥐어주었다.

어깨너머로 배운 덕이었을까. 세돌은 다른 아이들보다 바둑을 늦게 시작했음에도 불구하고 훨씬 잘 두었다. 세돌은 점점 흥미를 느끼며 바둑의 세계에 빠져들었다. 세돌의 기재가 번뜩였다. 수오는 다른 아이들과 달리 세돌을 유치원에 보내지 않고 일찌감치 '바둑 천재'로 키우기로 했다. 양례는 남편의 결정에 따랐다. 수오는 세돌에게 집중적으로 바둑을 가르쳤다. 매일 대마의 생사가 걸린 맥을 찾아내게 하는 사활 문제를 내주고 풀게 했다. 한 문제를 풀고 나면 다른 문제를 또 내주는 식이었다. 간혹 『명곡세해』라는 조그만 책을 보고 20판 정도 기보를 놓아보게도 했다. 초등학생인 차돌은 수오가 기보를 외워 오라고 하면 제대로 해냈지만 글씨를 모르는 어린 세돌은 외운다면서 책을 거꾸로 놓고 있기 일쑤였다. 그러나 바둑에 대한 감각은 탁월했다. 훗날 이세돌 9단이 수 읽기가 빠르고, 공격적이며 화려한 바둑을 장기로 할 수 있었던 것은 이런 수오의 교육 덕분이었다.

양례는 다른 아이들이 한창 신나게 뛰어놀 동안 밖은커녕 문제 풀이에 끙끙대는 막내가 안쓰러웠지만 남편의 교육 방법에 토를 달지 않았다. 그녀는 남편의 판단이 절대로 틀릴 리 없다고 믿었다. 오늘날 '쎈돌 바둑왕자' 세돌을 있게 한 밑바탕에는 양례의 남편에 대한 끝없는 신뢰가 있었기 때문이다. 양례는 가족의 바둑 급수를 모두 합치면 30단에 육박할 정도로 바둑을 잘 두는 집안에서 유일하게 바둑 문외한임에도, 과감한 남편의 결정을 그대로 받아들였다.

바둑을 배우기 시작한 지 2년이 되자 세돌은 부친과 맞바둑을 둘 정도가 되었다. 여섯 살이 된 세돌은 TV에서 조훈현 9단이 잉창치배에서 우승하는 것을 보고 프로기사가 되겠다는 꿈을 갖게 된다. 초등학교에 입학한 후 전국어린이대회에서 첫 우승을 차지하면서 세돌의 꿈은 서서히 현실로 변해갔다.

남편이 자녀들 교육에 매달리자 가족의 생계는 자연스럽게 양례의 몫이 되었다.

초등학교 교사였던 남편은 목포에서 근무하다가 고향인 비금도로 돌아왔다. 그러나 근무는 오래하지 못했다.

광주교육대학을 나온 남편은 교직을 힘들어했다. 아이를 지도하고 가르치는 역량이 부족해서가 아니었다. 그들 부부가 남들과는 달리 남편은 아이 교육, 아내는 생계 유지로 역할을 바꾼 것을 보더라도 교사로서의 품성이나 자질이 문제가 아니라 교직 문화가 그와 맞지 않았던 것이다. 당시 교육대학은 2년제였는데 그는 4년제 종합대학교를 나와 다른 일을 시작해 보고 싶어했다. 그러나 시계를 되돌리기는 어려운 일이었다. 아이들은 점점 커가고 생활은 빠듯했다. 결국 결혼한 지 6년째 되던 해 남편은 교직과 꿈을 함께 접었다.

세 아이가 딸린 양례는 팔을 걷어부칠 수밖에 없었다. 유복한 가정의 막내아들로 자란 남편은 농사를 짓기에는 너무나 연약한 선비였던 것이다. 이가 없으면 잇몸으로 산다는 말이 있듯 양례는 농사일에 뛰어들기로 했다. 목포에서 명문으로 꼽히는 목포여자고등학교를 졸업한 그녀에게 농사는 너무나 생소했고 농사일을 거드는 것조차 서툴 지경이었다. 가장 노릇을 해야겠다는 굳은 의지로 나섰다 해도 부족한 농사 경험까지 채워지는 것은 아니었다. 더구나 경작할 농토는 아주 넓었다.

비금도에서 부유한 축에 속했던 시댁에서는 상당한 농토를 물려주었다. 야금야금 농토를 떼어 팔아 3남 2녀의 교육을 끝낸 지금도 논 15마지기, 밭 16마지기가 남아 있을 정도이니 당초에는 상당했음을 짐작할 수 있다. 밭농사와 논농사 모두 소작을 주었지만 어디 소작농이 직접 경작하는 것에 비할 수 있을까. 그녀는 가계 소득을 늘리기 위해 집에 딸린 텃밭만이라도 손수 가꾸겠다며 팔을 걷어부쳤다.

비금도에서 가장 번화한 지역인 도고리에 있는 양례의 집터는 1,300평 규모였다. 더구나 남편은 본가에서 물려받은 이 채마밭이 딸린 넓은 집터를 무척 좋아했다. 이렇게 해서 넓디넓은 채마밭은 고스란히 그녀의 차지가 되었다. 집이 있어 채마밭일 뿐, 혼자서 감당하기에는 녹녹하지 않은 밭농사였다. 해가 뜨면 밭에 나가 점심은 물론 저녁 때까지 허리 펼 새 없이 일을 했다. 하루 종일 밭에 매달리면서 갓난아이까지 키우느라 그녀의 몸은 녹초가 되었다. 불을 지필 시간이 없어서 방 안에 냉기가 도는 날도 허다했다. 비가 쏟아지면 밭일 하기가 더욱 힘이 들었다. 양례는 생전 처음으로 날씨가 좋으면 일할 수 있도록 해준 하늘에 감사했다. 어머니의 어려움을 헤아린 아이들이 고사리 같은 손으로 돕겠다고 나섰다가 병이 날 때마다 양례의 가슴은 무너져 내렸다. 그러나 가족의 생계를 꾸려가야 한다는 절박함이 그녀를 담금질했다. 학교에서 돌아온 아이들의 손이나마 빌리지 않을 수 없는 현실이었던 것이다.

처음에는 딸기와 채소를 주로 심었다. 차츰 밭일에 익숙해지면서 그녀는 품종을 참깨와 고추로 바꿨다. 과일 나무에도 손을 대어 감나무와 배나무를 많이 심고, 밀감나무와 석류나무를 곁들였다. 어느새 그녀는 프로페셔널한 농부로 변해 있었다.

　'불패 소년 쎈돌'의 어머니 박양례는 1947년 도초에서 출생했다. 박옥출과 김창금이 낳은 1남 2녀 가운데 둘째 딸이자 막내였다. 중학교를 졸업하자 그녀의 부모는 딸을 도회지로 보내 공부를 계속시키기로 한다. 시대의 변화를 알고 있던 그녀의 부친은 여자도 공부해야 한다고 믿었다. 섬에 있어도 그럭저럭 문자를 쓰고 나이가 들면서 저절로 세상의 물리를 터득하기는 하겠지만 인생을 적극적으로 개척해 살아가기는 어렵다고 보았던 것이다. 성적이 우수했던 양례는 목포 여자고등학교로 진학한다. 그러나 더 이상은 어려웠다. 고등학교를 졸업한 후 한때 서울에서 직장 생활을 하던 양례는 집안 사정상 객지 생활을 접고 고향으로 내려가 집안일을 돕게 되었다.

　그녀가 혼기에 들어서자 부모는 결혼을 서둘렀다. 몇 차례 맞선 끝에 처음으로 '느낌'이 오는 상대를 만났다. 광주의 한 초등학교 교사인 이수오였다. 역사와 언어학, 족보학 등에 상당히 조예가 깊었던 수오는 외향적인 성품이 아니어서 평소에는 말하는 걸 즐기지 않았지만 말이 통하는 상대를 만나면 다변가로 변해 즐겁게 화제를 이끌었다. 그 역시 모처럼 대화 상대를 만났던 것이다. 1973년 결혼 당시 양례는 26세, 6남매 중 막내인 남편은 30세였다.

　결혼한 이듬해 양례는 큰딸 상희를 낳았다. 1년 터울로 큰아들 상훈과 둘째 딸 세나가 태어났다. 다시 4년 뒤 둘째 아들 차돌이, 그로부터 3년 뒤 막내 세돌이 태어났다. 바둑을 무척 좋아했던 남편은 큰아들 상훈의 아명을 '차돌'이라고 지었다. 차돌은 '단단한 돌'이란 뜻이었다. 그런데 아예 둘째 아들을 '차돌'로, 막내아들에게는 '세돌'

이란 이름을 붙여주었다.

"세돌은 쎈 돌이란 뜻이야."

유별난 이름에 고개를 갸웃거린 양례에게 남편은 멋진 성명풀이를 들려줬다. 바둑을 좋아하는 남편에게 '돌'이란 두말할 것 없이 '바둑돌'을 의미했다.

남편은 내친김에 아이들을 프로바둑기사로 키울 생각을 하게 되었다. 맏아들이 첫 대상이 되었다. 홍종현 9단이 운영하는 신록헌에서 전국에서 한 명의 문하생을 뽑는다고 했다. 신록헌은 프로기사로 가는 등용문과도 같았다. 초등학교 5학년이던 상훈은 마침 중국에서 열린 대회에서 일등을 차지했던 만큼 신록헌에 들어가는 데는 무리가 없었다. 또 모처럼 온 천금 같은 기회라 남편은 적극적으로 나섰다.

"큰애가 바둑으로 성공할 싹이 보여. 그러나 이 섬에서는 우리 애들이 성공할 수 있다고 장담하기 어려워. 아무리 잘한다고 해도 서울 도장만 하겠소. 내 직감으로, 서울로 유학 보내면 더 발전할 거요. 틀림없어."

'겨우 열두 살짜리 철부지를 연고도 없는 객지에 보내야 하다니…….

양례는 선뜻 내키지 않았다. 더구나 '서울 유학'에는 만만치 않은 돈이 들 것이 뻔했다. 다른 아이들의 학비도 감당해야 하는 그녀로서는 망설일 수밖에 없었다. 그러나 아들을 기어코 바둑으로 성공시키겠다는 남편의 결심은 확고했다. 양례는 남편의 뜻에 따랐다.

서울에 온 상훈은 홍종현 9단의 와병으로 권갑용 7단의 도장으로 옮겨갔다. 도장 아이들은 상훈이 나이가 가장 어린데다 낙도 출신이라고 은근히 텃세를 해댔다. 양례는 애가 탔지만 남편은 태평했다. 이따금 서울에 올라가서도 도장에서 대장격인 아이를 혼내거나 나무라기는커녕 달래고, 푼돈까지 쥐어주었다. 게다가 심통을 부려도 너그럽게 받아주곤 했다. 매서운 바람의 기를 꺾는 것은 두꺼운 외투가 아니라 따뜻한 햇볕이라는 게 남편의 생각이었다. 철부지들의 고약한 심성은 시간이 흐르면서 차츰 고개를 숙였다. 양례는 남편의 인격에 감탄했다.

4년 후 상훈이 프로 입단에 성공하자 남편은 세돌도 서울로 바둑 유학을 보내기로 결심한다. 주로 아버지와 대국하고 이따금 서울에서 내려온 맏형과 대국하곤 했지만 세돌의 바둑 기량은 하루가 다르게 늘어갔다. 아마추어 대회에 나간 세돌이 너무 빨리 두다가 실수를 해 8강에서 탈락하자 여지없이 회초리를 들 정도로 엄하게 지도한 남편이었지만 이미 자신이 지도할 수 있는 교육의 한계를 절감하고 있었다. 마침 세돌이 이붕배 어린이 바둑대회에서 우승한 직후였다.

'이 아이는 타고났어. 틀림없는 바둑 천재야. 바둑으로 대성하려면 빨리 서울로 보내 제대로 지도를 받게 해야 할 텐데…….'

남편은 내심 초조해했다. 이런 차에 상훈의 프로 입단 소식은 그의 마음에 불을 질렀다.

양례는 남편의 생각을 짐작하면서도 망설였다.

'세돌이는 머리가 비상해. 공부를 계속해도 한몫할 텐데……. 이제 겨우 여덟 살밖에 안 된 어린 것을 떼어 보내야 하나…….'

남편은 형이 있으니 다른 사람보다 더 좋은 조건이라며 양례를 설득했고 결국 양례는 남편의 판단에 따랐다. 세돌은 권갑용 7단의 문하생으로 본격적인 기사 교육을 받기 시작했다. 오전에는 학교 공부, 오후에는 도장에서 바둑 공부가 이어졌다. 세돌이 간혹 심술궂은 사범들에게 골탕 먹고 눈물을 짤 때면 상훈은 슬그머니 동생을 데리고 나가 먹을 것, 입을 것을 사주며 기분을 풀어주곤 했다. 4년 뒤에 상훈의 군 입대를 사흘 앞두고 세돌은 마침내 프로기사로 입단했다. 3전 4기 만이었다. 국내 사상 두 번째로 형제 기사가 탄생한 날, 양례는 기쁨의 눈물을 흘렸다.

부모의 협력 플레이로 환경을 극복하다

양례가 주위의 부러움을 사는 이유는 '바둑왕자'의 어머니이기 때문만은 아니다. 고작해야 300호를 헤아릴 정도의 농가가 사는 작은 섬 비금도, 게다가 목포에서 드나드는 배편도 하루 한 편이 고작이어서 날이 궂을 때는 말할 것도 없고, 좋더라도 한 편뿐인 배 시간을 놓치면 어쩔 수 없이 목포에서 하룻밤 신세를 져야 할 정도로 외딴 섬 마을에서 두 딸은 이화여자대학교를, 둘째 아들은 서울대학교 컴퓨터공학과를 졸업시켰으니 이는 보통 대단한 일이 아닐 것이다. '비금도산 서울대학생'의 등장은 섬 마을 전체의 화제가 되기에 충분했다.

그녀는 3남 2녀를 모두 바둑으로 먹고사는 프로기사로 만들 수는 없다고 생각했다. 남편과 의논 끝에 둘째 아들과 두 딸은 공부를 시키기로 결정했다. 특히 딸을 대학까지 보내기로 한 데에는 대학을 가지 못한 양례의 한이 작용한 것으로 보인다. 목포여자고등학교 시절, 대학 입시를 준비하느라 과외 수업을 받는 친구들이 그녀는 몹시 부러웠다. 남편도 4년제 종합대학교를 다시 다니고 싶어할 정도로 지식욕이 강했다. 그런 까닭에 세 자녀를 대학까지 보내자는 합의는 쉽게 이뤄질 수 있었던 것이다.

양례는 그녀의 아버지가 그랬듯이 중학교를 졸업한 큰딸 상희를 광주로 유학 보내 수피아여자고등학교에 진학시켰다. 이미 3년 전 만아들이 서울로 바둑 유학을 떠난 터라 가계의 부담은 상당했다. 그러나 양례는 주저하지 않았다. 땅을 팔아서라도 아이들을 교육시키겠다는 각오는 확고했다.

그러나 2년 후, 둘째 딸 세나가 고등학교 진학을 앞두자 그녀는 눈앞이 캄캄해졌다. 큰딸이 서울로 대학을 가게 되면 유학 비용은 눈덩이처럼 불어날 게 뻔했기 때문에 세나까지 광주로 유학을 보내기에는 너무나 버거웠다. 도회지 유학만이 최상의 방법은 아닐 것이라고 생각한 양례는 궁리 끝에 둘째 딸 세나를 비금고등학교로 진학시켰다.

2년 후에 상희는 이화여자대학교에 합격했다. 양례는 뛸 듯이 기뻤지만 내색을 하기는 어려웠다. 비금도에서 공부하는 둘째 딸을 생각하면 가슴이 저려왔다. 명문 대학에 합격한 큰딸이 대견했지만 어려운 살림에 광주까지 유학을 시켰으니 어찌 보면 당연한 결과라고 생각하며 흥분을 가라앉혔다. 그리고 큰딸이 명문 대학에 진학한 만큼 둘째 딸도 반드시 좋은 대학에 합격시켜야 한다고 생각했다. 양례는 큰딸의 대학 합격을 마냥 좋아할 수만은 없는 심경을 남편에게 토로했다.

"딴은 그렇구려. 하지만 걱정하지 마시오. 세나가 반드시 좋은 대학에 갈 수 있도록 내가 최선을 다하리다."

수오는 딸의 학업에 매달리며, 초등학교 6학년이 된 둘째 아들 차돌의 교육에도 심혈을 기울였다. 그는 EBS 교육방송에 주목했다. 낙도라는 입시 교육 환경의 불리함에 대한 보완책은 오직 교육방송이 제공하는 유명 강사들의 입시 강의 프로그램뿐이었다. 그는 관련 프로그램을 하나도 빼놓지 않고 세나가 보도록 지도했다. 뿐만 아니라 방송 프로그램들을 모두 녹화해 학교에 보냈다. 미처 집에서 방송을 보지 못한 다른 학생들도 학업에 뒤지지 않도록 해야 한다는 뜻에서였다. 비금고등학교는 EBS 방송 프로그램을 보면서 교사들이 학생을 가르치는 시간을 마련했다. 수오의 적극적인 교육 덕분에 세나는 남녀공학인 비금고등학교에서 전교 1등을 차지했다. 외딴 섬에서 졸업한 세나도 당당히 이화여자대학교 국문과에 합격했다.

차돌에게는 공부를 시키기로 마음먹은 수오는 학업의 토대를 갖출 수 있도록 하는 데 주력했다. 수학은 논리적 사고를 길러주는 토대가 될 뿐만 아니라 시험 성적의 차이를 벌이는 데 주효하다고 생각했다. 수오는 초등학생인 차돌이 학교에서 돌아오면 집중적으로 수학을 가르쳤다. 학교의 수업 진도와는 상관이 없었다. 차돌이 수학적 원리를 이해하면 다음 단계로 넘어갔다. 그의 관심은 수학적 사고력을 높이는 데 있었다. 전국 규모로 치러진 초등학교 수학경시대회에서 차돌이 당당히 입상함으로써 그의 교육법은 효력을 입증했다. 비금중학교를 졸업하고 목포고등학교로 진학한 차돌이 훗날 서울대학교의 관문을 거뜬히 통과할 수 있었던 것은 수오의 이런 체계적인 교육 덕분이었다.

남편이 자식들의 학업 뒷바라지에 심혈을 기울일 수 있도록 가계를 도맡는 것은 양례였다. 농사짓기처럼 힘든 일은 못하지만 남편은 틈틈이 집안일을 도왔다. 하지만 돈 문제에는 관심이 없었다.

그녀는 어려운 돈 문제를 해결하는 데 전적으로 매달렸다. 농업이 생업인지라 수확한 농산물이 소득의 전부였다. 이마저 다 팔고 나면 농협에서 자금을 대출 받아 쓰는 수밖에 없었다. 농협자금대출도 쉬운 일이 아니었다. 어떻게 해서 대출을 받아도 상환해야 할 날짜가 다가오면 입술이 탔다. 부유한 집안의 막내로 아쉬움 없이 자란 남편은 차마 입이 떨어지지 않아 남에게 돈을 빌려달라는 말을 하지 못했다. 자존심이 걸려 아쉬운 말을 할 수가 없었던 탓이다. 여기저기서 돈을 꾸고 갚으며 그때그때 발등에 떨어진 불을 끄는 일은 모두 양례의 몫이었다.

자녀들의 교육비만이 문제가 아니었다. 두 아들을 프로기사로 키워가는 과정에도 많은 돈이 필요했다. 서울에서 열리는 규모 있는 바둑대회에 한 번 참가하려면 대회 참가비에 교통비와 숙박비, 식사 비용까지 적잖은 비용이 들었다. 미리미리 대회 몫으로 돈을 떼어두고 살림을 해야 할 정도로 양례의 가계는 여유가 없었다. 대회 날짜가 잡히면 남의 돈을 빌려서 보내는 일이 다반사였다. 다행히 대회에 나간 아들이 우승을 하면 상금을 타서 꾼 돈을 갚을 수 있었지만 좋은 성적을 거두지 못하면 그대로 빚으로 남았다. 대회에 나간 아들이 한 집을 두고 치열하게 접전을 벌이고 있을 때 비금도에 남아 일하고 있는 양례의 입술도 탔다. 남의 돈으로 대회에 보낼 때는 입상을 못 하고 돌아올까 봐 초조한 마음으로 소식을 기다려야 했다. 그러나 겉으로는 대회에 나간 아들의 기가 죽을까 봐 내색조차 할 수 없었다. 그런 사정을 남편에게조차 알리지 않고 양례는 모든 스트레스를 혼자 떠안았다.

강인하지 않으면 안 되었다. 가족 부양과 아이들 교육의 경제적 책임을 떠맡은 양례는 억척스레 농사일에 매달렸다. 비록 고등학교를 졸업하기는 했지만 양례 역시 전통적 가치관 속에서 남성과 여성의 역할에 익숙해 있었다. 당시의 사회적 분위기 또한 여성의 일이라 이름 지어진 것에 충실할 것을 요구하는 압력이 컸다. 그러나 양례에게는 선택의 여지가 없었다. 그녀는 남편을 믿고, 주어진 상황을 운명으로 받아들였다.

가족의 가치를 알게 하다

그녀는 아이들도 똑같이 신뢰했다. 어느 한쪽이라도 못 미더워한다면 가정의 불화는 끊이지 않게 된다. 그녀는 모든 것을 가슴에 담아두고, 보는 것도, 말하는 것도 최대한 자제했다.

'믿어야 한다. 다 잘 될 것이다.'

그녀는 스스로에게 최면을 걸 듯 수없이 다짐했다.

도고리 마을 아이들은 다른 동네 애들보다 짓궂기로 유명했다. 네 것, 내 것에 대한 개념도 명확하지 않아서 남의 것이라도 말없이 그냥 가져가는 일이 예사였다. 그러나 양례는 자녀들을 믿었다.

'우리 아이들은 다를 거야. 아버지가 잘 가르치고 있으니 절대로 그런 일 없을 거야.'

정말 그녀의 아이들은 그런 일과는 거리가 멀었다. 아이들은 부모의 가르침을 소중히 여겼다. 특히 부친의 말에는 엄청난 무게가 실려 있음을 알았던 것이다. 그녀 또한 그런 남편을 존경했다.

상훈이가 초등학생 시절의 일이다.

어느 날 양례는 안방 화장대 위에 둔 돈이 없어진 것을 발견했다. 지금껏 한 번도 없던 일이 벌어지자 그녀는 대경실색했다. 아무리 생각해도 손을 댈 만한 사람은 상훈밖에 없었다. 요 며칠 부쩍 할머니 집에 놀러간다며 동네 아이들과 어울려 다녔던 것이다.

'이녀석이 동네 아이들과 몰려다니며 군것질을 하느라고 돈을 훔쳐갔구나. 바늘 도둑이 소 도둑 된다는데 이 일을 어찌해야 좋을까.'

양례는 남편에게 달려가 자초지종을 설명했다.

"다시는 이런 일을 하지 못하게 따끔하게 혼을 내야 해요."

묵묵히 듣고 있던 남편은 그녀의 말이 끝나기를 기다렸다가 한마디 했다.

"돈이란 누구든 보면 욕심이 생기지. 크든 작든 마찬가지야. 그런 돈을 함부로 놓아둔 당신이 잘못이야."

양례는 정신이 번쩍 들었다. 아이를 탓하기 전에 자신의 부주의함을 돌아보라는 남편의 말이 커다란 울림으로 다가왔기 때문이다. 함부로 돈을 놓아두면 다른 자녀들도 똑같은 유혹에 빠져 잘못을 저지를 수 있다는 자각이 들었다. 그날 이후 그녀는 돈을 꼼꼼히 간수했다. 양례의 단속으로 상훈의 돈 훔치는 버릇도 자연히 끝이 났다. 다른 자녀들에게 그런 일이 되풀이되지 않았음은 물론이다.

아이들끼리 싸움이 벌어져도 그것을 해결하는 남편의 방식은 남달랐다. 어느 날 차돌과 세돌 사이에 싸움이 벌어졌는데 이번 싸움은 남자 형제들간에 흔히 있을 수 있는 정도를 지나쳤다. 세돌이 차돌이를 이기려고 덤빈 것이 큰 싸움으로 번진 것이다. 고집이 센 세돌은 세 살이나 위인 형을 기어코 이기려고 끝없이 덤벼들었다.

"상훈이 너, 이리 오너라. 맏형이 뭘 하는 거냐! 동생들이 이 지경
이 되도록 한 네 잘못이 크다. 매를 맞아야 정신을 차릴 테냐!"

남편은 상훈을 불러 앉힌 뒤 심하게 꾸짖고 회초리로 때렸다. 싸
움을 벌인 두 아이는 자기들 대신 아버지에게 혼이 나고 있는 큰형을
보기가 민망했다. 상훈은 차돌보다 다섯 살 위였고, 세돌보다는 무려
여덟 살이나 위였다.

코흘리개 꼬마 둘은 울음을 섞어가며 통사정을 했다.

"제가 잘못했어요. 큰형을 그만 용서해 주세요. 큰형은 아무 잘못
이 없어요."

그제야 남편은 세돌에게 말했다.

"형과 싸움을 한 것을 나무라는 것이 아니다. 이길 수 없는 데도
기어코 이기려고 하는 그런 마음이 나쁜 거야. 알겠지?"

이기려는 마음은 좋지만, 이길 수 없을 때 물러설 줄 아는 현실적
판단과 다음을 기약하는 현명함을 아이들에게 요구했던 것이다.

형제간의 잘못에 대해 당사자들의 문제로 국한시키지 않은 훈육
방법은 훗날 세돌에 대한 온 가족의 전폭적인 지원으로 효력을 발휘
한다. 자신도 승부사인 프로기사이면서도 동생을 희생적으로 돌보는
맏아들 상훈을 비롯해, 슬플 때나 기쁠 때나 동생의 말벗이 되어 외로
움을 달래주는 두 누나 등 형제들의 우애가 대단하다.

아버지에게 혼나고 있는 아이들을 볼 때마다 양례의 마음은 안쓰
러웠다. 남편은 아이들에게 일반적인 기준보다 훨씬 더 엄격한 기준
을 적용했다. 보통 집에서는 양해가 될 법한 일도 그냥 넘어가는 일이

없었다. 그러다 보니 당연히 혼나는 일도 잦았다. 그러나 그녀는 그 상황을 참고 견디었다. 남편이 아이들을 야단칠 때 양례는 절대로 옆에서 감싸지 않았다. 아이들이 엄마에게 구원의 눈길을 보내도 그녀는 모르는 척 다른 쪽을 처다보고 있을 정도였다. 당장 마음이 아프다고 해서 섣불리 감싸주었다가 아이가 제가 한 일에 대해 옳은지 그른지 판단조차 못하게 되면 더 큰일이라고 생각했기 때문이다. 그래서 남편이 아이들을 꾸짖을 때 양례가 나서는 일은 극히 드물었다. 남편이 아이들에게 호통을 치면 양례는 침묵했다. 남편이 너무 심하게 아이들을 혼낸다 싶을 때에만 뒤에서 슬쩍 "네가 잘못해서 꾸지람을 듣고 있지 않니? 그러니까 잘해라" 하고 분위기를 가라앉히는 것이 전부였다.

남편은 그녀와 말하기를 즐겼고, 유머 감각도 뛰어나 지친 일상을 잊게 해주었다. 보통 남편들보다 월등히 가정적이어서 그녀로서는 불만이 있을 수가 없었다. 전쟁 직후라 모든 물자가 귀했지만 특히 카메라는 일반 가정에서는 보유하기조차 힘들었다. 학교에서 실시하는 학생들의 가정 생활 조사서에는 전화, 피아노와 함께 카메라 난이 따로 있을 정도였다. 카메라가 있다는 것만으로도 '있는 축'에 속했던 것이다. 필름 값도 비싸 기념일이 아니면 사진을 찍는 일이 드물었다. 그런 카메라로 남편은 그녀의 여러 모습을 담았다. 일하는 모습도 찍어주고, 아이를 돌보는 모습도 담았다. 그녀가 웃으면 웃는 대로, 하품하면 하품하는 대로, 있는 그대로를 담아내고 좋아했다.

일상적인 생활 속에 이런 남편의 자상하고 정에 넘치는 세심함이 벅찬 농사일에 시달리는 양례에게는 힘든 현실을 뛰어넘게 해주는 원동력이었다.

●● 긍정의 힘으로 세상을 보라

양례는 근본적으로 긍정적인 사람이다. 도시에서 고등학교를 나온 여성이 한 번도 해보지 않았던 농사일로 가족들의 생계를 책임져야 한다는 것은 그 자체만으로도 충분히 비관적일 수 있다. 그러나 양례는 '긍정의 힘'으로 이를 이겨냈다.

그녀의 긍정적 사고는 어린 시절 가정 환경에서 형성된 듯하다. 그녀의 부모는 이런 환경을 만들어주었다. 양례의 부친은 자녀가 한 일에 대해 칭찬을 아끼지 않았다. 집에서 칭찬하는 것으로 그치지 않고 다른 사람들에게도 널리 자랑했다. 아버지의 그런 모습을 볼 때마다 양례는 '더 잘해야지' 하고 새로운 각오를 다졌다. 어쩌다 혼이 나는 경우에도 부모가 함께 나서 야단을 치지 않았다. 어머니가 야단을 치면 아버지가 그녀를 다독여주고, 아버지에게 질책을 듣고 토라져 있으면 어머니가 그녀의 마음을 풀어주며 응어리가 남지 않도록 가르쳤다. 이런 환경은 그녀를 어떤 상황에서도 착하게 살도록 하며 나쁜 길로 가지 않도록 보호하는 튼튼한 울타리가 되었던 것이다.

양례의 성격은 집착이 강해 무슨 일이든 반드시 성과를 얻어내야 직성이 풀렸다. 그런 만큼 하는 일에 대해 열과 성을 기울였다. 남편이 직장을 그만두고 집안에 들어앉으면서 이어진 시골 생활을 통해 처음으로 궁핍함을 체험하면서도 그녀는 좌절하지 않았다. 오히려 자신에게 주어진 새로운 역할을 담담히 받아들이며 제 몫을 훌륭히 해내기 위해 최선을 다했다. 가정 경제를 위해서나, 남편의 인격을 손상하지 않기 위해서나 모두 그녀가 열심히 사는 것이 최상의 길임을 깊이 깨달았다.

양례는 1998년 정신적 지주였던 남편을 이승으로 떠나보냈다. 생활인으로서의 능력은 거의 없다시피 했지만 고귀한 인격은 그를 존경하게 만들었다. 남편은 국민의료공단으로부터 건강검진을 받을 차례라고 알려와도 좀처럼 병원을 찾지 않을 정도로 병원 가기를 싫어했다. 그러던 어느 날 남편은 갑자기 기침을 시작하더니 하루가 다르게 상태가 나빠져 급기야 식사를 하지 못하는 지경이 되어서야 비로소 병원을 찾았다. 자신의 죽음을 예감했던 것일까. 비금도의 병원을 거쳐 목포의 한 병원에서 한 달을 투병하던 남편은 틈만 나면 의사에게 집에 가겠다고 졸랐다. 비금의 보금자리로 돌아온 지 약 두 달 만에 양례가 지켜보는 가운데 남편은 숨을 거두었다.

남들보다 빨리 찾아온 가장의 죽음은 가족 모두에게 커다란 충격이었다. 훗날 연승을 달리며 '쎈돌 바둑왕자'로 등극한 세돌이 한 인터뷰에서 "프로 입단 2년 동안 이렇다 할 성적을 내지 못하고 있는데 그토록 바둑을 좋아하시던 아버지가 돌아가셨다. 그래서 앞으로는 정말 열심히 살아야겠구나 하는 다짐을 하게 되었고, 또 스스로도 열심히 했다고 생각하고……, 아버지 꿈이 아들이 최고의 프로기사가 되는 것이었기 때문에 그 약속을 지키려고 노력했다"고 말한 것을 봐도 예기치 못한 아버지의 죽음이 불러온 충격을 헤아릴 수 있다.

하물며 남편이 유일한 위안이었던 양례에게는 더욱 감당하기 어려운 일이었다. 그러나 양례는 오뚜기처럼 다시 자신을 추스렸다.

'정말 생각이 깊은 분이야. 아픈 중에도 집안의 가스통 다루어봐

라, 오토바이 잘 탈 수 있는지 시험해 봐라 하시더니, 다 이런 일이 있을 줄 내다본 모양이네.'

바둑을 빼놓고 남편이 하는 일은 무엇이든 다 따라했던 그녀는 죽음을 예감한 남편이 혼자 남겨질 자신을 위해 농사는 물론 집안의 소소한 잡일까지도 해낼 수 있게끔 준비시킨 것이라고 생각했다.

3월은 긴 겨울을 끝내고 봄이 기지개를 켜는 시기다. 찬 기운이 남아 건물 밖에서 생활하기에는 좋지 않은 때이기도 하다. 장례를 치를 준비를 하는 양례는 변덕스러운 봄 날씨가 혹여 찬 바람을 몰고 올까 봐 내심 걱정이었다. 그러나 다행스럽게도 사흘 내내 내리쬐는 봄볕은 따뜻해서 마당에서 차일을 치고 조문객을 맞기에 충분했다.

'상을 밖에서 치를 수 있어 다행이야. 남편이 끝까지 나를 돌봐주고 있어.'

그녀는 따사로운 봄볕이 남편의 마지막 사랑이라고 생각했다. 사랑했지만 짧았던 남편과의 인연을 마감하는 고비에서도 그처럼 슬픔을 견디어 나가는 것을 봐도 그녀의 긍정적 사고가 얼마나 깊고 큰 힘을 발휘하게 하는지를 알 수 있다.

이세돌 9단은 최근 '외국 기사 킬러'라는 별칭을 하나 더 얻었다. 그의 강한 승부사 근성이 국제대회에서 더욱 발휘되어 연거푸 우승배를 안았기 때문이다. 이세돌 9단의 선전으로 상금이 늘어나고, 맏아들도 바둑도장을 열어 꿈나무들을 키우고 있어 이제 양례는 경제적으로 누리고 살 만해졌다. 그렇지만 그녀는 지금도 '비금도 본부'에서 철수할 마음이 없다. 부지런히, 열심히 살아온 지난 생처럼 그녀는 오늘도 남편과의 추억이 깃든 집을 구석구석 살피고 밭에 나가 농작물들을 정성껏 돌본다. 밭농사의 양을 좀 줄이기는 했지만, 여름에는 마늘, 깨, 콩 농사로, 겨울에는 시금치를 재배하느라 그녀는 여전히 분주하다. 왕년의 소득원이었던 딸기와 배추 농사는 그만두었지만 홀로 고향집을 지키는 어머니가 안쓰러워 집을 정리하고 서울로 올라오라고 자녀들이 성화를 대도 들은 체도 하지 않는다. 대신 가을걷이가 끝나면 서울로 올라와 한두 달 머물다 가곤 한다.

"물도 좋고, 공기도 좋고, 적당한 일도 있으니 떠날 이유가 없다"고 양례는 말하지만 더 깊은 이유가 있다. 그녀에게 비금도의 집을 떠난다는 것은 곧 남편과의 결별처럼 느껴지기 때문이다. 그리고 훗날 자녀들이 모두 결혼한 뒤 행여 '누가 어머니를 모시고 살 것인가' 를 두고 일어날지 모르는 갈등을 미리 방지하기 위한 속내도 있다. 그녀가 '비금도 본부' 를 유지하는 한 자녀들이 모두 결혼한 뒤라도 일주일 정도씩 고루 머물다 가면 서로 부담도 없고 지금처럼 돈독한 형제애를 계속 유지할 수 있을 것이라 여기기 때문이다.

다행히 아직까지는 농사일에 매달려 1년의 태반을 보낼 정도로 양례는 건강하다. 앉아서 김매기를 할 때 다리 관절에 가벼운 통증이 있을 뿐이다. 잡초를 뽑고 땔감을 마련하는 일이 갈수록 힘에 부쳐 먼저 간 남편을 떠올리곤 하지만 그런 이유로 시골 생활을 접을 생각은 없다.

양례의 꿈은 이세돌 9단이 지금의 위치에서 멈추지 말고 오래도록 세계에 명성을 떨치는 것이다. 그렇게 하기 위해서 건강이 첫째라고 그녀는 생각한다. 스무 살이 채 되기도 전에 술과 담배를 입에 댄 아들인지라 더욱 신경이 쓰이는 것이다. 2006년 봄 결혼하여 한 아이의 아빠가 되었지만 그녀의 눈에는 아직도 어리기만 한 막내다. 마음으로는 지켜주고 싶지만 농사일이 한창일 때에는 그저 전화로 안부를 나누는 것이 고작이다.

'힘들어도 참고 노력하면 희망이 생긴다.'

이것이 양례가 평생 간직해 온 신념이다. 희망을 불신하니까 육체적으로 피곤하고 마음이 고된 것이라고 생각하는 그녀는 그래서 희망을 잃지 않기 위해 열심히 노력했고, 그런 그녀에게 희망은 현실이 되어주었다. 30여 년을 농사일, 그것도 잠시 쉴 틈 없이 밭농사에 매달려 왔음에도 불구하고 그녀에게서는 거칠고 투박한 시골 아낙네의 모습을 전혀 찾아볼 수 없다. 그것은 '희망'의 존재를 확신한 그녀의 강인한 정신력 때문일 것이다. 가냘픈 몸으로 힘든 현실과 부대끼면서도 언제나 밝고 포근함을 잃지 않는 그녀를 자녀들은 놀라움 속에서 바라보았다. 그녀가 지닌 강인한 집념과 열의는 그대로 자녀들에게 대물림되었다. 화려한 난전을 즐기며 실리 바둑으로 '바둑 천재'의 면모를 유감없이 발휘하여 프로바둑기사로서는 처음이라고 할 정도로 높은 대중적 인기까지 모으고 있는 이세돌 9단의 승부사 기질은 바로 어머니의 영향이라고 볼 수 있다.

외딴 섬 마을에서 자란 다섯 자녀는 도시의 유혹에 흔들리지 않고, 주어진 환경에 굴복하지 않으며 바르게 성장해 결국 '보람'이라는 부메랑이 되어 그녀에게 돌아왔다. 희망은 믿는 사람에게만 그 모습을 드러낸다.

부모의 협력 플레이는 선택이 아닌 필수다

산업화가 우리 가정에 미친 영향은 지대하다. 일과 가정의 엄격한 분리가 그것이다. 남편은 바깥일, 아내는 집안일이라는 등식이 성립되면서 가족 관계의 모든 일이 아내의 차지가 되었다. 직장에서의 생존이 가장 중요한 일이 되면서 남편은 사회적 관계 맺기에 힘을 쏟았다. 아내의 몫으로 돌려진 집안일 중 빼놓을 수 없는 것이 바로 자녀 교육이다. 대학 입학으로 자녀 교육의 성패를 가늠하는 요즘 세태에서 자녀가 원하는 대학에 합격하지 못할 경우 어머니들은 '죄인 아닌 죄인' 신세로 전락하고 만다.

그러나 과거로 돌아가 보면 옛부터 자녀 교육은 부모의 협력 하에 이뤄졌다는 것을 알 수 있다. 특히 학문과 관계되는 교육에서 부친의 역할은 컸다.

다산 정약용은 유배지의 특수한 상황에도 불구하고 '망한 집안'을 일으키기 위해 두 아들에게 수많은 편지로 지침을 내렸다. 자녀들에게 서울로부터 10리를 벗어나지 말고 되도록 서울 한복판에서 살라는 당부와 벼슬길에 오르지 못해도 학문을 게을리하지 말라는 지침을 내린다. 유배지의 통제가 완화되는 틈을 빌어 아들을 유배지로 불러 학문을 지도하고 술버릇까지 가르쳤다.

의성 김씨를 명가의 반열에 올려놓은 청계 김진은 다섯 아들을 모두 벼슬길에 오르게 했다. 여덟 남매를 남기고 부인이 먼저 죽자 청계는 벼슬길을 포기하고 낙향해 자식 교육에 헌신해서 다섯 아들을 과거에 합격시켜 나라로부터 상을 받기도 했다.

그러나 산업사회 이후 우리의 오랜 전통이었던 '엄부자모' 는 자취를 감추었다. 아버지가 빠진 자녀 교육의 자리에 새로운 단어 '엄모자모'가 들어섰다. 오늘날 한국을 12위의 경제대국으로 성장시킨 원동력으로 알려진 '한국의 교육열'이지만 내부를 들여다보면 한발로 걷는 듯 위태롭기만 하다.

훌륭하게 자녀를 키워낸 어머니들의 교육법을 보면 아버지의 역할을 일정 부분 남겨두고 있다. 출산은 신성한 어머니의 몫이지만, 양육에서는 부모의 협력이 중요하다는 것이다.

'미국의 어머니'로 추앙받은 케네디 대통령의 어머니 로즈 케네디는 부친인 존 프란시스 피츠 제럴드의 교육법을 물려받았다. 그녀의 부친은 집에 있을 때는 아이들에게 '이그잼플'이라는 산수 게임을 시키곤 했다. 이를테면 '5에다 3을 곱하고 1을 더하고 4로 나눈 다음 거기서 2를 빼고 다시 3으로 나누면 얼마가 되지?' 하는 식의 구두 문제였다. 아이들은 종이에 계산해 답이 나오면 차례로 아버지에게 내보이곤 했다. 문제는 점점 더 어려워지고 질문의 속도도 빨라졌지만, 아이들은 이를 쫓아갔다. 이 방법이 두뇌 훈련이 되었다고 로즈는 회고했다.

'바둑왕자' 이세돌의 부친 이수오가 낙도에서 자란 세 아이를 모두 명문 대학에 진학시켰던 비결도 이와 흡사하다. 특히 서울대학교 컴퓨터공학과 3학년으로 복학한 둘째 아들 차돌의 경우 비금도 출신으로는 처음 서울대학교에 합격한 기록을 세웠다. 수오는 학교의 진도와 상관없이 어린 차돌에게 수학을 집중적으로 가르쳤던 것이다. 또한 그가 세돌의 바둑 유학 결정 등에 적극 관여하지 않았다면 오늘의 '바둑왕자'는 볼 수 없었을 것이다.

훌륭한 어머니들의 공통점은 어떤 경우에도 자녀들에게 아버지의 자리를 확고하게 인식시켰다는 것이다. 가정을 자주, 오래 비우는 남편임에도 자녀들에게 "네 아버지만 한 사람이 없다"고 교육한 오연호 오마이뉴스 대표이사의 어머니 최명순, 알콜 중독자인 남편으로 괴로움을 겪으면서도 '알콜 중독은 병'이라며

"설사 아버지가 우리를 당황스럽게 만든다 할지라도 술을 마시지 않았을 때 그
가 얼마나 친절하고 자상한 사람이었는지 기억해야 한다"고 아들들을 타일렀던
로널드 레이건 대통령의 어머니 넬 윌슨 레이건, 이들은 외다리식 자녀 교육의
폐해를 분명히 알고 있었던 것이다.

© 최상규

© (재)한국기원

이. 경. 희

정운찬 전 서울대학교 총장의 어머니

Theme 03

정승이 되라는 한 마디로
무한한 자긍심을 키우다

정운찬

1948년 충남 공주에서 태어나 1970년 서울대학교 경제학과를 졸업하고 한국은행에 취업했다. 1971년 미국으로 건너가 마이애미대학에서 경제학 석사를 받고, 1976년 프린스턴대학에서 경제학 박사를 취득했다. 컬럼비아대학에서 조교수로 지내다 1978년 서울대학교 경제학과 교수가 되었으며, 2002년 서울대학교 총장으로 당선되어 2006년 6월 재임 기간을 마친 첫 번째 총장으로 기록되었다. 현재는 경제학부 교수와 한국경제학회 회장을 맡고 있다.

"자네는 나를 엄마라 부르지 마시게."

무릎을 꿇고 앉은 운찬의 눈에서 눈물 한 방울이 뚝 떨어졌다. 오늘도 운찬은 무심결에 여느 아이들처럼 "엄마" 하고 불렀다가 어머니에게 혼이 나고 있는 참이다. 매를 때리거나 벌을 세우는 것도 아니고 나지막한 목소리로 차분하게 하는 말씀이 운찬에게는 마치 바늘로 가슴을 찌르는 듯했다. 운찬은 쏟아지는 눈물을 참으며 말했다.

"어머니, 제가 또 깜박했습니다. 다시는 그런 일이 없도록 조심하겠습니다."

초등학교 문턱을 밟기도 전, 아직 모친의 품안에서 어리광을 피울 나이였지만 어머니 이경희는 운찬에게 젖 냄새나는 말투를 용납하지 않았다. 손위 형제자매들이 은근히 눈총을 줄 정도로 유별나게 막내아들 운찬을 애지중지했지만 이것만은 용서하지 않았다.

동네 친구들은 모두 엄마라고 부르는데 굳이 따지자면 잘못이라고 할 만한 일도 아니었기에 운찬은 내심 야속한 마음이 들었다.

'어머니는 왜 엄마라고 부르는 것을 싫어하실까?'

운찬은 속으로 그 이유를 헤아려보았지만 알 수가 없었다.

코흘리개 동네 꼬마들이 "엄마, 엄마" 하고 재롱을 피우던 때, 꼬마 운찬도 엄마를 '엄마'라고 부르고 싶었다. 그러나 경희는 운찬에게 '엄마'라고 부르지 못하게 했다. 혼을 낼 때면 "네, 이녀석" 할 만도 하건만 한 번도 그런 말을 입 밖에 내지 않았다. 그녀가 아들을 부르는 용어는 항상 '자네'였다.

어릴 적 운찬의 성적표에 적힌 교사들의 평가는 이러했다.

'나이에 비해 철이 일찍 듦.'

'얌전하고 성실한 것은 좋으나 너무 성인다운 것이 흠이다.'

요즘의 표현을 빌리자면 '애어른' 이라고나 할까. 막내아들임에도 불구하고 일찍부터 성숙함이 몸에 배인 데에는 경희의 태도가 영향을 주었을 것이다.

정운찬 교수는 미국 생활을 접고 1978년 한국에 돌아와 서울대학교 교수 생활을 시작했으나 학생들에게 반말을 하지 못했다. 연구실에서도 마찬가지였다. 17년이 지나서야 겨우 말꼬리나마 내리기 시작했다. 학생들에게 "……어떻겠어요?"라고 존대어를 쓰던 정 교수는 이제 "……어떻지?"라고 말한다.

가정 생활에서도 그의 정중한 말투는 여전하다. 1973년 결혼했으니 자그마치 33년의 세월이 흘렀건만 아직도 그는 부인을 "여보"라고 부르지 못한다. 경희의 어법을 통한 가르침은 이렇듯 그의 내면에 깊숙이 자리잡고 있다.

그를 만나면 제일 먼저 '작은 거인' 이라는 느낌이 든다. 군사독재 시절, 정의로운 사회를 위해 목소리를 내는 것을 두려워하지 않았고, 민주화가 된 이후에는 흔들림 없이 학자의 길을 걸었으며, 서울대학교 수장에 오른 후 합리적 사고로 서울대학교 변혁을 주도하고 있는 그의 삶의 궤적은 '정·운·찬' 이라는 이름의 울림과 무게를 크고 무겁게 한다.

그러나 정작 그를 만나면 평균치보다 작아 보이는 키와 보통 체격 때문에 머릿속에 자리잡은 '큰사람' 의 이미지와는 달라 내심 당황하게 된다. 하지만 그와 눈을 마주하고 대화를 시작하면 진중하고 쉽게 넘볼 수 없는 위엄이 그를 감싸고 있어 작은 체구라는 겉모습을 순식간에 잊어버린다. 작지만 오히려 커 보이는 그 수수께끼를 푸는 열쇠는 그의 어머니로부터 찾을 수 있다.

생활의 형식이 내용을 지배하기도 한다. 성대한 종교적 의식이 경건하고 엄숙함을 불러일으키는 것과 같은 이치다. 호칭으로 자신의 위치를 새롭게 자리매김하고 말의 품격을 통해 현실적 상황을 넘어설 수 있도록 그녀는 자녀들을 지도했다. 이런 태도는 몰락한 반가의 며느리로서 물질적인 궁핍함을 고귀한 정신으로 극복해 나가려는 강인한 의지의 산물이었다고 볼 수 있다.

한산 이씨 가문의 자손으로 충남 논산에서 태어난 그녀는 16세에 충남 공주군 탄천면에 사는 연일 정씨 가문으로 시집왔다. 한 살 아래인 남편은 4남 3녀의 맏아들이었다.

넉넉한 반가의 1남 2녀 가운데 큰딸로 자란 경희는 집안의 사랑을 듬뿍 받았다. 그녀가 태어난 1904년은 을사보호조약을 한 해 앞둔 때라 나라는 뒤숭숭한 분위기였고 그녀의 집도 예외가 아니었다.

'세상은 변화하고 있다. 여자도 학문을 익혀야만 한다.'

이런 아버지의 가르침에 따라 그녀는 일찌감치 한문을 공부했다. 머리가 총명했던 경희는 한 번 배운 것은 잊어버리는 법이 없었다. 그녀가 집안 어른들로부터 사랑을 듬뿍 누리게 된 데에는 이런 총명함이 바탕이 되었다. 한문에 담긴 심오한 뜻을 마음에 새기며 자란 그녀였기에 어린 나이에 출가했지만 맏며느리로서 조금도 손색이 없었다.

한산 이씨 가문과 연일 정씨 가문은 혼인을 하지 않는다는 오랜 불문율을 가지고 있다. 그러나 두 집안은 이를 어기고 혼담을 주고받아 마침내 혼인까지 하게 되었다. 두 사람이 사랑에 빠져 결혼을 감행했던 것은 아니다. 두 가문의 결합은 현실적 이해의 산물이었다.

쇠락해 가는 나라의 운명처럼 지체 있기로 이름 높았던 정씨 가문의 살림 형편도 눈에 띄게 어려워지고 있었다. 게다가 거둬야 할 일꾼이며 식솔들은 여전히 많았다. 가문의 체통을 이어가면서 강인한 생활력을 지니고 있는 색시감이 절대적으로 필요했다.

정씨 집안에서는 한눈에 경희의 강인함을 알아보았다. 시어머니를 도와 손아래 동생들을 키우고 일꾼들을 잘 거둬 집안을 알차게 꾸려갈 수 있는 지혜와 후덕함을 갖추었다고 내심 쾌재를 불렀다. 하루가 다르게 힘들어져 가는 집안 살림을 이끌어갈 맏며느리로서 탐이 나지 않을 수 없었다.

몰락해 가는 양반가의 후손들이 통상 그러하듯 그녀의 남편은 서생이었다. 형제며, 자녀들은 물론 주인댁 안방마님만을 바라보는 일꾼들을 먹이고 입히는 것은 그녀의 차지였다.

"매일 책만 보면 뭐합니까. 책을 본다고 뭐가 생깁니까?"

생활에 지친 그녀가 어쩌다 한번 푸념을 하면 남편은 "저 여편네가……" 할 뿐 더 이상 대꾸하지 않았다.

수많은 일꾼의 뒤치다꺼리를 하느라 그녀의 몸은 열 개라도 모자랄 지경이었다. 새벽에 눈을 뜨기 무섭게 부엌살림에 매달려 식사며 새참을 내가느라 동분서주했다.

시집온 지 3년 만에 그녀는 첫아이를 출산했다. 이후 44세에 운찬을 낳기까지 모두 열한 명의 자녀를 출산했다. 거의 두세 살 터울로 아이를 낳았지만 낳은 아이들이 모두 잘 자라 어른이 된 것은 아니었다. 그녀에게는 가슴에 묻은 자식이 훨씬 더 많았다. 장성한 자식은 운찬, 운찬의 세 누나와 형 등 모두 다섯뿐이었다.

열 명을 낳아 여섯 명을 잃어버리고 달랑 네 명을 키우고 있던 그녀에게 뱃속에 있는 운찬의 존재는 마지막 등불과도 같았다. 그러나 한편으로 잇달아 딸을 낳은 부담감 때문에 결국 유산을 하기로 마음먹었다. 뱃속에 든 아이를 유산시키려면 익모초가 좋다는 말이 생각나 익모초를 닥치는 대로 먹었지만 뱃속의 아이는 꿈쩍도 하지 않았다.

'이것은 운명이야.'

그녀는 마침내 유산을 포기했다. 그러나 이미 사십 중반에 접어든 그녀로서는 출산한다는 것 자체가 모험이 아닐 수 없었다. 그런데 다행히 노산임에도 불구하고 난산은 아니었다.

"떡두꺼비 같은 아들이네요."

산파가 전해주는 말에 만감이 교차했다.

'이 아이는 집안의 희망이다. 반드시 큰인물이 될 거야.'

운찬을 유산하려고 했던 기억은 평생 동안 그녀에게 지울 수 없는 미안함으로 자리잡았다. 경희는 운찬의 손위 형제자매들, 심지어 장남까지도 차별을 느낄 정도로 막내아들을 편애했다. 열 손가락 깨물어 안 아픈 손가락이 하나 없다고 할 정도로 어머니의 자식 사랑은 모두 한결같고 소중하다. 그러나 경희의 경우 다른 아이들은 운찬과 비교가 안 되었다. 늦둥이에게 쏟는 그녀의 사랑은 대단했다. 아들이 절대적으로 중시되었던 시기에 어렵게 얻은 두 번째 아들이어서만은 아니었다. 그렇게 소중한 아들의 탯줄을 떼어버리려고 했던 것에 대한 보상 심리가 오히려 클 것이다.

큰물에 큰 고기가 논다

경희의 막내아들에 대한 기대는 그 무엇보다 컸다.

"자네 집은 3, 4대 이상 정승이 끊어진 가문인데 드디어 오늘 오랜만에 정승이 났네."

그러나 현실은 갈수록 힘겹기만 했다. 동네 유지로서의 체면을 지켜 나가기에는 물질적 궁핍함이 너무나 컸다. 그러나 드러내고 가난을 내색할 수도 없는 노릇이었다.

'그래, 이곳을 떠나는 거다. 객지에서는 우리 가문을 아는 이가 없으니 남의 눈치 보지 않고 성실히 살면 언젠가 다시 예전의 생활로 돌아갈 수 있겠지.'

경희는 운찬을 낳고 두 해를 넘긴 1949년 서울로 이사하기로 결심하고 행동에 옮겼다. 타향살이는 말 그대로 눈물이었다. 뚜렷한 벌이가 없어 닥치는 대로 이것저것 날품을 팔았지만 일곱 식구 입에 풀칠하기도 버거웠다. 봄여름가을겨울이 한 바퀴를 돌고 나서 겨우 서울 생활에 조금씩 눈을 뜨기 시작했다.

그런데 웬 날벼락인가. 한국전쟁이 터진 것이다. 전쟁은 가난을 벗어나기 위해 몸부림쳤던 경희의 삶을 다시 되돌려놓고 말았다. 당장은 가족의 안위가 더 큰 문제였다. 결국 갈 곳은 한군데뿐이었다. 그녀는 다시 짐을 챙겨 낙향했다.

고향에서의 삶은 전과 같았다. 시골의 한적한 여유로움은 도회지의 번잡하면서도 냉랭하기만 한 삶보다 훨씬 편안함과 푸근함을 가져다주기는 했지만, 현재의 삶에서 더 나아질 것이 없다는 분명한 메시지는 마찬가지였다.

그 사이 막내 운찬은 어른들의 시름을 아는지 모르는지 무럭무럭 자라났다. 어린 나이에도 진중하고 의젓함을 보이는 막내 운찬은 여전히 그녀에게 희망이었다.

'이곳에서 계속 저 아이를 학교에 다니게 할 수는 없어. 큰 물고기는 큰물에서 살아야 해. 저 아이가 제 운명을 개척해 나갈 수 있도록 환경을 만들어주어야 해.'

결국 운찬이 초등학교 1학년에 들어가자 다시 서울로 이사할 것을 결심했다. 전쟁의 상흔이 아직도 뚜렷하게 남아 있는 때였지만 한 번 서울에서 살아본 경험이 객지 생활에 대한 두려움을 덜어주었다. 1954년 늦은 가을, 운찬의 손을 잡고 서울창경초등학교로 전학 수속을 밟았다. 운찬의 탄천초등학교 재학 기간이 1년도 채 못 되었던 것을 보면 그녀가 아들을 좋은 교육 환경에서 키우겠다는 각오를 얼마나 단단하게 다졌는지 짐작할 수 있다.

서울 생활의 고생은 탄천 생활에 비할 바가 못 되었다. 식구들 입에 풀칠하기도 어려웠다. 그 와중에도 경희는 1년에 한 번은 잊지 않고 학교를 찾았다. 담임을 찾아 그동안 운찬의 학교 생활과 교우 관계를 묻고 감사함을 전하며 끊임없는 지도를 부탁했다. 그녀가 얼마나 운찬에게 공을 들였는지 짐작하게 하는 대목이다.

나이든 어머니를 두지 않은 반 친구들은 경희가 학교에 오는 것을 볼 때마다 이렇게 말했다.

"운찬아, 너희 할머니 오셨다."

늦둥이로 나은 탓도 있지만 그보다는 끼니를 걱정할 정도로 쇠락해진 가정을 꾸려가느라 극심한 고생으로 그녀의 머리가 부쩍 하얗게 세어버린 탓이었다. 그래도 그녀는 주어진 책임을 외면하지 않고 꿋꿋하게 빈곤과 맞섰다.

남에게 관대하고 자신에게 엄격하라

그녀는 감정을 드러내는 것을 극도로 자제했다. 기쁘거나 슬프거나 분노하거나 괴로워하는 감정은 그녀의 것이 아니었다. 그녀의 이런 엄격한 자제력은 자녀에 대한 애정 표현에도 그대로 적용되었다. 경희는 운찬이 응석을 부리는 것도 허용하지 않았다. 모자 사이에는 언제나 어머니와 아들의 공식적인 거리가 존재했다. 훗날 정 교수는 "어릴 때 어머니와 단 둘이 오붓하게 대화를 나눈 적이 거의 없는 것 같다"고 회상했다.

경희는 정씨 가문의 비중을 몸소 체험하면서 평판에 걸맞게 자녀를 키울 책무를 스스로 부과했다. 심지어 그녀는 자녀들이 할 일 없이 동네를 배회하지 못하도록 단속했다. 철부지 어린아이들이 자신도 모르게 잘못을 저질러 신망을 무너뜨리는 일이 없도록 미리 경계한 셈이다.

그녀가 운찬에게 건 기대는 '정승'이었다. 정승의 지위는 '일인지하 만인지상一人之下 萬人之上'으로 왕족으로 태어나지 않은 이들이 오를 수 있는 최고의 자리였다.

뿐만 아니라 사회적 지위에 걸맞게 일반인들의 정승에 대한 존경심도 높았다. 권세와 존경심이 한데 합쳐진 상징으로서 그녀는 '정승'을 선택했다.

그녀는 이 꿈을 아들에게 심어주기 위해 어린 시절부터 귀에 못이 박히도록 이 단어를 되풀이했다. 경희는 빈한한 현재의 삶에 절망하지 않았다. '정승 아들'로 키우겠다는 확고한 신념은 그녀에게 내일의 희망을 약속했다.

정승을 낸 집안임을 일깨움으로써 자신의 뿌리에 대한 고귀함을 자연스럽게 길러주었던 경희는 운찬이 말귀를 알아들을 정도로 자라자 적극적으로 목표를 설정했다.

"자네는 정승이 되게나."

많은 사람들이 우러러보는 정승이 되기 위해서는 마음가짐 또한 그와 걸맞아야 한다고 생각한 그녀는 다른 사람에 대한 것과 자기 자신에 대한 것으로 두 가지를 염두에 두었다.

'남을 해치지 마라.'

'남에게 관대하고 자기 자신에게 엄격하라.'

그녀는 초등학교에 다니는 운찬이 친구들과 놀러 나갈 때면 "자네, 밖에 나가서 남을 해치면 안 되네"라고 주의를 주었다. 이런 어머니의 가르침에 운찬은 자신도 모르는 사이 어린 행동들과 작별하고 있었다.

밖에서 놀다 온 운찬이 어머니에게 친구들과의 사이에서 겪은 이런저런 서운함을 털어놓을 때도 그녀는 절대로 아들을 감싸지 않았다. 그저 "관대하고 너그러워야 하네"라고 말할 뿐이었다. 그녀는 비록 나이 어린 운찬이지만 엄격해야 할 대상은 타인이 아니라 자기 자신임을 분명히 일러주었다. 경희는 운찬의 귀에 딱지가 앉을 정도로 이 말을 되풀이했다.

경희가 아들에게 요구한 자기 자신에 대한 엄격함은 그녀 자신에게는 주어진 의무를 다하는 것으로 귀결된다.

아홉 살 운찬이 초등학교 3학년일 때 그녀는 37년 동안 해로한 남편을 저세상으로 떠나보냈다. 1956년 음력 4월이었다. 봄기운이 완연했지만 그녀의 가슴은 더없이 쓸쓸했다.

그러나 마음 놓고 울 수도 없었다. 남은 식구들을 먹여 살리는 일이 온전히 그녀의 몫이 된 까닭이다. 몰락한 반가의 맏며느리로 남루하지만 깨끗한 한복 차림으로 기품을 유지해 생면부지의 상대방이라도 첫눈에 예를 갖추게 했던 경희는 생활고를 이기기 위해 수도의대부설병원 잡급 직원이 되었다. 입원 환자들의 침대 시트를 빠는 것이 그녀의 일이었다. 하루 종일 팔이 빠지도록 빨래를 해도 여섯 식구의 입에 풀칠하기가 빡빡했다. 게다가 집세는 툭하면 올라 이 집 저 집을 전전해야만 했다.

서울로 이사 온 뒤 그녀는 월세가 싼 동숭동에 첫 둥지를 마련했다. 지금은 대학로가 된 동숭동 일대는 당시 서울대학교 문리대가 자리잡아 대학촌의 냄새를 물씬 풍기던 곳이었다. 경희의 운찬에 대한 꿈이 얼마나 간절한 희망으로 그녀의 뇌리에 새겨져 있었는가를 짐작하게 한다.

서울 동숭동 130번지 20호에서 살던 경희는 월세가 오르자 더 싼 집을 찾아 동숭동 130의 40호로 이사한다. 그러나 이 집에서도 오래 머물지 못한다. 집주인이 또 월세를 올려달라고 했기 때문이다.

그녀는 마침내 이웃 산동네인 낙산동 2번지 언덕받이 집으로 옮겨간다. 저마다 방 한 칸에 서너 식구들이 몰려 사는데 이런 집이 열 가구는 되었다. 개미굴 같은 쪽방 집이었다.

아들과 딸을 유별하게 키워온 그녀로서도 막바지로 내몰린 것이나 다름없었다. 자녀들이 한 방에서 생활해야 했던 것이다. 생활은 궁핍할 대로 궁핍해졌지만 밑바닥은 아직도 보이지 않았다.

이런 극심한 가난 속에서도 그녀는 자신의 의무를 잊지 않았다. 아니 오히려 더욱 또렷이 기억하고 있었다. 남편이 작고하자 그녀는 방에 상청(죽은 사람의 영궤와 그에 따른 모든 것을 차려놓는 곳)을 차렸다. 1958년 4월 3년상을 지내고 탈상을 할 때까지 그녀는 단 하루도 빠짐없이 상식(상가에서 아침저녁으로 궤연 앞에 올리는 음식)을 올렸다. 망자를 위해 단순히 음식만 올리는 것이 아니라 자녀들에게 모두 상복을 입히고 예를 갖추게 했다.

남편에 대한 예만 다한 것이 아니다. 그녀는 맏며느리로서의 의무도 잊지 않고 3대 조상봉사를 꼬박꼬박 챙겼다. 선조들의 제사를 모시고, 차례를 지내는 데 정성을 다했다. 밥과 김치조차 배불리 먹기 힘든 환경 속에서 생선과 고기를 제상에 올리기란 불가능했다. 나박김치며 시금치나물, 콩나물 같은 채소뿐이었지만 제상은 언제나 풍성했다. 그녀의 음식 솜씨는 그야말로 일품이어서 같은 재료로도 맛깔스럽게 다양한 음식을 만들어냈다. 제철이 아니어서 보기조차 힘든 귀한 채소들도 가끔 제상에 올랐다. '요술의 손' 처럼 거의 믿기 어려울 정도로 살림을 꾸려갔다. 맏며느리로서 가문을 지켜야 한다는 의무가 그녀의 삶을 지탱하게 해준 원동력이었다.

그녀를 돕는 유일한 원군은 딸들이었다. 그들은 어려운 집안 살림을 어머니와 함께 떠맡았다. 두 동생의 학업을 위해 일찌감치 배움의 길을 포기하고 회사에 취직해 작은 월급이나마 살림에 보탰다. 어쩔 수 없이 생활에 강요당한 선택이었다.

생활의 곤궁함은 극치에 달아 큰아들마저 중학교에 진학시킬 여력이 없었지만 아이는 학업을 포기하지 않았다. 서울 흑석동에 있는 동양중학교에서 장학금을 준다는 연락이 왔다. 동양중학교에서도 선두를 다툴 정도로 우수했던 큰아들이지만 인문계 고등학교 진학은 집안 형편상 무리였다. 결국 큰아들은 동양공업고등학교에 진학했다.

운찬에 대한 경희의 애정은 너무나 크고 깊었다. 영특하고 의젓한 막내아들을 어떻게 해서든 끝까지 공부시키고자 그녀는 안간힘을 썼다.

뿐만 아니라 없는 살림에서도 가급적 운찬의 바람을 들어주려고 노력했다. 초등학교 시절 야구 게임을 보고 싶어하는 운찬에게 살짝 돈을 쥐어주었다. 형과 함께 연식정구공을 주먹으로 갈기고 루에 진출하는 점프로 야구 흉내 내기를 즐기는 게 고작이었던 운찬에게 프로선수, 그것도 미국의 메이저리그 선수들의 경기를 보는 것은 너무나 흥분되는 일이었다.

1958년 세인트루이스 카디널스 초청 경기가 열리던 동대문구장에서 초등학교 5학년이었던 운찬은 친구들과 함께 스탠 뮤지얼 등 기라성 같은 메이저리그 선수들의 경기를 흠씬 즐겼다. 김양중 투수를 선발로 내세운 그 게임에서 한국 대표팀은 0-3으로 세인트루이스 카디널스 팀에게 완패했지만 이날의 경험은 그를 야구 마니아로 자라나게 했을 뿐 아니라 우리나라의 좁은 테두리에서가 아니라 더 큰 세상을 보도록 해주었다.

운찬은 그녀의 기대에 어긋나지 않았다. 1960년 그는 명문 중의 명문인 경기중학교에 합격했다. 그러나 합격 소식은 온전히 기쁨만 준 것은 아니었다. 무엇보다 등록금이 걱정이었다. 그런데 그녀가 조상에 드리는 간절한 기도가 응답한 것일까, 운찬에게 의외의 길이 열렸다.

운찬의 친구 가운데 부친이 서울대학교 수의학과 교수인 아이가 있었다. 이영소 교수의 아들 병헌이었다. 6학년 여름방학의 어느 날, 운찬은 병헌의 손에 이끌려 이웃에 살고 있던 프랭크 스코필드 박사에게 인사를 갔다. 3.1운동 당시 독립선언서를 기초한 33인과 더불어 일제의 만행을 전 세계에 알리고 조선의 독립을 위해 헌신했던, 3.1운동의 34인으로 꼽히는 바로 그 스코필드 박사였다.

소공자의 용모에 깨끗한 옷차림을 한 소년이었지만 남루함을 감추지 못한 운찬을 보고 스코필드 박사는 단번에 모든 것을 짐작했다.

의젓하고 영특해 보이는 운찬을 보고 그는 속으로 고개를 끄덕였다.

'이 아이는 장래 이 나라를 이끌 동량이 될 것이 틀림없어.'

스코필드 박사는 운찬에게 말했다.

"이제 6학년이니 중학교에 가야지? 중학교에 가서 공부를 잘하면 내가 계속 이끌어줄 테니 걱정하지 마라. 대신 너는 성경을 공부해야 한다. 약속할 수 있겠니?"

운찬은 마음씨 좋아 보이는 푸른 눈의 스코필드 박사에게 공손하게 그렇게 하겠다고 대답했다.

운찬이 국내 최고 명문인 경기중학교 입시 시험에 당당히 합격하자 경희는 스코필드 박사를 찾아갔다. 아들에게 이야기를 전해들은 이후, 대학로를 오가며 맞닥뜨릴 때마다 상대방이 알든 모르든 다소곳하게 정중한 인사를 건네기는 했지만 도움을 청하기로 결정하고 행동에 옮기기란 결코 쉽지 않았다. 며칠 밤을 꼬박 새운 뒤 경희는 '정씨 가문의 며느리'보다 '운찬의 어머니'를 선택하기로 했다.

"제 자식이 경기중학교에 들어갔습니다. 무척 기쁜 일이지만 한편으로는 마음이 헤아릴 수 없을 만큼 무겁습니다. 박사님도 아시다시피 저희 형편으로는 학비며 뒷바라지하기가 수월치 않습니다. 무슨 좋은 방법이 없을까요?"

"아, 그런 일이라면 걱정하지 마십시오. 제가 정 군의 학비를 책임지겠습니다."

스코필드 박사는 경기중학교 내내 운찬이 신경 쓰지 않고 학업에 열중할 수 있도록 모든 학비를 도와주었다. 가끔 생활비에 보태 쓰라고 따로 돈을 보내주기도 했다. 스코필드 박사가 준 성경을 들고 운찬은 교회에 다니기 시작했다. 경희는 그런 스코필드 박사에게 조기를 사가거나, 참기름을 선물하는 것으로 고마움을 대신했다. 그녀가 강인하면서도 현실적인 판단력을 지녔음을 보여주는 사례다.

운찬의 학비를 지원해 주는 후견인이 생겼지만 모든 것이 예정대로 진행된 것은 아니었다. 인생에서는 때로 의외의 순간들이 찾아온다. 경기중학교로 진학한 운찬은 학교에 야구부가 있는 것을 보고 뛸 듯이 기뻤다. 동대문구장에서 보았던 미국 메이저리그 선수들의 화려한 경기가 눈앞에 어른거렸다. 운찬은 야구선수로 등록했고 포지션은 내야수였다. 비록 후보선수에 머물렀지만 때가 되면 선발이 될 것이라는 기대감에 부풀었다. 야구를 천직으로 삼고 싶은 마음도 샘솟았다.

경희는 그런 아들을 이렇게 달랬다.

"자네는 머리가 좋은데, 공부를 하는 것이 더 유익하지 않겠나. 자네는 정승이 되어야 하네."

이미 운찬은 나이보다 성숙했다. 나직하게 말하는 어머니의 목소리에서 자신이 가야 할 길을 감지했다. 그는 1년간의 야구선수 생활에 마침표를 찍었다. 훗날 그는 다하지 못한 야구선수의 아쉬움을 야구 관전으로 풀었다. 1960년대 서울운동장에서의 야구 경기를 거의 모두 관람했고 미국에 유학 간 뒤에도 야구 경기에 빠져 박사학위 논문이 1년 이상 늦어졌을 정도다. 그는 지금 한국야구협회(KBO) 고문이다.

운찬은 경기중학교에 들어가자마자 조금이라도 어머니의 부담을 덜고 싶어서 과외로 용돈을 벌기 시작했다. 명문 중학교의 입학이 명문 고등학교 진학으로 이어지고, 이는 곧 명문 대학의 진학을 의미했다. 이런 까닭에 당시 중학 입시는 요즘 대학 입시와 다를 게 없을 정도로 치열했다. 따라서 초등학생을 대상으로 한 과외가 성업이었다. 그러나 당시에도 중학생이 과외교사로 직접 나서는 것은 드문 일이었다.

시간을 쪼개어 공부해야 했음에도 불구하고 국어, 영어, 수학을 비롯한 거의 모든 과목이 늘 최상위권이었다. 이처럼 공부를 잘하는 그였지만 막상 일등을 하기는 어려웠다. 라디오가 없었던 것이 유죄였다. 음악 시험 중에 노래 부르기와 감상이 있었는데 피아노를 배우기는커녕, 음악 프로그램 청취조차 해본 적이 없으니 시험을 잘 칠 도리가 없었다. 게다가 일찍이 의젓함을 몸에 익힌 까닭에 그 흔한 유행가조차 흥얼거려 보지 못했다. 때문에 음악 성적은 늘 바닥이었다.

운찬은 경기고등학교 2학년 때부터는 아예 입주하여 가정교사 생활을 병행했다. 후배인 경기중학교 1학년 학생을 가르치는 일이었다. 늦게 얻은 막내아들을 품에서 떼어놓아야 하는 경희의 마음은 쓰라렸다. '자식은 품안에 있을 때 자식'이라고 했다. 이제 떠나는 아들이 훗날 다시 돌아온다 해도 결코 예전과 같을 수 없다는 것을 그녀는 잘 알고 있었다. 그러나 모든 것은 결정되었다. 그녀는 아들의 선택을 받아들였다. 한 번 결정한 것에 대해 다시 번복하지 않는 그녀는 눈물조차 보이지 않았다. 인사를 드리러 온 아들을 향해 오직 한 마디만 했다.

"자네 집안은 정승을 낳은 가문이네. 정승이 되게나."

운찬은 서울 신문로의 저택으로 짐을 옮겼다. 신문로에서 경기고등학교가 있는 화동까지는 그리 먼 거리가 아니었지만 가르치는 학생이 자가용 통학을 하는 바람에 등교 시간에 다소 늦을 때에는 함께 자가용을 타고 등교를 하였다. 제자이자 후배인 학생의 집은 점심을 거를 정도로 가난한 고학생인 운찬에게 별세상으로 보일 정도로 부자였다. 심지어 골프 연습장까지 있을 정도였다.

당시 운찬의 일과는 다음과 같았다.

오전 6시 기상

오전 6시 30분 목욕

오전 7시 아침식사

오전 7시 30분 등교

오후 5시 귀가

오후 5시 30분 학생과 야구 캐치볼

오후 6시 목욕

오후 6시 30분 저녁식사

오후 7시 뉴스 청취

오후 9시 학생 지도

오후 11시 소등

이것이 학생 부모와 약속한 스케줄이었다.

아직 부모의 품을 떠나기에는 이른 나이, 더구나 남의 집에 얹혀 살기란 참으로 쉬운 일이 아니었다. 가르치는 학생과 한 방을 써야 하기 때문에 공부를 더 하고 싶어도 마음대로 할 수가 없었다. 불을 켜

두면 가르치는 학생의 수면에 방해가 되기 때문이었다. 운찬은 부족한 공부를 메우기 위해 6시에 일어나 목욕하기 전까지 30분을 늘 예습 시간으로 사용했다.

그러나 운찬은 뿌듯했다. 가정교사로 받은 3,000원의 월급으로 학비도 내고 청계천 헌책방에서 아담 스미스의 『국부론』 원서(축약판)도 사 읽을 수 있었다. '가정교사를 하는 어린 고학생'으로 자신의 처지를 비관하지 않았다. 그다지 멀지 않은 거리를 가끔 자가용으로 등교하는 것이 약간 스멀거리기는 했지만 이를 옳고 그름으로 재단하지 않았다. 세상에는 다양한 삶이 존재하며, 나와 다른 삶의 방식을 인정하고 어울리면서 살아가야 한다는 지혜를 터득했다. 그의 이런 기억은 훗날 서울대학교 총장으로서 서울대학교의 경쟁력을 다양성에서 찾겠다며 신입생 선발제도를 지역균형 선발전형으로 실시하게 만드는 토대가 된다.

그가 훗날 김대중 정부와 노무현 정부로부터 수차례에 걸쳐 입각 제의를 받았지만 매번 이를 물리치고 '학자의 길'을 택해 서울대학교 총장으로 자리매김했던 데는 이런 어린 시절의 경험이 원인이 되었을 것이다. 2006년 임기를 마친 그는 직선제로 선출된 서울대학교 총장 가운데 임기를 다 채운 제1호 총장으로 기록되었다.

자긍심은 최고의 재산

같은 서울 하늘 아래 살고 있기는 했지만 이미 정신적으로 아들을 떠나보낸 경희였다. 그후 운찬이 1966년 서울대학교 경제학과에 진학할 때도, 1970년 한국은행에 입사할 때도, 1971년 무일푼으로 미국

유학을 떠날 때도, 심지어 결혼을 결정할 때도 모든 결정을 운찬에게
맡겼다.

운찬이 사회를 향해 한 발 한 발 나아갈 때 그녀가 심어주려 애쓴
것은 오직 자긍심이었다. 경희는 아들에 대한 끝없는 신뢰를 표현함
으로써 운찬이 신중한 결정을 하도록 유도했다.

현실의 고단함으로부터 그녀를 지켜준 것 또한 자긍심이었다. 그
녀의 자긍심의 뿌리는 탄천면 국동리와 전국에 널려 있는 정씨 선영
에 있다. 정승 가문보다도 더 뼈대 있는 가문이라는 인식이 그녀의 뇌
리를 떠난 적이 없었다. 옛 영화가 무색하리만큼 몰락해 가는 반가였
지만 탄천면 사람들은 어려운 일이 생길 때마다 "정씨 댁에 물어보
자"고 할 정도로 절대적인 신망을 받아온 집안이었다. 맏며느리로서
족보를 지켜야 한다는 것은 평생 동안 절대적인 의무로 그녀의 삶을
지배했다.

어려운 가정 형편으로 일찌감치 생활의 전선에 뛰어들어야 했던
맏아들이 동양공업고등학교를 졸업하고 한국전력공사에 취직한 후
에도 배움의 끈을 놓지 않고 방송통신대학에서 학사 졸업증을 받던
날 경희는 비로소 맏아들에게 말했다.

"자네에게 정말 미안했네. 이제 조상님을 뵐 면목이 생겼네. 고마
우이."

1973년 초 이경희는 세상을 떴다. 눈에 넣어도 아프지 않을 만큼
사랑했던 막내 아들의 손조차 만져보지 못한 채 그녀는 눈을 감았다.
미국 프린스턴대학 박사과정에 매진하고 있는 운찬에게 어머니의 별
세 소식은 전달되지 않았다. 미국 땅에서 어렵게 공부하고 있는 막내

가 한국에 돌아오기란 쉽지 않다는 것을 헤아린 누나와 형이 동생에게 알리지 않았기 때문이다. 운찬이 어머니의 죽음을 안 것은 여러 달이 지난 후였다.

감정 표현을 좀처럼 하지 않는 운찬이었지만 이날만은 달랐다. 운찬은 가슴 깊이 끓어오르는 비탄과 회한 속에서 한없이 뜨거운 눈물을 흘렸다. 오로지 그의 성공만을 기원하던 어머니에게 프린스턴대학 박사로, 컬럼비아대학 교수로서의 모습도, 사랑하는 여자를 아내로 맞아 어엿한 가정을 이룬 모습도 보여주지 못한 안타까움 때문이었다. 어머니의 죽음을 알고 난 뒤, 1978년 귀국할 때까지 운찬은 지구 반대편에서 하루도 잊지 않고 어머니를 추모했다.

1971년 운찬은 유학길에 올랐다. 당시 경제 엘리트 코스였던 한국은행에 취직한 그가 외환관리부에서 창구 업무를 맡고 있는 것을 본 서울대학교 경제학과 스승인 조순 교수는 대학 공부만으로는 훌륭한 이코노미스트가 되기 어렵다며 "당장 유학을 떠나라"고 강권했다. 운찬도 창구 업무로 기분이 언짢아 있긴 했지만 직장을 떠난다는 생각은 미처 하지 못했었다. 한국은행에 취직했을 때 기뻐하던 어머니의 모습이 마음에 깊이 남아 있었기 때문이다.

운찬이 경기중학교에 입학했을 때도, 서울대학교에 합격했을 때도 경희는 별다른 내색을 하지 않았다. 그러나 1970년 한국은행에 입사했을 때는 달랐다. 한국은행이 엘리트들이 원하는 최고의 직장인 까닭만은 아니었다. 경제적 어려움 없이 살 수 있게 성장한 아들이 너무 대견스러웠기 때문이다. 그녀는 더 바랄 게 없었다.

사회 생활을 제대로 하지 못한 채 직장을 접는다는 것은 운찬에게 쉬운 일이 아니었다. 더욱이 유학을 간다는 것은 아무리 운찬에 대한 어머니의 지지가 전폭적이라 해도 중도에서 학업을 포기한 다른 형제자매들을 생각할 때 미안한 일이 아닐 수 없었다.

하늘은 간절한 기원을 저버리지 않았다. 1년 7개월 동안 한국은행에서 모은 돈으로 비행기표를 살 수 있었던 운찬은 미국행을 택했다. 아마도 그것이 없었다면 운찬은 유학의 꿈을 억누를 수밖에 없었을 터이고, 서울대학교 총장이자 존경받는 지식인으로 많은 이들의 사랑을 받는 '오늘의 운찬' 역시 존재할 수 없었을 것이다. 운찬은 조순 교수의 도움으로 장학금을 받고 토플과 유학 시험도 생략한 채 오하이오 주 마이애미대학 석사과정으로 입학한다. 스코필드 박사로부터 다져놓은 영어 실력이 진가를 발휘했다. 1년 만에 석사를 끝마친 그는 프린스턴대학으로 옮겨갔다.

다시 고학 생활이 시작되었고 더구나 장소는 낯선 미국 땅이었다. 프린스턴대학에서 장학금을 받았지만 그는 학업과 돈벌이를 병행하면서 번 돈을 쪼개어 어머니에게 송금을 했다. 미국에서 운찬이 부친 달러가 한국 돈으로 바뀌어 경희의 손에 쥐어질 때까지 몇 달이 걸렸지만 그래도 그것이 운찬에게는 '보람'이었다. 경희는 바다 건너 날아오는 아들의 도움을 거절했다. 그러나 아들의 애틋한 마음을 끝내 꺾지는 못했다.

자신의 문제는 스스로 풀게 하라

미국으로 유학을 떠나기 한두 해 전, 운찬은 낙산동 2번지로 당시 교제하던 여성을 어머니에게 소개하기 위해 데려갔다. 아들의 마음을 사로잡은 최선주와 얼굴을 마주한 경희는 이렇게 말했다.

"참 예쁘고 착하게 생겼네."

운찬은 자신을 매료시킨 지성미 넘치는 최선주와 결혼하기로 마음먹었다. 그러나 정작 연인의 집에서는 대소동이 벌어졌다. 세속의 기준에 비춰볼 때 어느 조건 하나 신통한 것이 없었던 탓이다. 키가 큰가, 돈이 있나, 양친이 생존해 있길 하나.

그러나 운찬은 포기하지 않고 미국으로 떠난 뒤에도 하루가 멀다 하고 편지를 보냈다. 마침내 연인의 부모는 운찬을 사위로 맞기로 하고 딸을 미국으로 보내 결혼하게 했다.

'자신의 문제는 스스로 푸는 것'이라고 말씀하신 어머니의 가르침 덕분이었을까, 결혼이라는 가장 중대한 인생의 고비에서 운찬은 끈질긴 구애와 변함없는 애정으로 난관을 극복하고 사랑하는 여인을 품에 안았다.

만약 경희가 막내며느리와 생활했다고 해도 감정적 다툼은 없었을 듯하다. 그녀가 맏며느리와의 관계에서 보인 태도에서 이를 짐작할 수 있다.

궁핍했던 때에도 조상 모시기를 하늘같이 하던 경희는 정작 큰며느리에게는 전통적 맏며느리로서의 의무를 요구하지 않았다. 당초 큰아들이 결혼하자 며느리에게 제사를 물려주었지만 며느리가 당시로서는 '신세대'로 아직 제사에 익숙지 않은 것을 보고 아무 말 없이 다시 제사를 떠맡았다. 그녀는 세상을 뜨기 직전까지 사실상 자신의 손으로 제사를 모시고 조상을 봉양한 셈이다. 이렇듯 끝까지 정씨 가문의 맏며느리로서 책임과 의무를 다했지만 자신의 며느리는 전통적 문화에 얽매이지 않고 편하게 해주었다. 그녀의 타인에 대한 배려는 이처럼 한결같았다.

정 교수는 '총량불변의 법칙'의 신봉자다. 시류에 영합하여 부초 같은 모습을 보여준 많은 학자들과 그가 비교되는 가장 큰 덕목은 '오로지 학자로서의 외길'을 고집한다는 것이다.

1980년대 중후반 대통령 직선제로의 개헌촉구 선언을 주도하는 등 독재에 항거한 양심 있는 지식인으로 널리 알려진 그에게 국민의 정부 시절부터 보내온 정권의 러브콜은 뜨겁고 간절했다. 청와대비서실 경제수석, 한국은행 총재, 금융감독원장, 재경부 총리 등 굵직한 경제 관련 자리들의 하마평에 그는 단골손님이었다.

그러나 그는 어디에도 고개를 디밀지 않았다. 그의 선택은 서울대학교 총장이었다. 그가 온갖 현실 참여의 유혹을 뿌리치고 한국 사회 엘리트의 산실인 서울대학교를 이끄는 것으로 방향을 정한 것에 '총량불변의 법칙'이 효력을 발휘했을 성싶다. 그의 속내가 유한한 에너지를 쪼개어 쓰기보다 한곳에 집중함으로써 사회의 한 부분이라도 확실하게 초석을 놓겠다는 것이라면 자녀 가운데 막내아들에 주력했던 경희의 가르침이 효력을 발휘하고 있는 것이라고 봐야 한다.

지체 있는 가문이 몰락하는 현장을 지켜봐야 했던 이경희는 생활의 밑바닥을 온몸으로 맛보면서도 가난을 비굴하게 여기지 않았고, 가난한 현실에 굴복하지도 않았다. 그녀는 꿈과 희망을 현실화하는 방법으로 막내아들을 선택했다. 유교적인 집안에서 자라 평생을 유교 문화에 맞춰 산 그녀였으나 장자를 최우선했던 전통적 가정 문화만은 받아들이지 않았다.

그녀는 자신의 선택이 옳다고 믿고 전력을 기울였다. 이런 결단은 그녀가 전통 문화에 무조건 순종하는 여인이 아니었음을 일러준다. 그녀는 전통의 틀 안에 있으면서도 커다란 마찰 없이 도약하는 지혜를 발휘했다. 오늘날 가장 존경받는 지식인의 최고봉으로 정운찬 교수를 우뚝 서게 한 것은 그녀의 탁월한 선택과 집중의 결과인 것이다. 몰락한 정승 가문에서 미래의 빛나는 자손을 키워내야 하는 자신의 과제를 풀어낸 이경희식 해법이었다.

스스로에게 긍지를 갖게 하라

조선왕조의 몰락, 일제 강점기와 해방, 4.19 혁명과 5.16 군사정변, 그리고 박정희 정권에서 현재의 노무현 정권에 이르기까지 숨 가쁘게 달려온 우리의 근현대사는 한국 사회를 휩쓸고 간 격랑의 파고를 짐작하게 한다. 왕조의 몰락과 독립운동, 독재 정권과 민주화 운동으로 이어지는 격동의 사회에서 개인사적인 부귀영화의 변천도 극심했다. 지난날이 오늘과 내일을 기약해 줄 수 없는 시대를 살아가며 어떤 사람은 희망을, 어떤 사람은 좌절을 맛보았다. 그리고 어떤 이들은 좌절의 구렁텅이에 떨어졌지만 다시 일어섰다. 과연 무엇이 이렇게 서로 다른 결과를 빚어내게 했을까?

여기 그 하나의 답이 있다. 바로 어머니가 자녀들에게 자긍심을 키워준 것이 그것이다. 자긍심이란 자기 자신을 가치 있는 존재라고 느끼는 것이다. 자긍심이 높은 사람은 의지가 강하고 참을성과 끈기가 있으며 독립심이 강하다. 반대로 자긍심이 부족하면, 자신감이 없어지고 이것이 사고의 왜곡이란 형태로 표출되어 대인 관계 등에 부정적인 영향을 끼친다.

프랭클린 루스벨트 대통령에서 아들 조지 부시 대통령에 이르기까지 대통령의 어머니들의 삶의 행적을 연구한 보니 앤젤로는 『대통령을 키운 어머니들』이란 저서에서 "어머니들은 옳고 그름에 대한 확고한 기준과 함께 아들들이 다른 아이들보다 더 뛰어날 수 있도록 소박한 심리학을 이용해 격려했다"고 분석했다. 즉 "가문의 이름과 사회적 지위에 걸맞은 행동을 해라. 어린 동생들에게 귀감이 되어라. 자신이 타고난 지도자라는 것을 세상에 알려라"라고 가르친 것이다.

특히 자긍심은 현재의 불행과 좌절을 뛰어넘게 한다. 그러나 단순히 자긍심을 가지라고 가르친다고 해서 자긍심이 자라는 것은 아니다. 자긍심을 키워내는 노하우가 필요하다. 위대한 어머니들의 지혜로움은 바로 생활 속에서 이런 방법들을 찾아냈다는 것이다.

오늘날 우리 사회에서 존경받는 지식인의 선두에 서 있는 정운찬 전 서울대학교 총장의 어머니 이경희는 '말' 과 '제사' 의 활용법을 보여준다. 그녀는 가문의 역사를 강조함으로써 자녀로 하여금 스스로 위상을 정립해 나가도록 만들었다. 그녀는 자녀에게 목표를 제시하고, 가정 내에서 이에 걸맞은 대접을 실천함으로써 현실화를 꾀했다. 말의 품격을 강조했던 그녀가 어린 운찬에게 '너' 라고 부르지 않고 '자네' 라 한 것이 좋은 예다.

백범 김구의 어머니 곽낙원이 백범에게 한 말을 빌어보면 그녀의 이런 교육법이 얼마나 효과적이었는지 헤아릴 수 있다. 김삼웅이 쓴 『백범 김구 평전』은 두 손자를 데리고 가흥에 와 9년 만에 백범과 상봉한 곽낙원의 첫 마디를 이렇게 적고 있다.

"나는 이제부터 '너' 라고 아니하고 '자네'라고 하겠네. 또 말로 책하더라도 회초리로 자네를 때리지는 않겠네. 들으니 자네가 군관학교를 설립하고 청년들을 교육한다니, 남의 사표가 된 모양이니 그 체면을 보아주자는 것일세."

백범은 이를 "나이 60이 다 차서 어머님께서 주시는 큰 은전을 입었다"고 말했다.

말이 지닌 일상성 때문에 커다란 교육적 효과를 거둘 수 있다고 말하는 어머니들이 있다. 이 책에 소개된 박근혜 전 한나라당 대표의 어머니 육영수 역시 말의 품격을 강조한 자녀 교육을 폈다.

제사는 오늘날에도 이어지고 있는 가정의례의 하나지만 겉치레만으로는 효과를 거둘 수 없다. 이경희는 빈궁한 삶 속에서도 믿을 수 없을 만큼 훌륭한 제사상 차림과 의관을 갖춘 경건한 의식 집행으로 자녀들에게 훌륭한 조상의 후예임을 현실 속에 각인시켰다.

어머니 자신의 높은 자긍심과 일치된 말과 행동이 바로 자녀의 자긍심을 키우는 원동력인 것이다.

노 · 을 · 식

Theme 04

실천적 삶으로 정직과
성실을 유산으로 남기다

박원순
1956년 경남 창녕에서 태어나, 서울대학교 법대 재학중 유신 독재에 항거하는 시위에 참여했다 제적되었다. 그후 단국대학교 사학과를 졸업, 1980년 사법고시에 합격했다. 대구 지방검찰청 검사를 거쳐 1980년대와 1990년대 대표적인 인권변호사로 활동했다. 1994년부터 참여연대 사무처장, 2002년 아름다운재단 상임이사로 활동하며 '나눔 전도사, 희망의 중개인'으로서 사회 발전을 위해 애쓰고 있다.

내 딸과 아들에게

유언장이라는 걸 받아들면서 아빠가 벌이는 또 하나의 느닷없는 행동이라고 생각할지 모르겠다. 제대로 남길 재산 하나 없이 무슨 유언인가 하고 내 자신도 자괴감을 가지고 있음을 고백한다. 유산은커녕 너희들의 양육과 교육에서도 남들만큼 못한 점에 오히려 용서를 구한다.

그토록 원하는 걸 못 해준 경우도 적지 않았고 함께 가족 여행을 떠나거나 따뜻한 대화 한 번 제대로 나누지 못했구나. 그런 점에서 이 세상 어느 부모보다 제 역할을 못한 점을 실토한다.

가난했지만 부모님께서 내게 해주신 것과 비교해 보면 더 그렇단다. 우리 부모님은 인생의 모든 것을 자식을 위해 바치신 분들이다. 평생 농촌에서 땅을 파서 농사를 짓고 소를 키워 나를 뒷바라지해 주신 그분들은 내게 정직과 성실을 무엇보다 큰 유산으로 남겨주셨다.

하지만 나는 너희에게 제대로 시간을 내지도 못했고, 무언가 큰 가르침도 남기지 못했으니 그저 미안하게 생각할 뿐이다. 그래도 아빠가 세상 사람들에게 크게 죄를 짓거나 욕먹을 짓을 한 적은 없으니 그것으로나마 작은 위안을 삼을 수 있지 않을까 싶다.

　내 부모님의 선한 심성과 행동들이 아빠 삶의 기반이 되었듯 내가 인생에서 이룬 작은 성취들과 그것을 가능하게 한 바른 생각들이 너희의 삶에서도 작은 유산이 되었으면 좋겠다.

　분명 아빠의 변명이겠지만 세상은 그렇게 홀로 아무것도 없이 시작하는 것이 좋다고 생각한다. 아빠는 단지 책 보따리 하나 들고 야간 열차를 타고 서울로 와서 스스로 공부하며 자랐다. 학창 시절에는 감옥도 가고 학교로부터 제적이 되어 긴 방랑의 시간도 가졌다. 긴 고통과 고난의 세월도 있었다.

　그러나 아빠는 그것에 굴하기는커녕 언제나 당당히 맞서 극복해 왔다. 그런 힘든 나날이 오히려 더 큰 용기와 경험, 자신감을 심어주었다. 그러니 젊어 고생은 사서라도 하라는 말이 진리임에 틀림없는 듯싶구나.

(중략)

　우리가 약속했듯 대학까지만 졸업하고 나면 나머지 모든 것은 너희가 다 알아서 해결하고 개척해 가렴.

　그러나 너희가 아무런 재산을 물려받지 못하고, 거창한 부모를 가지지 못했다 해도 전혀 기 죽지 말아라. 첫 출발은 초라해도 나중은 다를 수 있으니 말이다. 인생은 긴 마라톤과 같은 것이다. 언제나 꾸준히 끝까지 달리는 사람이 인생을 잘사는 것이란다.

　더구나 인생은 돈이나 지위만으로 평가받는 것이 아니다. 최선을 다해 살면 그것으로 충분하다.

　너희는 돈과 지위 이상의 가치가 있는 인생을 살기 바란다. 그런 점에서 아빠가 아무런 유산을 남기지 못하는 것을 오히려 큰 유산으로 생각해

주었으면 좋겠다.

(박원순의 저서 『성공하는 사람들의 아름다운 습관, 나눔』에 수록된 '자녀에게 남기는 유서' 중에서)

박원순. 그는 오늘을 살아가는 한국인들에게 존경받는 사람 가운데 둘째가라면 서러울 인물이다. 그의 마음에 남아 있는 부모는 자식을 위해 모든 것을 기꺼이 바친 사람들이다. 부모가 물려준 정직과 성실은 그의 뇌리와 심장을 지배하는 두 지침이 되고 있다.

남에게 욕먹지 않는 사람이 되라

노을식은 갑작스런 변고에 기가 막힌 듯 땅바닥에 털썩 주저앉고 말았다.

"아니, 어떻게 이런 일이 있을 수가 있답니까!"

소작농을 부쳐가면서 허리띠를 졸라매어 마련한 돈이 아닌가. 올망졸망한 다섯 아이들에게 남의 집 아이들처럼 철 되면 새옷을 사주지도, 흰 쌀밥을 배불리 먹여보지도 못하며 한 푼 두 푼 악착같이 모아 지은 집이었다.

동네에서 큰 부자로 알려진 황씨네로부터 땅을 사들일 때만 해도 그녀에게는 꿈이 있었다. 동네 사람들에게 보란 듯 번듯하게 새 집을 지어 잘살아 보고 싶었다. 귀한 아들도 얻었으니 짓눌려 살아온 고생의 흔적을 털어버리고 싶었다.

집터를 물색하던 그녀에게 마침 황씨네가 팔려고 내놓은 땅이 나타났다. 서둘러 대금을 치르고 땅문서를 건네받았다. 주춧돌을 놓고 서까래를 올리면서 을식 부부는 신명이 났다. 마침내 그녀는 새 집에 둥지를 틀었다.

'이게 모두 그 원수 같은 전쟁 탓이야.'

새 집에 채 정을 들이기도 전, 한국전쟁이 휘몰아쳤다. 낙동강 전선이 확대되어 위험해지자 동네 사람들은 앞다투어 피난을 떠났다. 을식도 자식들을 앞세우고 서둘러 밀양으로 피난을 갔다.

한참 만에 돌아온 그녀를 맞이한 것은 시꺼멓게 불에 타버린 흉측한 몰골의 집뿐이었다. 그것만도 서러운데, 더욱 기막힌 일이 벌어진 것이다.

"아주머니, 이제 그만 집을 비워주셔야겠소."

얼기설기 바람막이로 겨우 은신하고 있는 그녀를 불쑥 찾아온 황 씨는 남의 집에 여태 공짜로 살았으니 이제 내놓으라며 으름장을 놓았다. '천금 같은 내 돈을 주고 산 집'이라며 을식도 맞받아쳤지만 황씨는 막무가내였다.

"억울하면 집문서를 보여주면 될 것 아니오. 댁이 우리집을 샀다면 문서가 있을 테니 어디 한번 봅시다."

을식은 가슴이 턱 막혔다. 혹시 피난길에 소중한 집문서를 잃어버릴까 봐 집 한구석에 꼭꼭 숨겨두었던 것이 화근이 될 줄은 꿈에도 생각하지 못했다. 전쟁통에 난 불은 집만 태운 것이 아니라 숨겨두었던 집문서도 한 줌의 재로 변해 날아가 버렸던 것이다. 황씨가 어디서 이 소문을 들은 게 틀림없었다.

을식과 황씨의 다툼이 계속되자 동네 사람들이 수군거리기 시작했다. 집이 불타 버린 을식을 동정하는 이들도 없지 않았지만 소작농

주제에 언감생심 그런 큰 집을 살 턱이 없을 거라는 비아냥거림이 더 많았다.

'그래, 사촌이 땅을 사도 배가 아프다는 말이 있지 않은가. 문서를 잘 간수하지 못한 내가 잘못이다.'

그녀는 울며 겨자먹기로 황씨에게 다시 돈을 치르고 집을 사기로 결정했다. 그러나 제 살던 집을 다시 돈을 주고 사야 했던 억울함과 '생떼 같은 돈을 뜯긴 분함'을 그녀는 고스란히 마음속에 간직할 수밖에 없었다.

슬하의 7남매가 제법 말귀를 알아들을 때가 되자 을식은 가끔 '두 번 집을 산 사건'을 들려주었다. 그리고 이렇게 덧붙였다.

"내가 너희들에게 바라는 것은 오직 한 가지여. 남에게 욕먹지 않는 사람이 돼야 헌다. 절대로 남의 맘을 아프게 해서는 안 되는 법이여. 하늘이 무심하지 않거든."

그녀의 남편 또한 자식에게 가르치는 것은 하나였다.

'다른 사람에게 해가 되는 것은 하지 마라.'

황 부잣집은 아들, 딸들을 모두 도시로 보내 공부시켰음에도 불구하고 훗날 부부가 동네 재실의 방 한 칸을 얻어 늙은 몸을 의탁하여 생활할 정도로 곤궁해졌다. 나중에 을식은 그 모든 원한을 풀고 그들을 집으로 불러 음식을 대접하는 등 누구보다 편안한 사이가 되었다. 을식의 자녀들에게 그 사건과 황 부잣집의 삶은 그대로 값진 산 교훈이 되었다.

노을식은 1913년 창녕 이방면에서 태어났다. 대대로 아들이 귀한 집이라는 호가 날 정도로 손이 귀한 집안의 세 딸 가운데 한 명이었다. 곤궁하긴 했지만 그 일대에서는 반가로 알려진 집이었기 때문에 무엇보다 가문을 이어가는 것이 중요했다. 훗날 그녀가 아들과 딸을 심하게 차별한 것은 어린 시절의 가정 환경이 큰 영향을 주었을 것이다.

을식의 부친은 진사였는데 구한말의 진사가 대부분 그렇듯이 특정한 직위에서 권한을 행사하기보다 글을 읽고 쓰는 선비에 가까웠다. 차츰 퇴락해 가는 가난한 집안의 딸인 까닭에 그녀는 일찍 결혼했다. 상대는 경남 창녕 장마면 장가리에 사는 두 살 위인 박길보였다. 박길보는 두 아들 중 둘째였다.

박씨 가문은 '땅 한 떼기 없는 집'으로 동네 큰 부잣집의 소작으로 근근이 살아가고 있었다. 땅주인의 비위를 거스르지 않아야 하는 것이 소작농의 숙명이다. 허리가 휘도록 땀 흘려 농사를 지어도 수확물의 상당량을 땅주인에게 주고 나머지로 살림을 꾸려야 하는 소작농의 아내라는 위치는 한없는 인고를 요구했다. 그녀의 삶이 얼마나 신산했을지 짐작할 만하다.

그러나 그녀는 현실에 무릎을 꿇지 않았다. 소작농으로 출발한 신접살림이 아이들이 학교에 들어갈 무렵에는 열 마지기의 농토를 가질 정도로 여유가 생겼다는 사실은 그녀가 얼마나 강인했는지를 보여준다.

을식의 거친 손은 땅을 옥토로 만드는 마이더스의 손이었다. 정성껏 작물을 돌보는 그녀에게 대지의 신이 감복한 것일까? 같은 크기의 다른 농토에 비해 언제나 수확량이 많았다.

농사만 잘 지었던 것이 아니다. 헐값을 주고 산 비루먹은 소도 을식이 돌보면 몸집이 좋은 큰 소로 변했다. 건강해진 암소들은 을식에게 송아지를 쑥쑥 낳아 안겨주었다. 송아지는 몫돈을 쥐게 해주는 농가의 황금 같은 존재였다. 을식은 늘어난 송아지를 성실하게 돌보아 한 마리도 병사하는 일 없이 잘 키워냈다.

조금씩 재산이 모일 때마다 그녀의 희망도 커져갔다. 소작농 신세만 면하면 여한이 없겠다던 그녀의 꿈은 더 넓은 농토, 더 번듯한 집으로 날개를 달고 펼쳐졌다.

'댓돌 위에 신발이 적을 때 재산을 모아야 해.'

그녀는 아이들이 학교 문턱을 넘기 전에 어떻게 해서든 안정적인 수입원을 마련해야 한다고 생각했다. 아이들에게까지 가난을 물려줘서는 안 된다는 그녀의 결심은 굳건했다. 가난은 물질적 어려움에 그치는 것이 아님을 몸소 체험했기 때문이다. 그녀가 가장 참기 힘든 부분은 가난한 사람에 대한 사회의 은근한 멸시와 불신이었다.

가진 것이 없는 사람이 재산을 일구려면 부지런히 일하고 허리띠를 졸라매는 방법 외에 다른 방법이 없다. 그녀는 하얗게 동 터오는 흰 새벽부터 모두가 잠이 드는 한밤중까지 잠시도 일손을 쉬지 않았다. 들에 나가거나 새끼를 꼬거나 부엌에서 일을 했다.

"도대체 우리 어머니는 언제 주무시지?"

눈만 뜨면 곁에 없는 어머니를 놓고 아이들은 궁금해했다. 을식만 부지런한 것이 아니었다. 그녀의 남편도 을식에 뒤지지 않았다. 이런 근면함으로 마침내 을식 부부는 '소작농 탈출'에 성공했다.

　　그러나 시대는 근면함으로 일어선 이들을 격려해 주기보다 시련을 안겨주었다. 일제강점기는 서로 여유롭게 지켜보도록 내버려두지 않았다. 내 것을 지키기 위해 남을 무고하거나, 희생양으로 삼는 일이 비일비재했다. 더구나 소작농을 털고 일어서려는 그녀였기에 유난히 괴롭힘을 많이 받았다. 알뜰살뜰 손톱 끝에 피가 나도록 모은 저축으로 장만했던 놋그릇을 제2차 세계대전 와중에 공출당한 애통함은 두고두고 그녀 가슴을 멍들게 했다. 해방이 된 이후에도 그녀에게는 '억울하고 속 터지는 일'은 그치지 않았다.

최고로 대접하며 키워라

을식은 딸 다섯과 아들 둘을 낳았다. 20년에 걸친 출산이었지만 순탄한 것은 아니었다. 26세에 비로소 첫아이를 낳았던 것이다. 시가에서는 을식의 임신을 애타게 기다렸다. 더욱이 일제강점 아래 나라 사정은 뒤숭숭했다. 시가에서는 씨받이를 들여야 한다는 말까지 나올 정도로 그녀의 첫아이 임신은 막판 초읽기에 몰린 상황에서 이뤄졌다.

　　그런 그녀를 더 곤혹스럽게 했던 것은 첫딸을 낳은 뒤 잇달아 임신을 했지만 그때마다 딸이었던 것이다. 집안의 대를 이어갈 아들이 없어 양자를 들이는 것을 보고 자란 을식이었다. 아들에 대한 갈증은 시댁 어른들보다, 남편보다, 정작 그녀 자신이 더 심했다.

　　그러나 그것은 여성이 남성보다 열등하다는 믿음에서 비롯된 것은 아니었다. 다만 그녀가 살았던 시대는 그렇게 남아선호사상이 분명한 시대였다.

　　'가문을 윤택하게 하려면 반드시 아들을 낳아야 해. 셋은 낳아서

하나는 면서기, 하나는 장사, 하나는 농사를 짓게 해야지.'

을식은 늘 "딸은 남의 집 자식이야"라고 중얼거렸다. 시집을 가면 남의 식구가 된다는 것이다.

을식은 다섯 번째 임신에서 마침내 소망하던 아들을 낳았다. 그러나 한 명으로는 부족했다. 일제강점기와 분단, 한국전쟁을 겪으면서 그녀의 집념은 더욱 커졌고 그녀는 마침내 둘째 아들을 얻었다.

마흔 중반에 들어섰음에도 불구하고 다시 한 번 아들을 바라며 어렵게 임신을 했지만 이번에는 딸이었다. 기대가 깨진 을식은 몹시 실망했다. 미래에 대한 기대는 고사하고 늘어난 농토를 감당하기에도 숨이 찼다. 귀신의 손이라도 빌려야 했을 정도로 일손 부족에 허덕였다.

철부지 아들들은 그녀의 마음을 헤아려주지 못했다. 그 또래의 사내아이들이 통상 그렇듯이 원순도 개구쟁이였다. 일손이 부족해 쩔쩔매는 줄 번연히 알면서도 부모가 밭일을 거들라고 하면 심술을 부리기 일쑤였다. 그런데도 아들에 대한 그녀의 헌신적인 자세는 한결같았다.

지금도 여성가족부가 내걸고 있는 목표 가운데 하나가 '평등한 가정' 일 정도로 우리 사회의 가부장제 관습은 뿌리가 깊다. 하물며 그 시대로서는 더 말할 나위가 없었다. '집안의 어른' 인 가장의 존재는 가정 생활 전반에 걸쳐 절대적인 우위를 차지하고 있었다. 명문가든 부잣집이든, 서민 가정이든 궁핍한 가정이든 똑같았다. 그만큼 가장의 지위는 결코 훼손될 수 없는 그 무엇이었다.

그러나 을식에게는 아니었다. 남편에게도 꽁보리밥을 주기를 서승지 않았던 그녀였지만 원순에게는 꼭 쌀밥을 먹였다. 그뿐만 아니라 김치와 푸성귀가 고작이었던 밥상에 아들 몫으로 계란후라이를 빠트리지 않고 올렸다. 농촌뿐 아니라 중소도시에서도 계란 한 꾸러미가 값진 선물이 될 정도로 계란이 흔지 않았던 시절이었다. 먹을 것이 부족했던 그 시절, 더군다나 한 사람의 몫으로 주어지는 계란후라이는 최고의 음식이었다. 그녀의 원순에 대한 우대는 그야말로 '상극상'이었다.

장가리 집에서 중학교가 있는 읍내까지는 수십 리 길이었다. 을식은 찬 바람이 돌면 매일같이 먼 길을 통학하는 원순을 위해 운동화를 쇠죽을 끓이는 가마솥 뚜껑에 얹어놓았다가 따뜻하게 신고 가게 해주었다. 다른 자녀들은 어림없었다.

그녀가 원순을 이렇듯 귀하게 여겼기 때문에 철부지 아들이 동네에서 개구쟁이 짓을 하고 다녀도 마을 사람들은 함부로 야단을 치지도 못했다.

"아니, 이게 웬 거냐?"

원순의 바지를 빨려던 을식은 깜짝 놀랐다. 바지의 양쪽 호주머니 속에서 채 여물지도 않은 고추가 다 으깨진 채 한 웅큼씩 쏟아져 나왔다.

어머니의 목소리가 커지자 방 안에 있던 원순은 움찔했다.

'으이크, 들켰구나.'

원순은 숨을 죽였다. 가슴이 콩닥거리기 시작했다.

방문이 거칠게 열리며 얼굴이 붉어진 을식이 들어섰다.

"이 고추, 어디서 난 것인지 말해 봐라."

“밭에 나갔다가 땄어요.”

“누구네 밭 말이냐? 우리 밭이냐?”

서릿발 같은 어머니의 목소리에 원순은 대답 대신 더욱 깊게 고개를 숙였다. 우리 밭이라고 해도 귀한 고추를 함부로 따서 먹지도 못하게 만들었으니 어머니의 화를 달랠 수 없는 일이 아닌가. 하물며 이웃 아저씨네 고추밭을 엉망으로 만들어놓고 왔으니 아무리 애지중지하는 자식이라도 무사히 넘어가기는 틀린 일이었다.

을식은 사태를 짐작했다. 그녀는 빨리 자신이 나서서 수습하지 않으면 안 된다는 것을 깨달았다. 모르는 체 묵혀두었다가는 다른 사람들의 입에 올라 귀한 아들의 복이 다 달아날 판이었다.

“도대체 네가 어떻게 해놓고 돌아왔는지, 내 눈으로 봐야겠다. 앞장서거라.”

고추밭은 엉망진창이 되어 있었다. 원순이 고추를 따서 주머니에 넣어온 것만이 아니었다. 밭에는 따서 버린 고추들이 밟힌 채 여기저기 널려 있었다. 얼마나 오랫동안 고추 따기에 열중했는지 그 일대에 성하게 매달려 있는 고추를 찾을 수가 없었다. 을식은 곧장 옆집을 찾았다.

“정말 죄송해요. 힘들게 진 고추 농사를 엉망으로 만들어놓았으니 뵐 면목이 없군요. 철없는 어린 것이 심하게 장난을 쳤지만 저를 봐서 한 번만 용서해 주세요. 제가 다시는 이런 일이 없도록 단단히 주의를 줄 게요.”

을식은 연신 같은 말을 반복하면서 고개를 조아리고 두 손을 싹싹 빌었다. 항상 당당하던 어머니가 죄인처럼 빌고 또 비는 모습을 보며 원순은 비로소 자신이 얼마나 큰 잘못을 저질렀는지 깨달았다.

두 아들 가운데 특히 원순은 고집이 셌다. 원하는 것이 있을 때는 반드시 얻어내야만 직성이 풀렸다. 원을 들어주지 않으면 그대로 마당에 누워 생떼를 부렸다. 비가 내려도 아랑곳하지 않았다. 을식이 "오냐, 그렇게 하마" 할 때까지 마당을 이리저리 떼굴떼굴 굴러다니며 악을 썼다. 원순은 그렇게 해서 바라는 것은 무엇이든지 다 가질 수 있었다.

오늘날 박원순 상임이사는 "세파에 시달리지 않고 그대로 자랐다면 아마도 버릇없는 안하무인이 됐을 것"이라고 자평한다. 그후 벌어진 여러 사건을 거치고 고난을 당하면서 조금씩 겸손의 가치를 알게 되었으며, "부모가 자식을 귀하게 생각하면 다른 이들도 귀히 여긴다"는 믿음도 갖게 됐다고 말한다. 정당한 꾸지람이나 질책은 당연히 필요하지만 "옆집의 누구를 봐라. 너는 왜 만날 이따위냐"라며 부모들이 아이들에게 욕을 하고 비하하는 것은 아이들의 미래를 위해 올바른 교육 방법이 될 수 없다는 것이 그의 신념이다.

훌륭한 어머니의 희생은 언제나 자식을 감동시킨다

사실 아들을 외지에 보내 공부시켜야겠다는 것은 을식의 남편 생각이었다. 일제 시절 보국대로 일본으로 끌려가 7년간 생활하며 세상이 넓다는 것을 눈으로 확인한 남편은 아들들을 농촌에서 썩게 할 수는 없는 노릇이라고 판단했다. 초등학교 다니는 어린 아들을 대구로, 서울로 보내게 된 것은 바로 그런 생각에서였다. 아이들을 애지중지하던 을식으로서는 자신의 품안에서 내보내기가 싫었지만 어쩔 수 없는 노릇이었다.

　이 과정에서 딸들은 배움의 길에서 일찌감치 비켜서야 했다. 을식은 큰딸이 16세가 되자 이웃마을로 시집을 보냈다. 큰딸이 출산하던 해에 마흔두 살의 그녀도 원순을 낳았다. 을식은 학업을 계속하려던 둘째 딸을 막무가내로 억눌렀다.

　"어머니, 저도 고등학교에 보내주세요. 공부 더 하고 싶어요. 어머니를 실망시키지 않도록 공부 잘해서 훌륭한 사람이 될 게요. 제발요."

　중학교 졸업반이 된 둘째 딸이 눈물로 을식에게 애원했지만 마이동풍이었다. 그때만 해도 벽지의 농촌에서는 여자를 공부시키는 것을 집안 망신으로 여겼다.

　"아이고, 망신스러워라. 여자가 고등학교를 가겠다니. 중학교를 마치면 그것으로도 훌륭해. 여자는 많이 배우면 못쓴다. 공연히 눈만 높아져서 사람만 버려. 그런 딸을 두면 집안의 수치다. 다시는 그런 말을 꺼내지도 마라."

　을식이 노발대발했지만 둘째 딸은 포기하지 않았다.

　'나도 공부하고 싶어. 꼭 고등학교에 가고 말 테야. 지금은 어머니가 저렇게 반대하시지만 내가 시험에 합격하면 보내주시겠지.'

　몰래 입시원서를 제출하고 시험을 친 둘째 딸이 합격하자 을식의 분노는 극에 달해 딸을 집에서 쫓아내기까지 했다. 이런 어려움 속에서도 둘째 딸은 고등학교를 졸업했다. 그러다 보니 다른 아이들의 피해가 컸다. 막내딸은 아예 중학교조차 마치지 못한 채 농사일에 매달려야 했다. 땡볕에 1시간만 일해도 녹초가 될 정도였지만 을식은 나무 해오기, 밭일 하기, 물 푸기, 소풀 뜯기 등 가리지 않고 일을 시켰다.

그러나 큰아들이 초등학교 5학년이 되자 을식은 대구로 전학시켰다. 그후 서울의 중학교에 응시하게 해 서울로 유학을 보냈다. 맏아들의 권유와 남편의 결단을 받아들여 몇 년 후에는 둘째 아들 원순까지 서울로 보냈다. 고향에서 15리쯤 떨어진 영산중학교를 졸업한 원순은 1971년 경기고등학교에 진학했다. 국내 최고 명문 고등학교인 경기고등학교 진학은 영산중학교 사상 처음이었다.

두 아들을 모두 서울로 보낸 을식으로서는 참으로 견디기 힘든 나날을 보내야 했다. 아이들을 공부시키기 위해 좀 더 열심히 농사를 지어야 했다. 그러나 이미 노동에는 익숙한 을식이었다. 오히려 그녀는 귀한 아이들을 자신의 품안에 두지 못하고 멀리 불안한 대도시에 보내야 했던 점 때문에 더 고통스러웠다.

교통도 불편하고 전화도 없던 시절이라서 방학 때나 되어야 잠깐 두 아들을 볼 수 있었다. 그리움, 짠함, 이런 것들로 그녀는 늘 이별이 고통스러웠다. 방학 중의 두 주를 아들들과 같이 지내다가 다시 서울로 떠나보낼 때면 동구 밖까지 나와 하염없이 눈물을 흘리곤 했다. 아들을 위해 지극정성을 다하는 어머니를 보고 고집만 부리던 철부지 소년 원순은 어느 때인가부터 마음을 고쳐먹었다. 자신을 위해 희생하는 어머니를 위해 공부를 제대로 해야겠다고 결심하게 된 것이다. 훌륭한 어머니의 희생은 언제나 자식을 감동시키게 마련이다.

그후 서울공업고등학교와 외국어대학교를 졸업한 큰아들은 박사학위를 취득하고 동아대학교 행정학과 교수가 되었고, 원순은 사법고시에 합격해 검사를 거쳐 변호사가 되었다. 그 고통과 희생의 시간들에 대한 보상이 조금이나마 이루어진 셈이다.

원순은 이런 어머니의 자세에서 가족에 대한 엄청난 책임감과 형제에 대한 부채를 평생 지니게 되었다. '집안에 보탬이 되어야 한다'는 책임감과 사회를 이끌어가는 지식인으로서의 책임감 사이에서 인간적 고뇌가 늘 그의 마음을 짓눌렀다.

오늘날의 나를 만든 많은 분들이 계시지만 그 가운데 내 형제들을 잊을 수 없습니다. 어린 시절 내 학비를 보태고 부모님을 돌보던 큰누님과 매형, 아들만 귀히 여기는 집안 분위기와 부모님의 인식 때문에 제대로 교육도 못 받고 외지에서 무진 고생만 한 둘째 누님, 셋째 누님, 시골에서 부모님 농사일을 돕느라 시집갈 때까지 온몸을 바쳐 일한 넷째 누님, 학문의 길을 걷느라 어려우신 걸 뻔히 알면서도 제대로 도와드리지 못한 형님, 그리고 오빠들 때문에 중학교까지밖에 못 다니고 내내 농사일만 하던 막내 여동생.

오늘의 나를 만들어준 희생과 헌신에 대해 아무것도 갚지 못하고 떠나는 마음이 아리기만 합니다. 변호사 동생 또는 오빠를 두었으니 뭔가 생활에 도움이 되도록 했어야 하는데, 그렇지 못한 아픈 가슴만 남았습니다. 다음 세상에서 혹시 그럴 위치가 된다면 지금과는 다른 동생 또는 오빠가 되어 보도록 하겠습니다. 신라 향가 「제망매가」에서는 '같은 가지에 태어나 가는 곳 모르겠소'라고 노래했지만, 우리는 다음 세상에서 다시 함께 '같은 가지'로 태어났으면 좋겠습니다.

(『성공하는 사람들의 아름다운 습관, 나눔』에 수록된 '모든 가족과 지인에게 남기는 유서' 중에서)

자녀들을 지나치게 사랑해서는 안 된다고 한다. 자녀들의 올바른 성장을 그릇치는 과잉보호가 될 가능성이 높기 때문이다. 하지만 을식의 경우를 보면 꼭 그렇게 볼 수는 없을 듯하다.

그녀의 아들에 대한 사랑은 지나칠 정도로 깊었다. 그러함에도 아들은 반듯하고 사회적 존경을 받는 인물로 성장했다. 이는 과잉보호와 지극한 사랑의 차이로 설명할 수 있을 듯하다. 부모가 끔찍하게 아끼고 사랑하면 언젠가 자식은 바로 될 수밖에 없다. 마치 '돌아온 탕아'처럼 말이다.

원순도 한때는 '탕아'였다. 중학교에 다니던 어느 날 원순은 집을 나갔다. 학교도 가지 않았다.

'매일 이렇게 살면 뭘 하나. 나는 어른이 되어도 농사일에서 벗어나지 못할 거야. 아, 희망이 없는 이곳에서 벗어나고 싶어……'

읍내로 가는 버스 한 편조차 없을 정도로 외진 마을에서 매일 수십 리 길을 걸어서 통학하기만도 벅찼다. 학교에서 돌아오면 농사일이 그를 기다렸다. 게다가 외진 시골에는 전기도 들어오지 않아 밤이면 촛불과 호롱불에 의지해야 했다. 공부를 하려고 해도 할 수 있는 여건이 아니었다.

꼴 베고 소 먹이는 것은 농촌 소년으로서 기본이었다. 어느 날 여느 때처럼 학교에서 돌아온 원순은 방에 책가방을 던져놓기가 무섭게 들판으로 나갔다. 개천에서 물이 넘쳐 쓰러진 벼를 일일이 손으로 일으켜 세워야 했던 것이다. 매일 하다시피 하는 일상적인 일이었지만 그날따라 원순은 몹시 힘이 들었다.

'너무나 힘들어. 피곤하다. 몸이 편하기를 하나, 환한 전깃불 밑에서 맘놓고 공부를 할 수 있나……. 아, 지긋지긋한 이 촌 생활.'

사춘기에 접어든 소년의 감상은 원순을 걷잡을 수 없이 비관적으로 만들었다. 그는 무작정 집을 떠났다. 그러나 어머니가 계신 집 외에 그를 따뜻하게 맞아줄 곳이 없다는 현실을 깨닫기까지는 그리 오랜 시간이 걸리지 않았다.

집으로 돌아오기는 했지만 가출 경험이 그를 새롭게 일어서게 할 정도로 자극을 주지는 못했다. 어린 그에게 시골 생활은 여전히 힘에 부쳤기 때문이다.

이런 원순을 바꿔놓은 것은 다름 아닌 그의 부모였다.

그 즈음 원순에게 가장 두려운 일은 벼이삭을 매단 벼들이 홍수에 휩쓸려 쓰러지는 것이었다. 그대로 두었다가는 한 해 농사를 완전히 망치기 때문에 조막손이라도 보태야만 했다. 쓰러진 나락을 다시 일으켜 세우는 일은 한 해, 한 차례로 그치는 것이 아니라 자연과 인간의 싸움처럼 끝없이 반복되는 일이었다.

원순이 중학교 2학년이었던 해에 추수할 무렵 홍수가 났다. 논들이 모두 물에 잠겨버렸다. 을식 부부는 벼를 하나라도 더 세우기 위해 장대비가 쏟아져 온몸이 젖는 것도 아랑곳하지 않고 정신없이 손을 놀렸다. 시간이 금쪽이었다. 나락이 물에 흠뻑 젖어 썩어버리기 전에 일으켜 세우려면 한눈을 팔 새도, 말할 새도 없었다. 장대비 속에서 번개같이 빠른 손놀림으로 들판을 점령해 가는 아버지의 모습이 원순에게 거대한 사람으로 다가왔다.

'아버지가 나 때문에 저렇게 고생을 하시는데……, 나도 뭔가 내

일을 해야 한다. 그렇다! 공부라도 열심히 하자!'

원순은 비로소 공부에 전념하기 시작했다. 을식은 물론 그녀의 남편도 아이들에게 열심히 공부하라고 말한 적이 한 번도 없었다. 오직 건강하게 자라주기만 바랐다. 좀 오래 공부하는 것을 보면 눈이 나빠질까 봐, 엉덩이가 아플까 봐 빨리 자라고 할 정도였다.

을식 부부는 그저 그들에게 주어진 일에 최선을 다할 뿐이었다. 어떤 환경 속에서도 불평 없이 묵묵히 자신의 일을 열심히 하는 부모의 모습이 아들의 심경에 변화를 일으켰던 것이다.

을식은 말이 아닌 행동을 통해 누구든 자신에게 주어진 일을 성실하게 해야 한다는 교훈을 원순의 마음 깊숙이 심어준 셈이다.

을식이 악착같이 일해 일궜던 땅은 자식들의 학비로 뭉텅뭉텅 날아갔다. 원순은 서울로 유학 온 뒤 아르바이트를 계속했다. 집안의 돈을 가져다 쓰지 않겠다고 스스로 굳게 다짐했다. 원순은 큰누나가 조카들을 공부시키려고 서울 신림동에 마련한 집에 머물면서 학교를 다녔다.

1975년 5월 서울대학교 사회계열 새내기로 도서관에 있던 원순은 교내에서 열린 김상진 열사 추도집회를 보다 시위하던 학생들이 경찰에게 둘러싸여 심하게 당하는 것에 분개해 뛰어나갔다가 긴급조치 9호 위반으로 남부경찰서로 연행되었다.

원순은 유치장에 한 달, 영등포구치소에서 두 달을 보낸 뒤 단순가담자로 분류되어 기소유예로 석방되었다. 그러나 학교에서는 이미 제적 처리가 된 다음이었다.

구치소에서 나와 방황하던 원순이 다시 새롭게 각오를 다진 것도 부모의 지극한 사랑에 눈뜬 덕이었다. 구치소 생활을 하는 동안 을식은 매일 눈물로 지새웠다. 너무 슬퍼하여 가족들은 그녀의 구치소 면회조차 만류했다. 그래서 원순의 옥바라지는 둘째 누나의 차지가 되었다.

을식은 원순이 우등생이기를 원하지는 않았다. 경기고등학교에 입학한 원순이 1년간 원불교학생회인 룸비니 활동을 하는 등 공부를 멀리 했을 때도 그저 "몸 건강해라. 잘 먹어라"가 당부의 전부였다. 그런 그녀로서는 아들이 고생스런 구치소 생활을 한다는 사실을 감당하기가 힘들었던 것이다.

출소를 한 다음 대입예비고사부터 다시 시험을 친 원순은 단국대학교 사학과에 입학한 후 고시 공부에 매진했다. 1980년 원순은 마침내 사법고시에 합격했다.

1982년 사법연수원에 있으면서 원순은 결혼을 했다. 그녀는 며느리에게 시어머니의 권리를 내세우거나 유세를 부리지 않았다. 오히려 아들 부부가 집에 들르면 며느리가 행여 감기라도 걸릴까 봐 새벽이면 일어나 군불을 때주곤 했다. 아들을 애지중지하던 을식은 아들이 사랑하는 여인도 자연스레 귀한 사람으로 받아들인 것이다.

이기적인 삶을 벗어나 세상을 걱정하다

을식의 아들에 대한 치성은 극진했다. 집에서 그리 멀지 않은 곳에 옥천 관룡사가 있었는데 을식은 매년 두 차례 꼬박꼬박 절을 찾았다. 그뿐만 아니라 크고 작은 시험이 있을 때마다 집에 정안수를 떠놓고 열심히 축원하며 간절히 기도했다. 너무나 절절한 기도여서 하늘 끝까지 닿을 정도였다.

원순은 새벽녘에 정화수 한 그릇을 떠놓고 빌고 있는 어머니의 모습을 자주 보았다. 박원순 상임이사는 "샤머니즘적인 기도였지만, 바로 그 어머니의 기도 때문에 엇나가지 않았던 것 같다"고 말한다.

을식의 무조건적인 아들 사랑이 얼마나 깊었는지를 보여주는 일화가 하나 더 있다. 어느 날 장이 열리자 을식은 남편과 함께 장터를 찾았다. 불볕 더위가 기승을 부리는 여름 한낮 장터는 몰려든 인파로 더 더웠다. 장터에 나온 '아이스케키' 장사를 본 남편은 아이스케키를 하나 사서 비지땀을 흘리고 있는 을식에게 건네주었다.

순간 그녀의 뇌리에 원순이 떠올랐다. 곧 아들에게 이 귀한 아이스케키를 먹여야겠다는 생각으로 가득 찼다. 장터에서 집으로 돌아왔을 때 을식의 손에는 아이스케키가 들려 있었다. 그러나 허망하게도 막대뿐이었다. 아들에게 단 한입이라도 먹이고 싶었던 을식은 아이스케키가 녹아가는 것을 보면서도 끝내 마지막 남은 막대마저도 제 입에 넣지 못했던 것이다. 박원순 상임이사는 "어머니가 귀한 것을 사 먹거나 떠먹는 것을 한 번도 보지 못했다"고 말한다. 언제나 귀하고 좋은 것은 아들 몫이었던 것이다.

이런 을식의 사랑은 원순으로 하여금 '가난 콤플렉스'에 빠지지 않게 만들었다. 원순은 고등학교 1학년 때 중학교 3학년생을 과외 지도를 하며 용돈을 충당했다. 고시 공부 중에도 대진학원 강사로 나가 정통종합영어를 가르쳤지만 원순은 한 번도 '가난하다'고 느끼지 않았다. 가난한 생활이었지만 부족함을 느끼지 않게 해준 을식이 있었기 때문이다.

이런 그의 의식은 전깃불도 들어오지 않는 오지의 시골 출신이 서울, 그것도 최고의 명문 고등학교에서 사춘기를 보내면서 전혀 주눅이 들지 않고 성공적인 학창 시절을 보낼 수 있게 한 원동력이 되었다. 원순은 '가난은 상대적인 것'으로 생각했다. 이는 어떤 경우에도 자신의 처지를 비관하거나, 원망하지 않게 만들었다.

운동권을 바라보는 사회의 편견 가운데 하나가 '운동권은 가난하거나 출신이 좋지 않아서 사회에 대한 한이 많은 이들'이라는 것이다. 네거티브적 사회운동을 펼치는 경우 이런 해석과 평가가 내려지는 것을 종종 찾아볼 수 있다. 박원순 상임이사도 우리 사회에서 둘째가라면 서러워할 시민운동가다. 그러함에도 그에게는 이런 평가를 찾아보기 어렵다. 1994년 참여연대 사무처장으로 세상 바로잡기에 나선 이후 '아름다운가게', '아름다운재단', '희망제작소'로 이어지는 그의 궤적을 더듬어보면 포지티브적 사회운동이라는 커다란 밑그림을 발견할 수 있다.

그러나 이보다 더욱 중요한 것이 있다. 을식은 원순이 이기적 삶에서 벗어나 사회를 바라보도록 만들었다. 서울로 유학 온 아들들을 살피러 서울 나들이를 할 때마다 을식은 걱정스레 말했다. 밤에는 헛소리처럼 말하기도 했다.

"저렇게 장사하는 이들도 많고, 가게도 많은데 어떻게 다 먹고사는지 모르겠다."

이웃 사람들에 대한 걱정도 끊이지 않았다.

"저 집은 어린애들도 많은데 애들 아버지가 몸이 아파 보여 걱정이다."

시골 할머니가 마치 시집보낸 딸을 걱정하듯, 온 세상에 대한 걱정이 그치지 않았다. 박원순 상임이사는 "부모가 중요한 이유는 부모의 인생 철학이 자녀에게 자연스럽게 체득되기 때문이라고 생각한다. 어머니의 세상 걱정이 나에게 전염되어 나 역시 만인에 대한 걱정을 하게 되었다. 이런 불특정 다수에 대한 걱정이 시민운동을 하게 한 바탕이라고 생각한다"고 말한다.

훗날 을식은 법조인이 된 원순이 용돈을 주면 자신은 쓰지 않고 노인정에 기부하곤 했다. 세상 걱정이 많았던 그녀가 나름대로 걱정을 나누는 방식이었다.

1980년 을식은 남편을 세상에서 떠나보냈다. 그리고 15년 뒤, 82세를 일기로 그녀는 그토록 사랑했던 원순과도 영원히 이별하게 된다.

차분하고 이성적인 면모를 갖춘 남편과는 달리 을식은 자주 애를 끓이는 감성적 성격의 소유자였다. 원순이 경기고등학교에 들어가고, 사법고시에 합격해도 남편은 특별한 내색을 하지 않았다. 반면 을식은 달랐다. 아들이 평범하게 잘살기를 원했다.

하지만 자신의 속내를 아들에게 강요하지는 않았다. 원순은 짧은 검사 생활을 마치고 인권변호사로, 사회운동가로 속세의 출세와는 멀어져만 갔다. 참여연대 사무처장으로 활동을 시작하며 유일한 재산이었던 신촌의 집도 팔고 아파트 전세로 옮겨갈 정도였다. 시민운동에 대한 이해가 없는 을식인지라 아들이 험한 일을 하는 데 대한 걱정이 컸다. 그러나 그뿐이었다.

"검사가 어디냐? 네가 잠시라도 검사 노릇을 한 것만으로도 충분히 배부르다."

어머니를 편히 모시지 못해 미안해하는 아들에게 을식은 이렇게 말하곤 했다.

을식의 아들 사랑은 대물림되어 손자들에게 이어졌다. 딸을 차별했던 을식은 손녀에게도 '이 애는 시집갈 애'라고 말하곤 했지만 '터를 잘 팔아 남동생을 둔 복덩이'라는 인식이 더 컸다. 그녀는 평생 남아선호에서 벗어나지 못했지만 사랑하는 아들을 통해 세상을 다시 들여다보려는 노력도 아끼지 않았다.

을식은 작고하기 전 노환으로 수년을 힘들게 보냈다. 동아대학교 부속병원에서 여러 달 입원해 있던 그녀는 그렇게 자랑스러워했던 원순과 마지막 작별인사를 나누기가 무섭게 숨을 거두었다. 어미와 자식의 질긴 인연 때문이었을까. 정신없이 바쁘게 일과를 보내던 원순은 그날따라 유난히 어머니의 모습이 눈에 밟혔다. 조바심을 내며 병원으로 향하던 그는 부산으로 내려가는 도중 위독하다는 전화를 받았다. 그가 병실 문을 열었을 때 혼신의 힘을 다해 원순을 기다리던 그녀는 아들의 마지막 모습을 눈동자에 새긴 채 조용히 눈을 감았다.

을식이 아들 외에 끝까지 사랑했던 것이 또 하나 있다. 바로 농사였다. 나이 들어 농사일이 힘에 부치면서도 그녀는 삶의 뿌리였던 농토를 떠나지 못했다. 원순은 결혼한 후 한때 서울에서 함께 살려고 시도했지만 곧 단념했다. 서울에 온 을식은 잠을 자면서도 "고추가 많이 열렸는데 뭣들하노" 하며 주워 담는 시늉을 하는가 하면, "훠-이, 훠-이" 하고 벼에 참새를 앉지 못하게 쫓는 소리를 낼 정도였다.

그녀는 오직 자연이 일러주는 뜻을 헤아리며 자신에게 주어진 육신을 부지런히 움직여 거둔 결실에 만족하며 남에게 해를 끼치지 않는 삶을 사랑했다. 그리고 자신의 인생을 통해 이를 꾸밈없이 있는 그대로 보여주었다. 큰 욕심을 부리지 않고 부지런히 사는 것이 을식이 아들에게 준 가장 큰 가르침이다.

정직과 성실을 교훈으로 남겨라

각 나라마다 특유의 자녀 교육관이 있다. 일본 가정에서는 '약속을 지킬 것'과 '남에게 폐를 끼치지 마라'라고 가르친다. 말귀를 알아듣기 시작할 무렵부터 이어지는 이런 가치 교육의 효용은 고베 대지진 같은 천재지변이 일어났을 때 유감없이 발휘되었다. 엄청난 피해를 몰고 온 대지진으로 수많은 이재민이 발생했지만, 남에게 폐를 끼치지 않으려고 노력함으로써 결과적으로 조용하고 침착한 모습을 보여 세계 사람들을 놀라게 했다. 독일 가정에서는 근면과 성실, 절약 정신을 주요한 가치로 교육하고 있다. 우리 가정의 경우 가장 큰 공통점은 '정직'이다. 많은 가정들이 자녀들에게 어린 시절부터 '거짓말을 하지 말라'고 가르친다. 아이의 거짓말이 발각되면 그냥 지나가지 않는다. 반드시 체벌로 이를 반복하지 못하도록 엄히 다스린다. 자녀들이 유치원 등 제도 교육을 받기 시작하면 '선생님 말씀 잘 듣는 착한 어린이가 되라'고 주문한다. '정직'과 '착한 사람'이라는 두 가치를 지향하며 한국인은 성장하는 것이다.

인간의 역사 속에서 정직과 성실만큼 오래된 덕목도 없다. 그래서 벤자민 프랭클린 같은 이는 "아무리 친한 벗이라 해도 그대 자신으로부터 나온 정직과 성실만큼 그대를 돕지 못하리라. 남의 믿음을 잃었을 때 사람은 가장 비참한 것이다. 100권의 책보다 단 한 가지의 성실한 마음이 사람을 움직이는 데 보다 큰 힘이 될 것이다"라고 말하기도 했다.

프랑스 루이 14세 때 재무장관을 지낸 콜베르의 사례를 보자. 포목점원이었던 25세의 청년 콜베르는 호텔에서 숙박하고 있는 은행가에게 옷감을 팔고 돌아왔다. 하지만 값을 잘못 알아 옷감 값의 두 배가 넘는 돈을 받은 것을 알게 되자 그는 주인의 만류에도 불구하고 호텔로 돌아가 정중히 사과하고 더 받은 돈을 돌려주었다. 포목점 주인은 콜베르의 정직에 화가 나서 그를 해고해 버렸다. 이튿날 콜베르의 집을 찾은 은행가는 콜베르가 그 일로 실직한 것을 알고 자기 은행에서 일할 것을 권했다. 콜베르는 파리로 가서 은행가가 되었다. 결국 그의 정직과 성실이 출세의 큰 발판이 되어 마침내 재무장관에까지 이르게 되었던 것이다.

포드 미국 대통령의 부모가 슬하의 네 자녀에게 절대 어겨서는 안 되는 세 가지 규칙으로 심어준 것 가운데 첫째가 바로 '사실을 말하라' 는 것이었다. 현 부시 대통령의 할머니이자 아들을 대통령으로 키운 도로시 워커 부시도 친절할 것, 불평하지 말 것 같은 가치들과 함께 '정직해라, 너의 양심이 너의 안내자가 되게 하라' 고 자녀들을 교육했다.

이 책에 등장하는 훌륭한 어머니들의 공통점 가운데 하나는 무척 부지런하다는 것이다. 이들의 자녀들은 어머니가 잠자는 모습을 본 기억이 없다고 말하고 있다. 이런 부지런함을 통해 어머니들은 자녀에게 성실이라는 가치를 내면 깊숙이 심어주었다. 오연호 오마이뉴스 대표이사는 "일 욕심이 많았던 어머니로부터 자신의 일에 몰두하는 에너지를 물려받았다"고 고백하고 있다.

동시에 이들은 노동의 고귀함을 자녀들에게 일깨워주었다. 딸과 차별하는 것은 물론, 남편보다도 더욱 대접을 했던 아들이라고 해도 노동만은 예외가 없었다. 땀 흘려 일하지 않으면 주어지는 대가가 없다는 것을 일찌감치 마음 깊이 심어준 것이다. 박원순 상임이사의 어머니 노을식, 오연호 대표이사의 어머니 최명순, 김정태 전 국민은행장 어머니 강정례 등 농사가 생업이었던 이들에게서는 더욱 극명하게 드러난다. 이들 가운데 누구도 자녀들을 불러 앉히고 "성실해야 한다"는 식의 설교조의 가르침을 하지 않았지만, 자녀들은 이를 내면화했다. 마치

도로시 워커 부시가 도덕주의자처럼 고압적으로 아이들에게 가르치려 들지 않고 수영, 승마, 테니스 등 스포츠를 즐기면서 스포츠 정신을 실천하는 것으로 자녀들에게 정직을 가르쳤던 것처럼 말이다.

많은 가정에서 같은 가치를 자녀들에게 교육해도 성장한 자녀들이 사회에서 커다란 차이를 보이는 것에 대한 하나의 해답일 수 있다.

© 최상규

채 . 태 . 원
채 . 태 . 원

이명박 전 서울시장의 어머니

Theme 05

이명박

1941년 경북 포항에서 태어나 고려대학교 경영학과 재학중 6.3시위를 주도했다가 6개월 간 복역했다. 졸업 후, 1965년 현대건설에 입사해 5년 만에 이사, 12년 만인 서른다섯의 나이에 최고경영자가 된 후 인천제철 등 8개사 대표이사, 사장, 회장 등을 겸임했다. 제14, 15대 국회의원을 거쳐 2002년 서울특별시장에 당선되어 활동했다. 「영국 파이낸셜타임 스」그룹의 「fDi」가 수여하는 '2005년 세계의 인물 대상'에 선정되었다.

"애야, 건너편 부잣집에 다녀오너라. 그 댁 딸이 시집을 간다는데 일손이 부족한 것 같구나. 네가 가서 그 댁 일을 좀 돕고 오려무나."

중학생인 명박이 학교에서 돌아와 어머니의 행상을 도우려 하자 채태원은 이를 만류하며 아들에게 말했다. 어머니의 행상에 일곱 식구가 의지하고 있어 하루 벌어 입에 풀칠하기에도 버거운 상황이었다. 이제 소년 티를 벗기 시작한 명박은 한창 혈기 왕성하게 자랄 시기였지만 끼니를 거르는 일이 다반사였다.

'내가 배고픈 줄 알고 어머니가 오늘은 부잣집에 가서 잘 얻어먹고 오라는 뜻이구나.'

결혼 잔치 준비로 풍성하게 음식 장만을 할 광경을 그려보니 입에서 군침마저 돌았다. 부엌의 잔심부름을 도우면 배불리 먹을 수 있을 것이라는 생각으로 명박은 선뜻 어머니의 뜻에 따르기로 했다.

태원은 아들의 마음을 간파한 듯 이렇게 덧붙였다.

"애야, 그 집에 가거든 열심히 일해 주되 물 한 모금도 얻어먹지 마라. 행여 일하고 나서 그 댁에서 무엇을 주더라도 절대로 받아 와서는 안 된다."

명박은 도무지 어머니의 마음을 이해하기 어려웠다. 남의 집에 일을 해주러 가면 대가를 받는 게 당연한 일이었다. 더구나 집에 먹을 것이 부족해 배에서는 쪼르륵 소리가 그칠 새가 없는데도 음식은커녕 물 한 모금도 먹지 말라니 도저히 알 수 없는 노릇이었다.

어머니의 말씀대로 물 한 모금도 먹지 않고 일만 죽어라고 하니 명박은 거의 뻗을 지경이었다. 땀은 비오듯 흘러내리고 다리마저 후들거렸다. 밤늦게 파김치가 되어 돌아온 아들에게 태원은 오직 한 마디만 했다.

"그 집에서 일은 잘했느냐?"

명박은 그런 어머니가 야속하기까지 했다.

이런 일은 그후에도 계속되었다. 그녀는 간간이 명박에게 어느 집 일을 도와주라는 말을 하곤 했다.

돕기만 하고 주린 배를 움켜쥐고 돌아오는 날이 계속되었다. 명박은 왜 이렇게 해야 하는지 그 까닭이 궁금했지만 차마 어머니에게 물을 수 없었다. 워낙 말수가 없는 어머니여서 말을 꺼내기도 쉽지 않았지만, 물어도 속시원하게 대답해 줄 성싶지 않았기 때문이다.

어느새 이충우 집 막내아들이 일을 잘한다는 소문이 입을 타고 건너가 온 동네에 퍼졌다. 큰일을 치르는 집들은 으레 명박을 불렀다.

**어떤 상황에서도 자신감을 잃지 마라

몇 년 후 그 부잣집에서 또 잔치가 벌어졌다. 명박은 다시 일하러 갔다. 한참 물을 길어주고 빈 그릇을 나르고 있는데 어떤 시선이 느껴졌다. 부잣집에 가면 주눅이 들어 저도 모르는 사이에 눈치를 보는 명박인지라 살그머니 돌아보았다. 집주인은 무심결에 그가 일을 제대로 하고 있는지, 음식을 내오며 몰래 먹지는 않는지 살피고 있는 게 아닌가.

눈앞에 맛있는 음식이 풍성하게 있을 때 식욕을 누르기는 정말 힘든 노릇이다. 명박은 먹고 싶은 마음을 이기기 위해 땀을 뻘뻘 흘리며 다른 사람보다 더 열심히 일에 몰두했다. 뒤처리를 끝내고 돌아가려고 인사를 드릴 때였다.

"어떻게 그렇게 남의 일을 성심껏 잘 도와주느냐. 정말 깜짝 놀랐다. 이것은 집에 가지고 가서 식구들과 나누어 먹으렴."

주인은 귀한 음식을 손수 담아 건네주었다. 그러나 명박은 어머니가 일러준 대로 끝내 사양했다. 빈손으로 부잣집의 대문을 나서는 순간 명박의 가슴은 형용할 수 없는 뿌듯함으로 가득 찼다. 배고픔은 이미 자취를 감추고 이상할 정도로 기분이 좋아졌다. 명박은 늦은 밤길을 걸으며 내내 콧노래를 흥얼거렸다.

이날의 경험은 그의 생각을 바꿔놓았다. 남의 도움을 받아서라도 지금의 가난에서 벗어나는 것이 첫째라는 생각은 사라졌다. 그뿐이 아니라 일을 도와주러 갈 때는 자신감까지 들었다.

명박은 비로소 잘사는 댁에 가도 쭈뼛거리지 않게 되었다.

"일을 도와주러 왔습니다."

그는 당당하게 말했다. 일을 끝낸 후에도 멈칫거리지 않았다.

"제 일을 마치고 돌아갑니다."

명박의 목소리는 어느새 커져 있었다.

채태원은 1909년 3월 3일 경북 경산군 안심면 신기동 50번지에서 태어났다. 부친 채상기와 모친 김안심이 슬하에 둔 7남매 중 넷째였다. 아들 둘과 딸 하나를 둔 상태에서 태원을 낳은 후 그녀의 부모는 아이 셋을 더 낳았다. 모두 딸이었다.

채상기는 유교적 가풍을 숭상하고 이를 지켜가고 있었다. 딸보다 아들을 중시했던 당시 풍습으로 보아 태원이 특별히 부모들로부터 아낌을 받기는 어려웠을 것으로 보인다.

그러나 채상기는 그녀가 글씨를 깨우칠 수 있도록 초등학교에 다니도록 허락했다. 그녀는 책읽기를 즐겨했다. 훗날 그녀가 『에이브러햄 링컨』 같은 위인전을 자녀들에게 읽으라고 권했던 것도 이런 어린 시절의 기억과 맞닿아 있다.

태원이 언제부터 기독교인이 되었는지는 분명하지 않지만 결혼 전부터 기독교에 심취했던 것으로 보인다. 태어난 이듬해 한일합방이 되어 그녀는 성장-결혼-출산 등 생의 중요한 시기를 일제강점기에서 보냈다.

대구 지역은 일찍이 가톨릭이 자리잡고 있었고 이와 발맞춰 신교도 번성했다. 그녀의 집은 대구에서 멀지 않은 곳이었다. 따라서 당시의 다른 여성들에 비해 상대적으로 기독교인이 될 만한 토양이 갖춰져 있었다고 볼 수도 있다.

그러나 유교적 가풍이 강했던 가정이었음을 상기할 때 그녀의 기독교인으로의 변신은 결코 쉽지 않았을 것이다. 집안의 반대가 적지 않았을 터인데도 그녀가 자신이 선택한 종교를 포기하지 않고 죽는 날까지 지켜 나갔던 것은 그만큼 그녀에게 종교가 절대적이었음을 의미한다. 딸 많은 가정의 둘째 딸로 억눌려 살 수밖에 없었던 태원에게 기독교는 주어진 현실을 감내하게 했을 뿐 아니라 이를 넘어설 수 있도록 하는 구원이기도 했다. 36년을 넘는 결혼 생활을 통해 그녀는 몸담고 있는 현실을 냉정하게 인정하면서 이를 극복하기 위해 치열하게 살았음을 보여준다.

태원은 스무 살 무렵 자신보다 두 살이 많은 이충우와 결혼했다. 남편의 집은 가난했다. 결혼 후 그녀는 남편을 따라 일본 오사카로 건너갔다. 오사카의 한 목장에서 일하는 남편의 수입으로 살림은 점차 안정이 되었다.

다섯 형제 가운데 막내인 남편은 어려서 한학을 공부해 유교적 가풍에 젖어 있었다. 생활의 쪼들림을 면하게 되자 남편은 급료를 쪼개어 형님 댁으로 송금하기 시작했다. 장손을 공부시키는 데 남은 형제들이 힘을 보태는 것은 그에게 당연한 도리였다. 조상에 대한 도리, 형제에 대한 도리, 부모에 대한 도리를 다하고자 하는 남편은 수입과 지출에 차질이 생겨 형님 댁에 부칠 돈이 부족해지면 아내의 가락지를 팔아서라도 일정액을 채워 보냈다.

1945년 8월 15일 제2차 세계대전에서 일본이 항복하며 우리나라는 일본 식민지로부터 해방이 되었다. 남편은 귀국을 서둘렀다. 태원은 돌도 안 지난 핏덩이인 막내딸을 안고 포항으로 돌아왔다. 이미 그녀에게는 열다섯 살 난 큰딸을 비롯해 각각 열두 살, 열 살, 네 살인 세 아들이 더 있었다. 그러나 남편은 마음만 부자였다. 수중의 돈은 오래지 않아 바닥을 드러냈고, 가난의 짙고 어두운 그림자가 그녀를 감쌌다.

　남편은 체면을 너무나 소중하게 여겼다. 점잖고 정직했으나 세상은 그의 정직함을 받아주지 않았다. 적당하게 속고 속이는 것이 세상살이였는데 남편의 생활력은 제로에 가까웠다. 이런 남편과 다섯 자녀를 부양해야 하는 몫은 고스란히 태원에게로 돌아왔다. 그녀는 팔을 걷어붙이고 거리로 나섰다. 밑천을 가장 적게 들이고 할 수 있는 장사는 행상뿐이었기 때문에 그녀는 행상을 시작했다.

　힘겨운 태원의 생활은 보는 이들을 안쓰럽게 했다. 그녀와 함께 포항제일교회에 다니던 장로가 보다 못해 나섰다. 큰 포목상을 하던 장로는 이충우에게 옷감을 대어줄 테니 장사를 해보라고 권했다. 한 필로 된 옷감을 손님의 요구에 따라 자로 끊어 파는 일이었는데 그 결과는 참담했다.

　포목상이 이득을 남기는 비결은 적당히 자의 눈금을 속이는 것이었다. 자로 잴 때 옷감을 슬쩍 부족하게 넘기면서 주문량을 채운 뒤 인심을 쓰는 척하며 개평을 더 주어서 단골을 확보해야 한다. 이를 테면 치마저고리 한 벌 감이 4자면 된다고 할 때 6자로 끊고 개평을 얹어주는 것이 옷감 장사로 성공하는 비결이었다.

　그러나 정직한 그는 눈속임을 하지 못했다. 정확하게 자를 재어 옷감을 끊어주고 개평을 주다 보니 오히려 손해가 컸다.

　게다가 잘 팔리는 구색용 옷감은 항시 비치하고 있어야 손님의 눈길을 끌 수 있는데도 손님이 찾으면 달라는 대로 다 끊어주었다. 잘 팔리는 감은 일찍 동이 나서 없고 인기 없는 옷감만 재고로 쌓여갔다.

　그가 답답할 정도로 고지식했음을 알려주는 또 다른 예가 있다.

장사를 잘하기 위해서는 외상 거래도 능해야 했다. 포항은 5일장, 15일장이 섰다. 날마다 장이 열리는 것이 아니어서 사람들은 한 번에 필요한 물건들을 다 사야 했다. 아직 살 물건이 남았는데도 수중의 돈을 다 쓴 이들은 외상으로 물건을 사고 다음 장날에 와서 돈을 갚았다. 이런 외상 거래에는 돈을 떼이지 않게 손님의 신원을 확인해서 기록해 두는 것이 필수였다.

"이름이 뭐요? 어디 사시오?"

그는 이 두 마디를 하지 못했다.

장을 보러 나온 사람이 남자일 경우에는 문제가 없었지만 여자일 경우에는 차마 입이 떨어지지 않았다. 남녀유별을 몸에 익힌 그로서는 여염집 아낙의 이름을 묻는 것 자체가 결례였다. 얼굴을 익힌다는 것은 더더욱 상상할 수조차 없는 일이었다.

그는 외상 장부에 이렇게 적었다.

'흰 저고리 자주 치마 아주머니 흰 명주 다섯 자.'

말하자면 인상착의만으로 식별하는 셈이었다. 이런 식이니 다음 장날 누가 외상을 가져간 사람인지 판별한다는 것은 거의 불가능했다. 외상을 한 사람이 스스로 돈을 갚지 않으면 물건 값을 회수할 방도가 막연했다. 아예 외상을 안 주면 손해는 덜 볼 수 있었으나 거절에 익숙하지 못한 그에게는 그것도 무리였다. 장로는 그러면 안 된다고 몇 번씩이나 주의를 주었지만 소용이 없었다. 장사는 그에게 맞지 않았던 것이다.

그러나 자녀들에게는 엄격했다. 자녀들이 잘못을 저지르면 그대로 지나치지 않았다. 꿇어앉아 손을 드는 벌을 세웠는데 서너 시간을 그대로 두기도 했다. 마치 선생님 같았다.

이런 남편과의 결혼 생활이 태원에게 행복을 가져다줄 리 없었다. 생활력 없는 남편은 그녀를 답답하게 했다. 그러나 그 시대의 여성들이 그랬듯이 그녀도 묵묵히 인내했다.

태원은 남편이 가정에서 무시당하지 않도록 배려하는 현명함을 발휘했다. 그는 비록 세상살이에 서툴렀지만 정직이라는 덕목을 가지고 있었다. 그녀는 이런 남편을 늘 집안의 중심으로 받들었다. '손해 보는 장사꾼' 아버지를 둔 자녀들의 불평도 용납하지 않았다. 이런 그녀의 현명함으로 다섯 자녀들은 부친으로부터 정직을 물려받을 수 있었다.

진정한 가치를 스스로 깨닫게 하라

태원이 아무리 노력해도 가난한 현실은 조금도 나아지지 않았다. 그녀는 자녀들이 가난으로 성격이 비뚤어질 것을 염려했다. 가난하다는 것 때문에 비굴해지거나, 남을 원망하고 사회에 불만을 품고, 다른 사람의 도움을 감사한 마음 없이 당연하게 여기는 근성이 생겨나지 않도록 신경을 썼다.

또한 다른 이들이 그들을 바라보는 데 가난이 덫이 되는 것을 경계했다. 있는 그대로의 품성으로 사람 대 사람으로 평가받기를 원했다. 그녀는 자녀들이 가난이라는 안경을 쓰고 다른 이들과 관계를 맺지 않도록 유의했다.

가난은 죄가 아니므로 주눅 들 필요가 없다. 있고 없음은 불편한 것일 뿐이지, 사람의 가치를 결정짓는 것이 아니다. 태원은 가난한 그들이 할 수 있는 방법을 모색했다.

태원은 행상으로 지친 몸을 이끌고도 남을 돕는 데 앞장섰다. 가난한 사람도 품앗이로 베풀 수 있음을 몸소 보여주며 어린 자녀들의 영혼을 일깨웠다. 가난하기 때문에, 벌어먹고 살기에 바빠서 남을 도울 수 없다는 것은 핑계에 불과하다. 물질이 있고 없음보다 더 중요한 것은 정신적 풍요라는 사실을 체험을 통해 뇌리에 자리잡게 했다.

'누구든 도움이 필요할 때가 있다. 누구나 나서서 그를 도와야 한다.'

이것이 그녀의 철학이었다.

행상으로는 식구들의 입에 풀칠하기조차 빠듯하다는 것을 뻔히 아는 이웃들은 일을 마치고 돌아가려는 그녀에게 "자식들 갖다 먹이게" 하고 음식을 싸주었다. 그녀는 그럴 때마다 웃으면서 사양했다.

"괜찮아요."

일을 끝내고 어머니를 모시러 갈 때마다 명박은 "아이들이 저절로 다 잘 큰다니까요" 하면서 집주인의 호의를 끝내 거절하고 돌아서는 어머니의 모습을 볼 수 있었다.

그러나 그녀는 왜 그래야 하는지를 자녀들에게 직접 설명하지 않았다.

'우리는 거지가 아니다. 부자든 가난하든 사람과 사람의 관계로 당당하게 서로 만나야 한다.'

그녀는 이것을 자녀들이 스스로 깨닫기를 원했던 것이다. 마침내 명박은 이를 터득했다.

물질은 영혼을 병들게 한다. 가난에 찌들어 살면서 당당함을 유지하기는 무척 힘들다. 더욱이 현실의 벽은 머릿속으로 그리는 것보다 훨씬 높고 두텁다. 태원은 말로써 이를 가르치는 것은 결코 오래가지 못할 것이라 직감했다.

'스스로 느껴라.'

이것이 그녀의 지도 방식이었다. 그리고 그날이 올 때까지 그녀는 끈질기게 기다렸다.

서울시장으로 서울시 버스교통체계를 개편하고 청계천 되살리기 같은 어려운 난제를 밀어붙인 이명박의 저변에는 이런 태원의 가르침이 숨어 있다. '어떤 정책이 당장은 불편하지만, 시간이 지나면서 편하다는 느낌을 줄 수 있다면 성공한 것'이라는 게 그의 정책에 대한 평가다. 그래서 그는 초기에 불평의 목소리가 커도 실망하지 않았다. 기다리면 달라질 수 있다는 것을 믿기 때문이다. 시청 앞 광장에 콘크리트를 걷어내고 잔디밭을 조성하여 서울시민에게 잔디를 밟게 한다든지, 겨울이면 아이스링크 장을 만들어 어린이들이 스케이트를 즐길 수 있도록 하는 일련의 '체감 행정'은 태원으로부터 물려받은 것이다. 스스로 얻은 감동은 무엇에 의해서도 결코 지워지지 않는다는 것을 여실히 보여주고 있다.

두려워 말고 매사에 당당하라

태원은 냉철한 현실 인식의 소유자였다. 그녀는 환상을 꿈꾸지도, 불확실한 미래에 매달리지도 않았다. 그 같은 철저한 현실 인식이 오히려 희망의 주춧돌이 되었다.

명박은 고등학교 진학을 놓고 어머니의 반대에 부딪혔다. 식구들이 먹고살기에도 급급한데 공부를 한다는 것은 무리라는 것이었다. 집안 형편을 잘 아는 명박은 우길 수가 없어 고등학교 진학의 꿈을 접을 수밖에 없었다. 하루는 학교 선생님이 태원을 찾아왔다.

"아이가 영특한데 공부를 계속시키도록 하십시오. 재주가 아깝습니다."

"선생님, 우리는 이 아이까지 공부시킬 여력이 없습니다. 중학교만 나와도 제 앞가림은 할 겁니다."

태원은 오로지 장남에게 모든 것을 걸고 있었다. 3남 2녀 모두를 교육하기에는 역부족이라는 것을 뼈저리게 느끼고 있었던 그녀는 맏이 하나라도 제대로 공부시켜야 한다는 것으로 일찌감치 목표를 정했다. 어머니의 속내를 헤아린 장남은 가족을 위해 자신이 해야 할 몫을 잊지 않았다. 장남은 차남의 학업을 돕기 위해 힘 닿는 데까지 경제적 지원을 아끼지 않았다. 그렇지만 셋째 아들에게까지 힘을 나눌 수는 없었다.

그러나 선생님은 포기하지 않고 그녀를 설득했다.

"명박이 어머니, 세상은 빠르게 변하고 있습니다. 예전 같으면 중학교만 나와도 사람 행세를 할 수 있었지요. 그러나 지금은 그것으로는 부족합니다. 이 아이들이 자라서 사회인으로 활동할 때에는 적어도 고등학교 졸업장은 쥐어야 세상을 제대로 보고 살아갈 수 있을 겁니다. 그러니 무리를 해서라도 고등학교를 꼭 보내도록 하세요."

"전들 그것을 모르겠습니까. 배울 수 있다면 배우는 게 좋지요. 그러나 선생님이 아시다시피 우리는 형편이 안 됩니다."

"방법이 있습니다. 고등학교를 수석으로 입학하면 등록금을 면제

받을 수 있습니다. 학비 걱정이 없으니 반대는 안 하시겠죠?”

“그러면 약속을 하시죠. 언제라도 수석을 놓쳐 장학금을 받지 못하게 되면 학교를 그만두기로요. 그런 조건이라면 고등학교 입학시험을 치르게 하겠습니다.”

태원의 ‘조건부 진학 허락’은 3년 내내 명박의 족쇄가 되었다. 학업을 계속하기 위해서는 전교 수석을 하는 것 외에는 달리 방법이 없었다. 그녀의 승부수는 희망이 되어 되돌아왔다. 동지상업고등학교로 진학한 명박은 3년 연속 전교 수석을 했다. 이렇게 고등학교 졸업장은 그의 차지가 되었다.

동지상업고등학교는 야간 수업을 하는 고등학교였다. 명박은 낮에는 뻥튀기 장사로 돈을 벌었다. 군것질을 좋아하는 여학생들이 다니는 여학교 앞에서 좌판을 벌이면 장사가 더 잘될 것은 뻔했다. 그러나 여드름이 얼굴에 솟기 시작한 사춘기 청년은 같은 또래의 여학생들에게 뻥튀기를 판다는 게 부끄러웠다. 명박은 교복을 입은 여학생들의 모습만 보아도 얼굴이 후끈거리고 심장의 고동이 세차게 뛰었다. 모든 여학생이 자신을 보고 손가락질을 할 것만 같았다.

‘옳지! 모자를 쓰자. 그러면 얼굴이 보이지 않으니까 나중에 길거리에서 부딪히더라도 내가 뻥튀기 장사꾼이라는 것을 모를 테지.’

어지간한 모자로는 얼굴을 감출 수 없었다. 얼굴을 완전히 가리기 위해서는 챙이 넓은 모자가 필요했다.

‘밀짚모자다!’

명박은 무릎을 쳤다. 그래도 불안했다. 명박은 조금이라도 얼굴을 더 가리기 위해 밀짚모자를 푹 눌러썼다. 뻥튀기를 팔면서 그가 본 것은 여학생들의 손뿐이었다. 가을이 지나 겨울로 접어들어도 명박의 머리에서는 밀짚모자가 떠날 줄을 몰랐다.

어느 날 날카로운 태원의 목소리가 귓전을 때렸다.

"사내녀석이 뭐가 두려워 얼굴을 가리고 있느냐! 장사꾼이 물건을 사가는 사람에게 고맙다는 인사도 하고 맛있게 먹으라는 인사도 해야 단골이 생길 게 아니냐! 장사란 물건이 좋다고 다 되는 게 아니다. 사고 파는 사람 사이에 오가는 정이 있어야 한다. 서로 눈을 맞추고 미소도 지어야 물건이 팔릴 게 아니냐!"

그녀는 명박이 쓰고 있던 밀짚모자를 단번에 날려버렸다.

어릴 때 어떻게 사느냐는 것이 중요한 까닭은 성인이 된 후 어떤 사회성을 지니게 될 것인가와 직결되기 때문이다. 남에게 도움받는 것을 당연하게 여기는 거지 근성, 매사를 삐딱하게 바라보는 부정적 사고는 결국 자신의 성장을 방해하는 부메랑으로 되돌아온다는 것을 태원은 직감했다.

가난의 늪은 물질의 부족함에 있는 것이 아니라 병든 정신에 있다는 것을 그녀는 한시도 잊지 않았다. 태원은 이 음습한 가난의 꼬리표에 자녀들이 희생되지 않도록 안간힘을 썼다.

어린 시절 가난의 그림자에 짓눌린 사람들은 훗날 재벌 총수 자리에 올라도 어딘지 모르게 그늘을 지니게 된다. 고故 정주영 현대그룹 명예회장은 명박에게서 가난의 그림자를 전혀 느낄 수 없었다고 말한 적이 있다. 그는 현대건설 회장이 된 명박에게 이렇게 말했다고 한다.

"이 회장, 정말 가난하게 자랐나? 전혀 그런 티가 안 나서 말이야. 나는 이 회장이 부잣집 귀공자로 자란 줄 알았네."

통상적으로 가난하게 자란 이들은 가난에 대한 콤플렉스를 떨치기 어렵다. 그 반작용으로 다른 이들보다 반항심이 강하다든지 하는 것을 볼 수 있는데 명박은 그런 면이 없었다. 주어진 환경을 긍정적으로 받아들여 어떻게 하면 이것을 더 나은 상황으로 이끌어갈까를 고민했다. 이런 점이 색다르게 보였던 것이다.

'노점상을 하더라도 당당하게 해라.'

태원의 가르침이 효과를 발휘한 것이다.

자기를 버리고 남을 위해 기도하다

현실의 모든 부담을 어깨에 짊어져야 했던 태원에게 고달픔을 이길 수 있도록 해준 것은 종교였다.

그녀의 신앙심은 독실했다. 좀처럼 벗어날 길이 보이지 않는 가난의 질곡에서 신앙은 그녀를 지탱하게 해준 힘이 되었다. 매일 새벽 4~5시면 그녀의 기도는 시작되었다. 그녀는 슬하의 3남 2녀를 모두 무릎 꿇어 엎드리게 하고 경건하고 간절하게 기도했다.

"나라와 사회를 안정시켜 주시옵소서."

어린 명박은 이해할 수 없는 말들이었지만 태원은 늘 같은 말을 되풀이했다. 자신의 가정과 자녀를 위한 기도가 아니었다. 태반이 모르는 사람들을 위한 기도였다. 행상을 하다가 만난 이들의 행복을 빌기도 하고, 이웃의 아픈 사람의 병이 빨리 낫기를 기도하기도 했다.

'어머니의 기도는 왜 만날 다른 사람들을 위한 거야?'

슬하의 자녀들은 입을 비쭉거렸다. 찢어지게 가난한 살림을 면하게 해달라는 기도를 할 만도 하건만 그런 기도문은 아예 입에 올리지도 않았다.

'하느님이 우리에게 줄 복까지 어머니 때문에 다른 사람에게 다 줘버리겠다.'

어린아이들은 초조하기까지 했다. 그러나 그런 내색을 했다가는 어머니로부터 불호령이 떨어질 것이 뻔했기 때문에 속으로만 끙끙 앓았다. 자식을 위한 그녀의 기도는 말미에 한 줄 붙이는 게 고작이었다.

"상득이가 서울에서 공부하고 있습니다. 귀분이가 바르게 자라고 있습니다."

태원은 자녀들의 이름을 하나하나 부르며 마치 하느님께 보고하듯 기도하는 것이 전부였다.

자기를 버리고 남을 위해 기도하는 그녀의 기도법은 독특했다. 자녀들은 매일 반복되는 어머니의 기도를 들으면서 어느덧 그들도 남과 사회를 위한 기도를 자연스레 하게 되었다.

하늘은 스스로 돕는 자를 돕는다. 태원의 간절한 기도는 가난에 넌덜머리가 난 명박의 가출을 결정적으로 가로막았다.

뻥튀기 장사를 하던 고등학생 명박은 돈을 더 벌기 위해 포항의 중심가로 나가 리어카에서 과일 장사를 시작했다. 솔솔 재미를 붙일 무렵, 난데없이 자가용이 달려와 리어카를 들이받았다. 멋지게 쌓아 올렸던 과일 탑이 무너지고 거리에는 과일이 데굴데굴 굴러다녔다. 망연자실한 명박에게 자가용 운전자는 한술 더 떴다.

"이런 길 한복판에 리어카를 세우고 장사를 하다니 정신이 있는 거야, 없는 거야!"

불법 거리 판매를 운운하는 자가용 운전자의 호통에 겁이 난 명박은 무조건 죄송하다며 고개를 굽신거렸다.

"에이, 재수가 없으려니까……, 차 값 변상도 못 받고 이게 뭐야."

혀를 끌끌 차며 운전자가 떠난 뒤 명박은 비로소 분하고 억울한 마음이 샘솟았다.

'멀쩡한 리어카를 들이받아 놓고도 큰소리를 치다니. 이렇게 사는 한 미래는 불을 보듯 뻔하다. 이 지긋지긋한 가난에서 도망치고 싶다.'

야간에 상업고등학교를 다니는 그에게 "학생도 아니면서 왜 학생회에 나오느냐"고 면박을 주던 포항제일교회 고등학교학생회 간부의 얼굴도 떠올랐다. 깊은 자괴감에 빠진 명박은 리어카도 버려둔 채 포항역으로 향했다. 어디론가 떠나고 싶은 마음뿐이었다.

대합실의 시계가 자정을 가리켰다. 그때 갑자기 '명박이는 학교에서 열심히 공부하고 있습니다' 하는 어머니의 기도 소리와 함께 어머니의 야윈 어깨가 떠올랐다.

'어머니는 평생 과일도 맘놓고 드시지 못했지. 아직 거리에는 쏟아진 과일들이 있을 거야. 그거라도 주워서 어머니에게 실컷 잡수시게 해야겠다. 나는 내일 떠나도 돼. 하루 늦는다고 달라질 것도 없으니까.'

명박은 이튿날 어머니가 새벽기도를 가면 가출할 결심으로 다시 시내로 가서 과일을 주워 담았다.

"어머니, 이거 드세요. 팔다 남은 거예요."

"뭐라. 그것도 팔 수 있겠다."

"이까짓 과일도 못 드세요? 실컷 잡수시란 말이에요."

태원은 밤늦게 다 부서진 리어카를 끌고 집으로 돌아온 명박이 엉망진창인 손으로 과일을 내미는 것을 보고 무슨 일이 있었는지 알아챘다. 그러나 그녀는 아무런 말도 하지 않았다.

이튿날 그녀의 기도는 여느 때와 사뭇 달랐다.

"상은이는 서울에서 잘 지내고 있습니다. 명박이는 고생이 많습니다. 그러나 잘 참고 인내하며 제몫을 충실히 하고 있습니다. 잘 해주지 못해도 불평이 없는 명박입니다. 어린 나이에도 공부하랴, 돈 벌랴 이리저리 뛰어다니지만 싫은 내색 한 번 없는 아이입니다. 명박이는……."

태원의 기도는 계속 이어졌다. 오로지 맏아들로 점철되었던 그녀의 기도문이 명박으로 바뀌어져 있었다. 형제 가운데 한 사람이라도 제대로 공부해야 집안에 희망이 있으니 힘을 모아야 한다며 다른 자녀들의 반대에도 맏아들을 서울로 유학 보낸 그녀였다. 자신을 염려하는 어머니의 절실한 심정을 헤아린 명박은 가출을 단념했다.

태원은 이렇듯 간접적으로 자신이 원하는 것을 일러주었다. 그녀는 자녀들에게는 물론 남편에게도 잔소리를 하는 법이 없었다. 무엇이든 행동으로 본을 보였다.

'모든 것을 스스로 깨달아라. 그것만이 네가 평생 잊지 않을 가르침이 될 것이다.'

태원이 자녀들에게 바란 속내는 이것이었다. 자녀들은 이런 어머니의 가르침을 부지불식간에 깨달았다.

정직하고 당당하게 살아라

태원은 명박을 쫓아 서울 이태원으로 집을 옮겼다. 고등학교를 졸업한 명박은 서울 이태원 판자촌으로 파고들었다. 달동네는 가난한 사람들을 편안하게 받아주는 곳이다. 가난한 사람들은 없는 틈을 벌여가며 가난한 이웃을 받아들였다.

행상이라면 이골이 난 그녀는 다시 거리로 나섰다. 번잡한 서울이라고 해도 그녀의 앞을 가로막을 수는 없었다.

이태원 재래시장 한 모퉁이에서 그녀는 생선 좌판을 벌였다. 이들이 사는 이태원 판자촌에는 열 명이 넘는 사람들이 한 방에서 기거하는 집이 수두룩했다. 극빈의 극치였다. 연탄이 없어 손발이 꽁꽁 언 채 잠이 든 적도 한두 번이 아니었다.

지방의 상업고등학교 졸업장은 서울에서는 무용지물이나 다름없었다. 믿을 것은 젊은 육체뿐이었던 명박은 막노동을 시작했다.

"국가는 무엇 때문에 필요한가? 있다면 젊은이에게 일자리를 줘야 하지 않는가?"

"한곳에서 오래 살 수 있도록 해야 가정이 안정적으로 유지될 수 있지 않는가?"

국가에 대한 원망이 터져 나왔다.

그런 어려운 생활 가운데에서도 명박은 돈을 모아 청계천 헌책방에 들러 책을 사 보곤 했다. 어느 날 헌책방에서 구입한 책에 쓰인 고려대학교 경영학과라는 글씨를 본 명박은 무조건 고려대학교 경영학과에 진학하겠다고 마음먹는다. 원서를 사서 시험을 쳤는데 결과는 합격이었다. 명박은 어머니에게 대학 합격 소식을 전했다.

"네가 어쩌려고 그런 짓을 저질렀냐?"

말은 그렇게 했지만 태원의 머리는 바삐 움직였다. 그녀는 이태원의 동료 상인들에게 아들의 합격 소식을 전하고 방법을 찾아줄 것을 요청했다.

그녀는 좌판 장사를 하면서도 남은 생선은 주위에 나눠주면서 차곡차곡 인심을 얻었다. 좌판 때문에 상점이 장사에 영향을 받는 것을 미안하게 여긴 태원은 생선을 다 팔고 나면 주변을 말끔히 청소하고 상점 일을 돕기도 했다. 자릿세를 낼 수도 없는 처지인지라 신세를 갚는 길은 그것밖에 없다고 생각한 까닭이다.

그녀는 시장 내 상인들끼리 이해관계가 얽혀 갈등이 일어나면 공정하게 갈피를 잡아주는 해결사이기도 했다. 정의감이 강하고 불의를 보면 못 참는 성격이기도 했지만 사심이 없어 한쪽으로 치우치지 않는 태원의 말이라면 모두 받아들였다. 가게 하나 없는 가난한 좌판상이지만 그녀는 이태원 재래시장에서 존경받는 사람으로 차츰 자리 잡고 있었다.

태원의 이야기를 들은 상인들은 "그런 어머니 슬하에서 자란 자식이 대학 입학을 못하는 일이 생겨서는 안 된다"고 입을 모았다. 그들은 재래시장 청소부 자리를 마련했다.

"청소부가 되면 입학금을 미리 주겠대요. 이렇게 고마우신 분들이 또 어디 있겠소? 어떻게 할래요?"

명박의 고려대학교 입학은 이렇게 하여 가능해졌다. 태원의 현실적 해결 감각을 엿볼 수 있는 대목이다.

태원의 또 다른 측면은 명박의 교도소 생활에서 찾아볼 수 있다. 명박은 이른바 6.3세대다. 고려대학교 학생회장 선거에 나서 상경대 학생회장이 된 명박은 한일수교반대 데모에 앞장섰다. 학생 데모의 주역으로 수배자 명단에 오른 명박은 서대문구치소에 수감되었다.

그러나 그녀는 단 한 번도 명박의 면회를 가지 않았다. 한 달 보름 동안이었지만 별다른 움직임도 보이지 않았다. 대신 그녀는 찬송가를 적어 보냈다. 작은 엽서에 또박또박 옮겨 적은 찬송가 구절들은 아들에게 희망이 되었다. 그녀가 아들에게 전하고자 했던 것은 어떤 상황에서도 '나는 너를 믿는다' 라는 것이었다.

가난한 가정에서 자란 엘리트들이 통상 사회의 불평등 해소를 위해 사회주의를 선택한다. 이들의 뜨거운 가슴은 대체적으로 지나친 열정으로 화해 독선적이고 과격한 강경 투쟁가로 치닫기 쉽다.

초등학교 시절부터 행상을 하는 어머니를 따라다니며 거리의 인심을 온 몸으로 체험한 명박이 구치소까지 다녀왔음에도 불구하고 온건한 운동권이 될 수 있었던 것은 태원의 이런 신뢰에 영향을 받은 것이다.

서대문교도소에서 풀려난 뒤에도 명박은 경찰의 감시 속에 있었다. 이태원 달동네 쪽방으로 명박을 감시하는 형사가 수시로 찾아와 태원에게 "아들이 어디 있느냐"라며 거처를 확인하곤 했다. 뚜렷하게 사회적 현안에 관계하지 않았음에도 형사의 감시망을 본능적으로 피하곤 했던 명박을 보고 그녀는 처음으로 심하게 나무랐다.

"네가 무엇 때문에 도망을 다니느냐. 네가 잘못한 일이 없으면 피할 이유가 없다. 정직하고 당당하게 살아라."

그날 이후 명박은 더 이상 형사의 감시를 피하지 않고 당당함을 되찾았다.

기업을 일으켜 많은 사람들에게 일자리를 만들어주는 것이 사회적 불평등을 해소하는 밑바탕이 된다는 데 생각이 미친 명박은 중소기업이던 현대건설의 문을 두드렸다. 신원조회에서 빨간불이 켜졌는데도 현대건설은 그를 채용했고 이후 명박은 승승장구했다.

뻥튀기 장사에서 명문 대학 학생회장까지, 사원에서 출발하여 대기업 회장까지, 기업가에서 서울시장까지, 코리안 드림을 계속 이어가고 있는 이명박 전 시장의 성공담은 마음과 마음을 주고받아야 한다는 진리를 터득한 데에서 비롯된다. 최고경영자와 사원이 서로 눈을 마주쳐야 마음을 주고받을 수 있다고 믿는 그는 국회의원을 거쳐 시장이 되어서도 소비자의 눈높이로 행정을 펴 나갔다.

서울시는 2005년 1월 잠실체육관에서 성대하게 열 예정이었던 장학금 행사를 사흘 전 급작스럽게 취소했다. 비록 장학금을 주고받는 뜻깊은 행사이지만 가난한 가정 형편 때문에 장학금을 받아야 하는 학생들에게는 마음의 상처가 될 수도 있음을 배려한 그의 지시 때문이었다. 뻥튀기 장사 시절 태원으로부터 익힌 가르침은 시장이 된 후에도 유효했던 것이다.

가난이란 부끄러운 것이 아니라 단지 불편할 뿐임을 그녀는 명박이 온몸으로 체험하도록 가르쳤다. 사람은 스스로 체험하여 깨달음을 얻었을 때 비로소 산 지식으로 변함없이 지닐 수 있는 것이다. 그것은 생활 신조가 되어 오래도록 그 사람과 함께한다. 만약 그녀가 매사를 이렇게 해라, 또는 저렇게 해라 하고 말로써 가르치려 들었다면 같은 내용이라도 오히려 자녀들의 마음에 파고들지 못했을 것이다.

자녀들의 변화를 기대하기 어려웠을 것임은 물론이다. 긴 설명과 훈시와 잔소리가 아니었다. 스스로 배우고 이것을 지켜 나가는 모습이 아이들에게 자연스럽게 스며들었던 것이다.

태원은 『야고보서』 2장 14~18절을 애송했다. 그녀는 '행함이 없는 믿음은 죽은 것이니라'라는 것을 평생 신조로 삼고 살았다. 그녀의 평생을 관통한 말과 행동의 일치, 아니 말보다 행동을 앞세운 생활 태도는 이같은 그녀의 신앙심에 기초한 것이다.

1998년 조지워싱턴대학에 머물던 명박은 로스앤젤레스 교포 2세들의 초청을 받아 한 호텔에서 강연을 했다. 강연이 끝나자 어떤 사람이 다가왔다. 열 살 무렵 그가 포항 영훈동에 살 때 옆집에서 살던 동갑내기 아이였다. 동냥으로 살아가던 집이었지만 끼니를 거르거나 차림새가 남루하지도 않았다. 명박은 그 집 형편이 자신들보다 낫다고 여길 정도였다.

"어릴 때 비슷하게 살았지만 부모가 얻어온 밥과 옷으로 자란 우리는 아직도 어렵게 살고 있어. 못 벌면 굶고, 헤진 옷을 꿰매 입으며 자란 어떤 자식은 성공했구나. 나는 혼자 이곳에서 겨우 입에 풀칠하고 있어. 네가 부자가 되었다니 나를 좀 도와다오."

그는 "만약 어머니가 그 집처럼 우리를 키웠다면 나 역시 지금껏 남에게 의지해서 살고 있겠구나 하는 생각이 뇌리를 스치면서 어머니에게 무한한 감사를 느꼈다"고 털어놓았다.

태원은 1964년 눈을 감았다. 자주 깜짝깜짝 놀랄 정도로 평소 심장이 약했던 것이 문제였다. 몸이 아파도 아픈 내색을 해본 적이 없는 그녀였다.

태원은 자녀들이 불만을 말해도 별다른 반응을 보이지 않았다. 혈기 왕성한 아들들은 어머니에게 말을 안 하기도 하고 "왜 우리는 이렇게 사느냐"라며 달려들기도 했지만 일일이 대꾸하지 않았다. 가끔 속상해하는 아들에게 "네 맘 안데이"라고 할 뿐이었다.

혼자서 골똘히 생각에 잠기곤 한 그녀는 이따금 술로 시름을 달래는 것이 전부였다. 모든 어려움을 속으로 삭혀온 그녀는 한 번 쓰러지자 그것으로 끝이었다. 태원은 명박이 현대건설에 입사하는 것도, 김윤옥과 결혼하는 것도 보지 못했다.

그녀는 지금 경기도 이천시 호법면 송갈리 산 34-1번지 경기 이천 목장에 남편과 나란히 묻혀 있다. 목장을 경영하는 것이 꿈이었던 남편 충우는 아들이 목장을 마련하자 아내의 묘를 이곳으로 이장했다. 그리고 손수 묘비명을 썼다.

'고생 끝에 자식들의 성공을 누리지 못하고 죽어 묻혔는데 나만 홀로 남아서 낙을 누리니 미안하구려.'

아내에게 마음의 빚을 지고 있던 충우는 기독교를 받아들임으로써 이를 갚고자 했다. 태원이 세상을 뜨기 몇 해 전 충우는 마지못해 교회에 나가 찬송가도 부르고 집에서 기도도 했다. 유교가 인륜의 근본이라고 믿었던 충우는 그 원칙을 저버리기가 쉽지 않았다. 그는 기독교도가 된다는 사실이 자신의 나약함을 현실적으로 인정하는 것이라고 여겼다. 아내가 세상을 떠난 후 그는 비로소 기독교를 받아들였다. 경기도 이천의 후안교회(감리교)의 신도로서 세상을 뜰 때까지 믿음에 충실했다.

이명박 전 서울시장을 비롯한 자녀들은 남편이 그녀의 묘비명에

쓴 것처럼 성공했다. 맏아들은 사업가로, 둘째 아들은 국회의원으로 활동 중이다. 두 딸은 포항과 서울에서 이웃을 위해 봉사 활동을 하고 있다. 그녀의 뒤를 이은 셈이다. 이명박 전 시장은 "어머니가 없었다면 오늘의 나는 없었을 것이다"라고 단언한다.

지시하지 말고 스스로 느끼고 깨닫게 하라

이 책에 등장하는 어머니들은 인생의 길을 지시하는 것이 아니라, 자녀들이 스스로 느끼고 이끌어 나가도록 하고 있다. 자녀들은 수면 아래 잠겨 있는 묵직한 어머니의 가르침을 자신의 힘으로 발견해 내고 이를 자신의 내면에 깊숙이 각인했다.

이명박 전 서울시장은 가난에 주눅 들지 않고 당당한 자세로 살아가는 것을 스스로 터득했다. 그의 어머니 채태원은 아들에게 가난한 사람도 남을 도울 수 있다는 사실, 노점상일지라도 여느 상인과 마찬가지로 손님과 관계 맺기를 할 수 있음을 체험토록 함으로써 그의 영혼이 가난이라는 현실에 짓눌려 병들지 않도록 만들었다.

박원순 상임이사는 집에서 멀리 떨어진 학교를 다니는 것만으로도 벅찰 어린 나이에 하교 후 집으로 돌아오면 곧바로 농사일을 돌보아야 했다. 미래의 삶을 비관하고 있던 사춘기의 그에게 '나도 내 일을 해야 한다' 고 깨닫고 공부에 매진하게 한 동인은 부모였다. 홍수라는 자연의 재앙에도 굴하지 않고 밤새 장대비를 맞아가며 쓰러지는 벼들을 일으켜 세우면서 다시 벌판을 점령해 나가던 부모의 태도가 '누구나 자신의 일에 충실해야 한다' 는 것을 스스로 터득하게 했던 것이다.

한국이 낳은 세계적인 인물들 가운데 조국 사랑의 열정을 셈한다면 소프라노 조수미가 단연 선두일 것이다. 어머니 김말순이 우리 사회와 말에 대한 감각을 잊지 않게 하기 위해 끊임없이 보내준 책들을 읽으며 조수미는 스스로 '한국인의 긍지와 한국 사회에 대한 자신의 도리'를 정립해 나갔다. '어느 곳에서, 어떤 위치에 있든, 네 자신의 뿌리는 한국인임을 잊지 마라' 라는 어머니의 말없는 가르침을 스스로 느끼고 터득한 결과였다.

정동영 전 열린우리당 의장의 높은 책임 의식도 이같은 가르침의 산물이다. 그의 어머니 이형옥은 "우리 아들은 똑똑하다, 우리 아들은 남다르다"며 아들에 대한 자부심을 감추지 않고 드러냈다. 어머니가 보여준 것은 자부심이었지만, 그 안에 깃든 가르침은 책임감이었다. 어머니의 자부심을 보며 그는 똑똑함, 남다름을 보여줄 책임이 있음을 스스로 느꼈던 것이다.

미식축구의 영웅으로 떠오른 한국계 하인스 워드의 어머니 김영희는 아들을 훌륭하게 키운 비법을 묻는 질문에 "내가 특별히 한 일은 없고 내 아들이 혼자 밥 먹고 공부하며 잘 컸다"고 모든 공을 아들에게 돌렸다. 그러나 아들은 "어머니가 나의 모든 것"이라고 화답했다. 김영희 역시 설교조로 가르치기보다 자녀가 스스로 터득하도록 이끌었다는 증거다.

성공에 관한 명저 『생각하라, 그러면 부자가 되리라』를 쓴 나폴레옹 힐의 계모가 고향을 떠나는 힐에게 한 말은 어린 자녀들이 스스로 깨닫게 하기 위해 어머니가 어떻게 해야 하는지를 잘 보여준다.

"이 초막은 우리에게 치욕이며, 우리 아이들에게는 장애물이다. 우리는 모두 사지가 멀쩡한 사람들이다. 따라서 가난은 게으름과 태만의 결과일 뿐이며 그 사실을 잘 아는 우리가 이 가난을 그대로 받아들일 이유가 전혀 없다……. 나는 아이들이 좋은 교육을 받도록 할 생각이다. 그리고 나는 아이들에게 가난을 이길 수 있는 패기를 불어넣고 싶다. 가난은 만성이 되기 쉬운 병이다. 한 번 가난을 그대로 받아들이면 다시는 떨쳐내기 어렵다. 가난하게 태어난 것은 치욕이 아니다. 하지만 이 유산을 어쩔 수 없는 것으로 받아들이는 것은 명백한 치욕이다. 가난은 서서히 온몸에 퍼지는 마비 증상과도 같다. 그것은 아주 천천히 자유에 대한 갈망을 파괴하고, 더 나은 삶을 누리려는 희망을 도둑질해 가고, 삶에 대한 주도권을 파묻어 버린다. 그밖에도 가난은 우리를 질병의 두려움, 비난의 두려움, 신체적 고통의 두려움 같은 수많은 두려움에 떨게 한다. 우리 아이들은 가난을 운명으로 받아들일 때 어떤 위험이 생겨나는지 알기에는 아직 어리다. 하지만 나는 아이들이 그런 위험을 깨닫도록 돌보겠다. 또 아이들이 풍요가 무엇인지 분명히 알 수 있게 도와주겠다. 풍요를 소망하고 또 이를 위해 기꺼이 대가를 지불할 준비가 되어 있는 아이들이 되도록 가르칠 것이다."

이 . 형 . 옥

Theme 06

정동영

1953년 전북 순창에서 태어나, 1979년 서울대학교 사학과를 졸업한 후 문화방송에 입사해 17년간 기자와 특파원 등을 지냈다. 뉴스 앵커로 활동하던 1996년 제1야당인 국민회의에 영입되어 15대 국회의원을 지냈다. 2000년 새천년민주당 최고위원에 당선되었고, 2002년 대통령 후보 경선에 출마했다. 그후 16대 국회의원을 지내며 신당 운동을 주도해 열린우리당을 창당했으며, 제31대 통일부 장관을 거쳐 2006년 열린우리당 의장을 역임했다.

“엄마, 저를 전주로 보내주세요.”

순간 이형옥은 제 귀를 의심했다. 이것이 이제 만 열 살의 개구쟁이 티가 줄줄 흐르는 동영이 내뱉은 말인가 싶어서였다.

“아가, 그게 무슨 말이냐?”

놀란 형옥의 기색도 아랑곳없이 동영은 더욱 또렷한 목소리로 힘주어 말했다.

“전주에서 학교를 다니게 해주세요. 그래야 저도 발전하지 않겠어요?”

순창 읍내에 있는 서초등학교에 다니다가 아버지의 신병으로 할아버지 고향인 통안으로 돌아온 지 두 해가 되었다. 산골학교의 생활은 나름대로 즐거웠지만, 시간이 흐르며 동영은 초조해졌다. 이곳에 계속 머물러서는 자신의 미래도 없을 것 같은 생각이 들어서였다.

줄줄이 네 아들을 잃은 까닭에 불면 날아갈까, 쥐면 꺼질까 애지중지하며 한시라도 동영이 눈에 보이지 않으면 불안감에 휩싸이곤 하는 형옥이었지만 ‘산골에서는 장래가 없으니 넓은 데로 나가야 한다’는 코흘리개 동영의 당돌한 결심 앞에 마음을 다잡았다.

“이번 학기가 끝나면 그렇게 하자.”

고대하던 답변을 들은 동영의 입이 함박만큼 벌어졌다.

그해 여름 방학이 끝나갈 무렵, 형옥은 동영의 ‘전주 유학’ 채비를 서둘렀다. 전주의 친척집으로 떠날 날이 다가오자 동영은 슬슬 걱정이 되기 시작했다.

‘혼자서 잘할 수 있을까?

동영의 근심을 눈치 챈 형옥은 이렇게 말했다.

“네가 비록 5학년밖에 안 되었지만, 혼자서도 잘해 낼 거야. 암, 할 수 있고 말고, 우리 아들은 할 수 있지.”

동영을 격려하는 이 말은 한편으로 그녀 자신에게 자기 암시를 거는 것이기도 했다.

마침내 집을 떠나는 날이 왔다. 고갯마루를 넘어가는 아들의 모습이 아스라해질 때까지 형옥은 손을 흔들었다. 2킬로미터 남짓한 거리를 걸어가며 동영은 후회가 되었다.

‘내가 어떻게 엄마와 떨어져 살 수 있을까? 결정을 잘못한 게 아닐까?

그러자 동영의 귀에 낯익은 어머니의 목소리가 들렸다.

‘우리 아들은 달라. 엄마는 그걸 알지.’

동영은 움츠렸던 어깨를 다시 펴고 힘차게 발을 내딛었다. 꿈과 희망의 걸음이었다.

아픔 속에서 가슴으로 낳은 아이

형옥은 아이들을 키우기보다 스스로 자라게 했다. 형옥의 이런 양육 방식은 내리 네 아들을 가슴에 묻어야 했던 그녀의 아픔과 맞닿아 있다.

이형옥은 1922년 이병용과 박전순의 7남매 중 막내딸로 태어났다. 오빠 셋과 밑으로 남동생을 두었지만 세 딸 중 막내여서 어른들의 귀여움을 독차지했다. 자라면서 '이 가시내(여성을 하대하는 말)'라는 소리조차 들은 적이 없었다. 불같은 부친의 성격 때문에 온 식구들이 쩔쩔맸지만, 그 부친조차 자신을 닮은 형옥에게는 예외였다. 그녀의 모친은 전주 출신으로 정갈하고 품위가 대단해 7남매를 키우면서도 욕설 한마디 하지 않았다. '때려놓을 놈'이 가장 심한 말이었다.

형옥이 집안 어른들의 사랑을 듬뿍 받았다는 사실은 그녀의 늦은 결혼이 뒷받침해 준다. 당시는 조혼의 풍습이 강해서 웬만한 규수들은 15~18세에 시집을 갔다. 그러나 형옥은 스무 살에야 순창군 구림면 율곡리 통안에 살고 있는 정진철과 혼인했다.

남편은 그녀보다 한 살 위였다. 6남매의 장남일 뿐 아니라 동래 정씨 안산공파 가문의 11대 대종손이었다. 다음 세대를 위해 통안에 간이학교인 율북학교를 세울 정도로 사회 의식이 높았던 진철의 부친이 쉰을 넘기지 못하고 작고하자 큰숙부가 나서서 조카의 결혼을 서둘렀다. 탈상 전에 영혼이라도 새 며느리를 맞으면 위로가 될 것이라는 뜻에서였다. 신랑감을 본 형옥의 집안 어른들은 "눈자위를 보니 정치를 할 사람"이라고들 했다. 성격은 온화했지만 안광에 광채가 있어 보는 이를 기죽게 하는 위엄을 지니고 있었다.

1942년 2월 26일 형옥은 결혼식을 했다. 그러나 상복을 입은 채

혼례를 치른 까닭에 그녀는 바깥 출입도 허락되지 않았다. 동네 사람이나 친구를 만나기는커녕 남편의 거처에도 시어머니와 함께 가야 할 정도였다.

신혼 초기부터 그녀의 생활은 시어머니에 의해 지배되었다. 시할머니는 여자 대장부같이 화통한 성격이었지만, 시어머니는 소심했다. 47세의 시어머니는 초짜 '주부'인 형옥에게 일하는 법을 가르치려 들지 않았다. 혼자 알아서 하라는 투였다. 밥 한번 지어보지 않고 시집와서 부엌 살림에는 백지였던 그녀는 물동이를 머리에 이는 것조차 서툴러 물벼락을 맞아 옷을 버린 적이 한두 번이 아니었다. 서툰 집안일에 종일 시달리고 나면 잠이 쏟아졌지만 바느질이 그녀를 기다리고 있었다. 호롱불 아래에서 밀린 바느질을 하다 보면 바늘에 손을 찔리기 일쑤였다. 깔끔하고 부지런한 친정어머니가 하룻밤 새 저고리 한 개를 꿰매놓던 것을 떠올리며 그녀는 배우지 않았던 것을 후회했다.

게다가 시어머니의 은근한 타박도 있었다. 조석으로 들여간 밥상을 사흘이나 손대지 않은 채 두었다가 물리는가 하면, 상청에 조석 진지상을 들이며 곡을 하라고 주문했다. 칭찬을 받을 만한 일에도 "잘했다"는 말을 듣기 어려웠다. 그녀가 자녀를 키우면서 작은 일에도 칭찬을 아끼지 않았던 것은 어쩌면 이런 매운 시집살이의 반작용이었을지도 모른다.

3년 후, 형옥은 첫아이로 아들을 낳았다. 일단 출산의 물꼬가 트이자 그녀는 연달아 아들을 낳았다. 그러나 그녀의 행복은 오래가지 못했다. 형옥을 평생 괴롭힌 '가슴앓이'는 이때부터 비롯되었다.

금융조합에 다니던 남편은 25세에 면장이 되었다. 당시 면장은 군수가 임명했다. 동네 사람들은 약관에 시골의 대표인물이 된 그를 '애기면장'이라고 불렀다. 형옥의 가정에 그림자가 드리우기 시작한 것은 몇 년 후, 인계면 소재지에 있는 주조장이 매물로 나오자 남편이 사업을 해보겠다며 사들이면서부터였다. 그후 이상하게도 자식들이 걸음마를 할 무렵이면 이런저런 병으로 세상을 떴다. 겨우 장남만이 초등학교 문턱을 넘었지만, 한국전쟁의 와중에 역시 잃고 말았다. 영아사망율이 높았던 때이기는 했지만 이처럼 내리 자식을 잃기란 드문 일이어서 사람들은 '이사를 잘못한 탓'이라고들 했다.

사랑하는 자식들을 줄줄이 떠나보내야 했던 충격으로 그녀는 상심에 빠졌다. 어린 자식을 잃어버린 어머니를 치유하는 가장 좋은 방법으로 흔히들 새 자식을 얻으라고 권한다. 새로 태어난 아이가 밝고 건강하게 자라나는 것을 보며 슬픔을 털고 일어설 수 있기 때문이다. 그러나 형옥에게는 이런 '행운' 조차 비켜가고 있었다.

'당한 일은 결코 풀 수가 없다.'

형옥을 평생 지배한 이 의식은 이렇게 해서 생겨난 것이다.

인간은 생존 본능이 강하다. 한때 죽을 것 같았던 아픈 기억들도 세월과 함께 망각 속에 묻힌다. 지난 날이 아름답게 느껴지는 것은 무의식적인 생존 본능이 슬프거나 비참한 기억들을 날려버린 까닭이다. 그래서 인간은 다시 일어나 미래에 희망을 걸고 살아가는 것이다.

그러나 간혹 과거를 붙들고 사는 이도 있다. 지우려 애써도 지워지지 않는 기억들로 상처난 가슴을 헤집으며 마지못해 삶을 이어가는 것이다. 형옥은 후자였다. 그녀는 웃음을 잃었고 자신의 운명을 원망했다.

'아무래도 내 팔자가 이승에서는 자식을 두지 못하는 모양이다.'

이런 비관적인 생각은 꼬리를 물고 이어졌다.

'이렇게 살면 무엇 하나. 세상 사는 것을 그만두고 싶다.'

남편은 깊은 슬픔에 빠진 형옥을 이해했다.

"성질은 내게 부리고, 당신은 설움을 나눌 곳이 없어도 반드시 꽃을 보고 웃어야 하오. 꽃이 얼마나 활짝 웃고 있소. 그러니 당신에게 웃어주는 꽃을 보고 당신도 반드시 웃어야 하오."

형옥의 불행은 32세가 되어서야 비로소 멈추었다. 초등학교에 입학시킨 장남을 마지막으로 잃은 후 동영을 낳은 것이다. 형옥에게 있어 그가 다른 어떤 자식도 대신할 수 없을 만큼 귀하고 소중한 존재였던 이유를 짐작하게 한다. 사랑하는 딸이 낳은 아이마다 장성하지 못해 안타까워하던 부친은 다섯 번째 임신 소식에 값을 두둑이 치르고 바구니를 마련했다. 실경(선반)에 바구니를 얹어놓았다가 갓 태어난 아이를 넣으면 아이의 신수가 좋을 뿐 아니라 실하게 자란다는 속설 때문이었다. 동영은 이렇게 '실경쇠'가 되었다.

진정한 자유는 훈련된 사랑 능력 속에 깃든다

형옥의 새 희망이 된 '실경쇠'는 무척 순했다. 젖만 물리면 잘 자는데다 좀처럼 우는 법이 없었다. '자라 보고 놀란 가슴 솥뚜껑에도 놀란다'고 네 아이를 잃은 세월 때문에, 잠시도 마음을 놓지 못하던 형옥도 조금씩 안도하기 시작했다.

동영은 자라면서 점차 개구쟁이가 되어 마루에서 굴러떨어지기 일쑤였다. 무엇이든 손에 넣기만 하면 부수고 두드리기를 일삼아 귀중품을 깨뜨리는 일도 잦았다. 부친의 책을 다 찢어놓거나, 책을 마당에 깔아두고 징검다리라며 그 위를 깡총깡총 뛰어다녔다. 꾀도 많아 다듬이돌이나 재봉틀같이 무거워서 제 힘에 부친 것만을 제외하고는 눈에 띄는 것들은 모두 장난감 삼아 내던지기 일쑤였다. 혹시 다칠까 봐 조바심을 내는 형옥의 기색을 살펴가며 남편은 조심스럽게 말했다.

"아이는 아이다워야 하오. 아이가 무슨 짓을 하든 자유롭게 놓아두구려."

어느 날 동영이 흙범벅이 되어 돌아왔다. 아이들과 씨름을 한다며 온종일 땅에서 뒹군 탓이었다. 검은 흙에 물든 아이의 몰골도 몰골이었지만, 흙에 절은 옷은 보기만 해도 형옥을 한숨짓게 했다.

'아이고, 이 일을 어떻게 한담.'

모든 것이 귀했던 시절이었다. 물도 귀했고, 빨랫비누도 귀했다. 비누의 품질도 그리 좋지 않아서 더러움이나 얼룩을 말끔하게 없애려면 몹시 힘들었다. 귀한 아들이기는 했지만 야속한 생각이 든 형옥이 동영을 나무라려는 찰나였다.

"네가 어머니를 귀찮게 했구나."

귀에 익은 목소리에 뒤를 돌아본 형옥의 눈에 빙그레 웃는 남편 얼굴이 들어왔다. 남편의 미소는 형옥의 마음을 어루만져 주었다.

'마음이 어쩌면 저렇게 곱고 인자할까.'

그녀에게 남편은 평생 변치 않는 존경의 대상이었다.

진철이 첫 임기를 끝마친 후 다시 면장을 할 때의 일이다. 형옥이 남편과 함께 집으로 돌아오는 길에 집앞 실개울을 건너며 바라보니,

넓은 대청이 꽉 찰 정도로 아이들이 가득 모여서 일상자 꾸러미며 베개 등을 죄다 꺼내 놓고 있는 게 아닌가. 아이들 속에서 동영은 한참 신이 난 듯했다.

"아니, 우리 애기 좀 봐. 집안을 엉망으로 어질러놓고 있네."

낯빛이 변하는 형옥에게 진철이 말했다.

"애기가 좋아서 표현하는 것이니 그냥 내버려두오."

남편의 이런 태도를 보며 형옥도 동화되어 갔다.

자식에 대한 불안감이 늘상 깔려 있는 형옥은 잠시라도 동영이 눈에 보이지 않으면 전전긍긍했다. 이런 어미 마음을 아는지 모르는지 동영은 어머니의 눈을 피해 놀러 나가는 게 거의 '선수급'이었다. 숨이 턱에 걸려 넘어갈 정도로 온 동네를 헤집고 찾아다니다 아이가 면사무소에 놀러 간 것 같다는 말을 듣고 찾으러 가도 정작 남편은 '모른다' 고 시치미를 떼었다. 아이를 자유롭게 놔두어야 한다는 것을 남편은 이렇게 일러준 것이다.

어느 날, 전주에 나가 있던 남편이 손님들과 함께 순창 집으로 내려왔다. 제아무리 값비싼 음식점이라고 해도 맛깔나는 어머니 솜씨가 손님 대접에 더 좋다는 생각에서였다. 그만큼 이날 초대한 이들은 중요한 사람들이었다. 손님 접대로 부산해진 틈을 타 개구쟁이 동영은 어디서 발견했는지 새끼줄에 상다리를 묶어 손님 앞에서 자랑스레 끌고 다니는 것이 아닌가. 형옥은 혼비백산했다. 그러나 정작 남편은 태연하게 껄껄 웃기까지 했다.

"상을 끌고 다닐 생각을 하다니. 고놈 참, 대단하구나."

남편의 말을 듣고 형옥은 다시 생각해 보았다.

'내 앞에서 커준 자식이 누가 있었던가.'

댓돌에 놓인 동영의 신발만 보아도 그녀의 가슴은 뿌듯함과 감사함으로 저려왔다. 첫아들을 제외하곤 기껏해야 네댓 살이 고작이었다. 돌도 못 지내고 저세상으로 보낸 아이까지 둔 그녀였다. 신발을 신고 뛰어다니는 개구쟁이의 모습을 보는 것 자체가 귀하고 감사한 일이었다.

잘 키워야 한다는 것은 그녀에게 주어진 숙명과도 같았다. 하지만 그녀에게 자식을 키운다는 것은 하나의 공포였다. 형옥이 동영을 가리켜 "다른 사람들보다 갑절 이상 더 가슴 조이며 키운 아들"이라고 말하는 것은 이런 그녀의 심정을 단적으로 드러낸다.

자유를 존중하고 스스로 알아서 하도록 유도한 그녀의 교육법에는 이처럼 운명적 체험이 크게 자리잡고 있다.

"말썽꾸러기라도 좋다. 건강하게만 자라다오."

60년대를 풍미했던 구호는 당시 그녀에게 가장 절실한 금언이었던 셈이다.

동영은 귀가 따갑도록 '나무에 오르지 마라', '달리지 마라, 넘어진다' 같은 말을 들어야 했다. 이런 간절함이 하늘에 닿은 까닭일까. 그녀가 낳은 아이들 가운데 처음으로 동영은 아프지 않고 무럭무럭 자랐다. 순창의 선창가에 있는 유치원에 입학한 동영과 나란히 유치원을 오가며 형옥은 오랜만에 행복을 맛보았다. 궁둥이를 내밀며 "노랑 노랑 병아리"를 노래하는 동영은 말할 수 없이 귀여웠다.

형옥은 동영의 학업에는 전혀 신경을 쓰지 않았다. 숫자나 글자를 빨리 깨우치게 하려고 애쓰지도 않았다. 동영이 그저 건강하게 자라는 것이 고마울 따름이었다. 공부까지 잘하기를 바라는 것은 자신의 처지에 과분한 욕심이라고 생각했다.

형옥은 39세에 비로소 초등학교 학부형이 되었다. 첫아들의 손을 잡고 초등학교 교정에 들어가 본 지 10년 만이었다. 자녀들을 매개로 하여 이루어지는 학부형들 간의 친교는 보통 나이가 비슷한 사람들끼리 무리를 이룬다. 하지만 형옥은 이들과 어울리기에 나이 차가 너무 났다. 게다가 첫아들도 겨우 1년 정도 학교를 다닌 것이 전부였기 때문에 아이의 학교 생활 지도도 서툴 수밖에 없었다. 다행스럽게도 담임교사가 '이웃 사촌'이어서 이런 간극을 메워주었다. 운이 좋았던 것이다. 더욱이 동영은 영특해서 입학식 다음 날 "아버지 성함을 한문으로 쓸 게요"라고 말해 담임을 놀라게 했다.

'이 애는 남달라.'

형옥은 이런 동영을 더할 나위 없이 사랑했다. 동영에 대한 그녀의 신뢰는 전폭적이었다.

학교에서 집으로 돌아오기가 무섭게 동영은 숙제부터 했다. 마루에 미처 오르기도 전에 책가방에서 책과 노트를 꺼내 똘방(댓돌)에다 놓고 숙제를 했다. 책가방을 짊어진 채 숙제를 마친 후에야 책가방을 챙겨 마루에 올랐다. 형옥이 이런 생활 습관을 강요한 게 아니라 동영 스스로 먼저 해야 할 일이 무엇인가를 파악했던 것이다.

아이를 잃을지 모른다는 두려움이 형옥에게서 완전히 사라진 것은 아니었다. 동영이 조금만 열이 올라도 아이가 금방 죽을 것 같은 공포에 시달렸다. 형옥이 동영에게 "공부 열심히 해라"라는 말을 입에 담지 않은 것은 바로 이런 두려움 때문이었다. 중고등학교 시절 성적이 떨어져도 형옥이 하는 말은 한결같았다.

"그만하면 잘했다. 가장 중요한 것은 건강이다. 건강하기만 하면 엄마는 바랄 것이 없다."

훗날 그는 "이런 어머니의 태도가 오히려 내 자신을 자각하게 만들었다"고 말했다. 성적이 급락해 자신이 보기에도 부끄러울 정도인데도 나무라지 않고 진정으로 잘했다고 말하는 어머니를 보며 '정말 공부를 잘해야겠다' 고 스스로 다짐하게 되었다는 것이다.

뿐만 아니라 형옥은 작은 일에도 칭찬을 아끼지 않았다. 평생 "네 이놈"이란 말 한 번 한 적이 없을 뿐더러 열 살 이후 동영을 혼낸 적도 없다. 그녀는 평생 '우리 아들은 기본적으로 바르다' 는 믿음을 버리지 않았다. 남달리 똑똑한 아들이라는 그녀의 자부심 또한 대단했다. 그는 "천성이 내성적이고 유약한 나의 내면을 강인하게 바꿔준 것이 바로 어머니의 아들에 대한 자부심이었다"고 말한다. 형옥의 동영에 대한 자부심은 동영에게는 책임감으로 승화되었던 것이다.

동영을 낳은 뒤 5년 후 형옥은 다시 아들을 출산했다. 그로부터 3년 뒤 셋째 아들을, 다시 또 3년 뒤 막내아들을 낳고 20년에 걸친 출산을 마감했다. 다행스럽게 네 아들은 무럭무럭 자랐다. 그녀의 가슴에 슬픔을 더할 일은 없었다.

사내아이 넷이 모인 집은 소란스럽기 그지없었다. 서로 힘겨루기를 하다가 싸움으로 변해도 그녀의 남편은 "아이고, 잘한다. 누가 이기나 어디 한번 볼까?" 할 정도로 여유만만했다. 형제끼리 조금만 언성을 높이거나, 육박전을 벌이면 정작 그 아이들보다 몇 갑절 더 소리를 높여 호통치는 여느 부모들과는 전혀 달랐다.

그녀는 남편을 깊이 사랑하고 존경했다. 남편이 면장으로, 도의원으로 정치인으로서의 면모를 착실히 다져가며 주위의 덕망을 쌓아가고 있기 때문만은 아니었다. 병든 마음을 안고 힘겹게 살아가는 그녀를 따뜻하게 감싸주었던 인자함이 남편을 세상에서 가장 절대적인 인물로 여기게 만들었다.

면장을 두 차례 지낸 남편은 순창에서 도의원을 하는 등 정치가로 자리를 굳혀갔다. '큰 정치를 할 인물'로 점찍었던 친정 어른들의 평가가 맞아 들어가는 듯했다.

공무로 바쁜 남편 대신 소금을 관리하는 일은 형옥의 차지가 되었다. 소금을 판매해 어머니의 수중에 돈이 있다는 것을 아는 동영은 자주 형옥에게 손을 내밀었다. 동영은 어머니에게서 얻은 돈으로 자신은 먹지도 않고 친구들 사주기에 여념이 없었다. 동영의 주위에는 늘 아이들이 떼를 지어 몰려들었다. 정치인치고 친화력이 뛰어나지 않은 사람이 없지만 그의 경우 한 사람 한 사람에게 세심하게 배려하는 따스함이 있다. 그의 이런 특징은 어린 시절 어머니의 적극적인 지원으로 더욱 강화된 것이라고 봐야 할 것이다.

모든 것을 섬기는 자세로 살아라

형옥의 생활 태도에는 남다른 특징이 있다. 모든 것을 섬기는 자세인데 이것 또한 어린 자식들을 거푸 저세상으로 보내야 했던 가슴앓이와 관련 있다. 무슨 일이 있어도 동영만은 꼭 장성하게 하겠다고 마음 먹은 그녀는 동영을 '절생이(명이 길라고 절에다 아들을 파는 것)'로 팔 기로 작정했다. 순창의 만일사에는 동영의 이름이 새겨져 있다. 불심 이 극진한 시어머니로부터 종교를 물려받은 그녀는 시숙모와 함께 이 절을 찾곤 했다. 정성이 지극해야 부처가 돌봐줄 것으로 믿은 그녀 는 정기적으로 절을 찾아 칠성공을 들였다. 음력 1월 7일에는 머슴도 부리지 않고 직접 쌀을 머리에 이고 갔다. 그녀가 빈 것은 오직 자손 이 번창하게 해달라는 축원이었다. 부처님에게 공양하고 스님이 염 불할 때 그녀의 축원은 '우리 정동영'뿐이었다. 심지어 둘째 아들을 축원하겠다고 다짐했을 때에도 어느새 '우리 정동영'을 되뇌일 정도 였다.

절에 마음을 의지했던 것은 이때만이 아니다. 그녀의 수호신이던 남편이 사망한 뒤, 그녀는 물심양면으로 닥친 고난을 이겨내기가 힘 들었다. 나날이 가세가 기울어 단돈 몇 푼이 아쉬운 처지임에도 형옥 은 동영을 위해 가진 돈을 털어 만일사에 종을 기증했다. 장성한 큰아 들을 보고 싶은 그녀의 바람은 그만큼 간절했다.

형옥의 정성은 비단 절의 부처에게만 향한 것이 아니었다. 그녀는 넓은 강이나 큰 나무를 보아도 남몰래 인사하며 빌었다.

'우리 정동영이 수명장수해서 큰사람이 되게 해주세요.'

심지어 작은 바위조차 그녀는 그냥 지나치지 않았다.

'몸대장님, 우리 정동영을 굽어 살피소서.'

혼자 걸을 때나 옆에 사람이 있을 때나 전혀 개의치 않았다. 형옥 은 한시라도 동영을 생각하지 않고 길을 걸어본 적이 없었다. 어머니로서 감내하기 어려운 아픔을 겪은 그녀였지만 점쟁이들의 주술에 현혹되지 않고 자신의 온 마음을 다해 노력하고 정성을 바치면 기필코 하늘이 좋은 자식을 내려줄 것이라고 믿었다. 세상 만물에 정령이 있다면 자신의 간절한 기구를 들어주리라 생각한 것이다. 생명이 있고 없음, 잘나고 못남을 구별하지 않고 세상의 모든 것을 섬기는 자세로 자신을 낮추고 동영의 앞길을 축원했다.

통안에서 전주초등학교로 전학을 간 동영은 한눈에도 시골티가 흘렀다. 같은 반 아이들은 이런 동영을 '촌놈'이라고 놀려댔다. 지금이야 흰 피부에 단정한 차림새, 정제된 목소리 등 아무리 뜯어봐도 투박한 시골과는 거리가 먼 세련된 도시의 냄새가 진하게 풍기는 그이지만 당시에는 그저 꾀죄죄한 시골 소년일 뿐이었다. 그러나 아이들의 놀림도 잠시였다. 동영은 타고난 친화력을 발휘하여 그들의 자랑거리가 되었다. 한 달쯤 지나 형옥이 학교를 찾았을 때 아이들은 엄지손가락을 치켜올리며 "정동영 최고"라고 입을 모았다. 전학 간 첫 학기에 동영의 성적은 72명 중 3등이었다.

방학 때면 동영은 순창 집으로 내려왔다. 지금이야 전주에서 순창이 고작 세 시간 거리지만 60년대 초에는 세 시간이 훨씬 넘게 걸렸다. 그리고 형옥이 밭에서 일하고 있을 때에는 논두렁 밭두렁 건너기를 마다하지 않고 그녀를 보러 와 일을 도왔다.

어린 동영이었지만 전주 생활을 으젓하게 해냈다. 동영은 시간이 나는 대로 동네 사람들을 위해 크고 작은 일을 거들었다. 이기적인 태도가 배어 있는 도회의 삶에서 동영의 이런 모습은 신선한 감동을 주었다. 더욱이 그 나이 또래라고 여길 수 없을 정도로 생활 습관도 말끔했다. 방 밖에 거울을 걸어두고 몸가짐을 살펴본 뒤 집을 나섰다. 학교에서 돌아오면 세수는 물론, 발을 씻은 뒤 양말을 빨아 빨랫줄에 널어놓고 방으로 들어갔다. 자신의 속옷과 양말은 남의 손을 빌리지 않았다. 이것이 어린 동영의 생활 습관이었다. 결혼 후에도 동영은 속옷을 직접 빠는가 하면 양말을 세탁기에 집어넣는 것 정도는 부인에게 맡기지 않았다.

형옥이 중학생이었던 아들을 친척집에 맡기면서 전화는 절대로 만지지 말 것(당시 전화는 귀한 물품이었다), 밥은 줄 때까지 기다릴 것, 깨끗이 제살이할 것 등 주의를 주었던 것을 떠올리면 동영의 이런 생활 태도는 형옥의 철저한 가정 교육에서 비롯된 것이라고 봐야 할 것이다.

26년에 걸친 결혼 생활 동안 형옥은 행복했다. 형옥이 남편에게 섭섭했던 일은 언젠가 "와이셔츠를 줄이라는데 왜 금방 못 고치느냐"고 질책했던 것이 전부였다. 그러나 부부의 금슬을 시샘이라도 하듯 하늘은 그녀의 남편을 마흔아홉이라는 젊은 나이에 데려갔다. 동영의 나이 겨우 열여섯 살로 어린 상주를 앞세우고 초상을 치른 그녀는 억장이 무너졌다.

"어머니, 10년만 고생하세요. 그 뒤에는 아버지가 계신 것처럼 제가 잘 모실 게요."

동영의 위로도 그녀에게 위안이 되지 못했다.

남편의 죽음과 함께 '면장 부인', '의원 부인'으로 누려오던 그녀의 지위도 곤두박질쳤다. 중학생, 초등학생에 코흘리개 꼬마까지 네 아들을 먹이고, 입히고, 교육시켜야 하는 책무가 그녀의 어깨에 얹어졌다. 62세의 시어머니를 부양하는 것도 그녀의 몫이었다.

하늘 같은 남편이 허망하게 세상을 뜬 후 형옥은 남몰래 조상을 원망하기도 했다. 그러나 그녀가 의지할 것은 조상뿐이기도 했다.

'정성을 다하면 조상신이 돌봐 줄 거야.'

그러나 그것은 마음뿐이었고 1년에 8~9번 제사상을 차리는 일은 녹녹치 않았다. 한 달 전부터 빨래하기로 시작해 술 담그기, 놋 그릇 닦기, 콩나물 다듬기를 하노라면 걱정이 덜어지며 조금씩 마음이 놓였다. 나물 한 가지라도 더 차리기 위해 형옥은 애써 돈을 모았지만, 차려놓고 보면 진설이라고 할 수조차 없을 정도로 초라했다. 더군다나 애들이 어린 까닭에 혼자서 제상을 차리느라 축문도 지방도 없이 지내기 일쑤였다.

"정말 죄송합니다. 조상님이 잘 보살펴서 애들을 훌륭하게 키워주시고 나중에 잘 대접받으세요."

그녀는 늘 이렇게 미안함을 빌었다.

남편이 세상을 떠난 후에도 그녀는 남편의 생일상을 빠트리지 않고 차렸다. 마치 제사상처럼 정성을 기울였다. 결혼 후에도 아들의 생일상을 손수 차리시던 시어머니가 급한 볼일로 집을 비우며 형옥에게 상차림을 맡겼을 때 시어머니보다 더 훌륭히 상을 차려 조상에게 보이고 싶었던 그 마음으로 생일을 챙겼다. 남편이 살아 있듯 그들 모자를 지켜주기를 바랐던 것인지도 모른다.

피할 수 없는 현실이라면 부딪혀 이겨내라

형옥은 동영이 서울대학교 재학중에 서울 사근동으로 이사를 단행했다. 1973년 음력 10월이었다. 형옥의 남편에게 한때 신세를 졌던 지인이 권유한, 시장에 납품하는 의류봉제업을 해보기 위해서였다. 줄줄이 아이들이 딸린 홀어머니로 살아갈 방도조차 막막한 그녀로서 익숙한 농촌의 삶과 작별하고 생면부지의 서울로 옮겨 살기로 결정하기란 결코 쉽지 않았다. 더구나 세 아들은 순창에서 초·중·고등학교를 다니고 있었다.

그러나 형옥의 결정은 과감했다. 얼마 남지 않은 논과 밭을 미련 없이 전부 팔아 서울 생활의 밑천으로 삼았다. 중학생인 셋째 아들은 순창의 숙부집에 신세를 지기로 하고, 두 아들과 함께 서울로 향했다. 친척 가운데 동영이 군대를 마치고 난 뒤 서울로 이사할 것을 권하는 이도 있었지만 형옥은 물러서지 않았다.

'농사를 지어도 내 일은 밥을 해주는 것이다. 서울이라고는 해도 옷을 만드는 것은 통안에서 밥을 짓는 것처럼 내가 통상 하는 일이 아닌가.'

이것이 형옥의 생각이었다.

그녀의 숨겨진 능력은 이때부터 발휘되었다. 남편의 그늘 아래 묵묵히 뒷바라지만 해오던 형옥이 생활의 전면에 나서면서 사업 수완을 선보이기 시작한 것이다. 서울로 이사를 가기로 결정한 뒤 그녀는 물건들을 점검했다. 이삿짐을 싸기 위해서가 아니었다. 농기구, 덕석, 풍금 등 서울로 가지고 갈 수 없는 물건들은 죄다 마당에 꺼내놓았다. 형옥은 이웃들을 불러 모아놓고 마당에 내놓은 물건들을 마치 경매하듯 값을 매겨 팔았다. 일종의 '창고 세일'을 한 셈이다. 형옥의 현실 감각은 이처럼 뛰어났다.

형옥이 전광석화처럼 빠른 결정을 한 배후에는 동영의 영향이 컸다. 서울대학교 사학과에 다니던 동영이 마포경찰서에 잡혀 있다는 편지가 서울 신촌에 사는 시누이로부터 날아왔던 것이다.

형님, 잘 계신지요. 긴급히 알려드릴 일이 있어 몇 자 적어 보냅니다. 놀라지 마세요. 서울대학교에서 데모가 일어났는데 도서실까지 경찰이 들어와서 학생들을 모두 데려갔다고 하네요. 우리 동영이도 잡혀 갔어요. 학생 신분이니 큰일이야 있겠어요. 하지만 형님이 일단 오셔서 동영이를 만나봐야 할 것 같아요. 동영이가 마포경찰서에 있는데 아프기까지 하답니다. 한시가 급합니다. 그곳 사정이 있겠지만 서둘러 오시면 좋겠어요.

편지를 읽던 형옥은 가슴이 떨리고 온몸에서 힘이 쭉 빠졌다. 더구나 의지할 곳 없이 막막한 처지를 생각하니 눈물이 주체할 수 없이 흘러내렸다.

"아버지도 안 계시고, 나도 집에서 살림만 살아 아는 것도 없는데…… 내가 서울이 어딘지 알아 갈 수가 있나. 정작 서울에 올라가도 상이나 차리고 바느질하는 것이 고작인 내가 무슨 도움이 되겠는가. 엄마가 훌륭하면 아들이 아무리 큰죄를 지었어도 수월하게 넘어갈 수 있을 텐데. 아이고, 이 일을 어찌하나. 우리 동영이를 어찌하나."

마음은 당장 서울로 가고 싶었지만 차비조차 없는 신세였다. 형옥이 호롱불 아래 울면서 고치를 까고 있을 때 문 소리가 났다. 서울에서 시장에 기성복을 납품하는 지인이 고추 등을 사려고 통안에 왔다가 들른 것이다. 형옥의 딱한 사정을 들은 지인은 당장 서울로 올라갈

채비를 하라고 채근했다.

형옥은 서울로 거처를 옮기기로 결심했다. 그녀가 서울에 있으면 동영이 데모도 덜 하고 집에 신경을 쓸 것이라는 시누이의 말도 있는 데다, '내가 아들을 지켜야 한다' 는 생각 외에 다른 생각은 할 수도 없었다.

서울로 이사하고 서너 달이 지났을 무렵 동영은 다시 민청학련 사건에 연루되어 긴급조치위반으로 동대문경찰서와 서대문경찰서에 수감되었다.

그녀는 동영이 수감되어 있던 3개월간 하루도 빠짐없이 경찰서와 구치소를 찾았다. 그러나 이른바 정치범이었던 까닭에 면회는 불가능했다. 그래도 형옥은 단념하지 않았다. 구치소 마당이라도 밟지 않으면 불안한 마음에 금방이라도 숨이 멎을 것 같아서였다. 비록 아들의 얼굴은 못 본다고 해도 자신이 아들과 한 땅을 밟고 있다는 사실로 잠시나마 안도할 수 있었던 것이다.

구치소에 가면 형옥과 같은 어머니들이 많이 있었다. 1970년대 민주화운동의 주축이 대학생이어서 긴급조치위반 등 시국사범으로 분류되어 잡혀 온 학생들이 많았던 까닭이다. 고향도, 말씨도 다르고, 구치소에 오기 전까지 인사조차 나눈 적이 없었던 생면부지의 어머니들이었지만 어느 사이엔가 서로 입장을 이해했다. 구치소에서는 어머니들끼리 단합하는 것을 막으려고 서로 이야기를 못하게 했지만 자식의 안위를 걱정하는 이들 앞에서는 어떤 위협도 무용지물이었다. 형옥은 아들을 핍박하고 가두는 세상과 권력에 분노했다.

그러나 여느 어머니들처럼 수감된 아들만 걱정하고 있을 처지가 못 되었다. 형옥에게는 먹고사는 일도 급했다.

서울에 둥지를 튼 후 그녀는 지인을 따라 평화시장에 아동복 바지를 납품하는 일에 착수했다. 원단을 떼다가 바지를 만들어 판매처에 공급한 뒤 오후에는 수금을 하는 일이었다. 한 디자인으로 크기만 달리하는 일인지라 같은 시간에 많은 제품을 생산할 수 있어 능률적이었다. 형옥은 오버로크 2대와 재봉틀 4대를 마련했다. 온 식구가 이 일에 매달렸다.

그러나 일은 쉽지 않았다. 처음부터 판매처가 확보되어 있는 것도 아니었고, 정작 납품을 해도 제때 수금하기도 쉽지 않았다. 또 자금이 달려 좋은 원단을 확보하기도 어려웠다. 설상가상으로 바느질이 곱지 못하다고 타박을 주기도 했다. 심지어 기껏 만들어간 옷이 잘못되어 퇴짜를 맞기도 했다. 제품을 팔아야만 원단을 살 수 있는 그녀의 처지로서는 하늘이 무너지는 일이었지만 도리가 없었다.

집안 살림도 곤궁했다. 벼농사를 짓던 동안의 생활과는 비교할 수도 없을 정도였다. 일반미는 구경도 못하고 값이 제일 싼 혼합곡을 사서 밥을 지었다. 연탄을 때어본 적이 없는 아이들은 툭하면 불을 꺼트리기 일쑤였다. 더욱이 동영의 수감 생활에 따른 충격은 암울한 현실과 겹쳐 그녀를 우울증으로 밀어넣었다. 순창에 두고 온 셋째 아들이 서울 선린상업고등학교에 합격했지만 진학을 1년 늦추며 제품 납품에 뛰어들 정도로 힘겨운 나날이었다.

서대문구치소에서 나온 동영은 곧바로 강제징집되어 군대에 갔다. 꼬박 3년을 채우고 군대에서 제대한 동영도 제품 납품에 합류했다. 동영은 오버로크를 아주 잘했고 재단 실력도 못지 않았다. 형사가 늘 동영을 따라다녔지만 그는 아랑곳하지 않고 제품 보따리를 들고 시장을 누볐다. 빨간 보자기라면 질색하고 보라색이나 파란색 보자기만 고집하던 둘째 아들과 달리 동영은 보자기가 무슨 색이든 전혀 개의치 않았다. 그런 동영이었지만 형사를 만나면 "제 뒤를 밟더라도 제발 집에는 오지 마세요. 어머니가 병이 납니다" 하고 통사정을 했다.

새벽 4시면 어김없이 일어나 옷보따리를 들고 평화시장 새벽장에 나서던 형옥은 어느 날 온몸이 피멍이 든 채 집으로 돌아왔다. 사근동 버스 정류장에서 옷보따리를 들고 청계천행 버스를 타려던 그녀를 차장이 밀쳐내는 바람에 길바닥에 떨어져 나뒹굴고 말았던 것이다.

이 사건은 훗날 그의 정치 생활에 지대한 영향을 미쳤다.

"몸져 누운 어머니를 보면서 '건강한 나는 그 시간에 자고 있고, 어머니는 옷보따리를 들고 2~3년씩 고생을 하셨구나' 하는 생각에 가슴이 무너졌다. 정치인이 된 후 모토를 '약자의 눈물을 닦아주는 정치'로 삼은 것도 그날 어머니의 아픔과 눈물을 기억하기 때문이다. 지금도 그날의 어머니를 떠올리며 초심을 잃지 않고 나의 이상을 실천하려고 노력하고 있다."

세상 사람들과 마음을 나누어라

형옥의 이상적 남성상은 바로 남편 진철이었다. 면장을 거쳐 도의원을 지낸 남편을 둔 까닭에 그녀의 삶은 정계와 낯설지 않았다. 그러함에도 그녀는 동영의 정계 진출을 흔쾌히 여기지 않았다.

동영의 가장 큰 변신은 정계 투신이었다. 언론계에 남느냐, 정계로 진출할 것이냐를 놓고 고민할 때도 동영은 형옥의 판단을 구했다. 형옥은 남편의 말을 떠올렸다.

"정치가는 끝이 좋지 않아. 가시밭길을 걷다가 결국 안 좋게 끝을 맺거든."

그녀는 동영의 생각을 처음으로 만류했다.

"평범한 생활이 좋을 듯하구나."

그러나 정작 동영이 정계에 뛰어들자 그녀도 발벗고 나섰다. 둘째 아들과 함께 유세장을 찾아 아들을 지원했다. 전국 최다득표로 국회의원에 당선된 동영의 금배지를 양복 깃에 달아주며 당부했다.

"이 나라 국민을 사랑하고, 어른을 제대로 존경하는 정치를 해라. 첫째도 국민이요, 둘째도 국민이다. 아무리 요즘 세상은 신식이어서 위아래가 따로 없다고 해도 웃어른을 받들어야 한다. 아무리 똑똑하다고 해도 세상에 독불장군이란 없는 법이다. 옆에서 위해주고, 사랑해 주고, 사랑받을 짓을 해야 한다."

희수를 맞은 형옥은 그해 6월부터 동네 노인대학에 다니며 오랜만에 노후 생활을 즐겼다. 50~60명의 노인들이 다니는 노인학교에는 90세 노인도 있어 60대 중반인 사람들은 아예 이름을 부르고 하대할 정도로 '어린 취급'을 하는 분위기 속에서 그녀는 차츰 웃음을 되찾았다. 한글 궁체 익히기로 제2인생을 시작한 형옥에게 궁체 교사는 "머리는 비상한데 하려는 의욕이 없다"며 야단을 쳤다. 그녀는 어린 학생처럼 교사에게 칭찬받기 위해 열심히 숙제를 했다. 차츰 실력이 늘면서 붓글씨에 취미가 생겨 하루 종일 붓글씨를 쓰곤 했다.

"가진 것이 없어 유산도 못 주는데 손주에게 할머니 졸업장이나 남겨주고 싶다."

할머니를 가장 사랑하는 맏손주 욱진에게 졸업장을 선물하고 싶
다던 형옥은 끝내 소망을 이루지 못하고 눈을 감았다.

시골에서 행세하는 면장으로, 도의원 부인으로 아쉬움 없이 살다
가 졸지에 어린 자식들의 생계를 떠맡아 봇짐장사로 전락한 형옥이
극도의 신분 변화에도 불구하고 현실에 적극 대응하며 간난을 헤쳐
간 것은 그녀의 어머니로부터 받은 교육이 자리하고 있다고 봐야 할
것이다.

도회지 여성으로 시골로 시집을 와 농사를 짓는 남편을 뒷바라지
했던 그녀의 어머니는 놀라운 적응력의 소유자였다. 살림살이가 야
무졌을 뿐 아니라 농사에도 솜씨를 보였다. 논두렁에는 콩이 쪽 고르
게 나도록 심어야 보기에도 좋고 콩도 잘 열리는데 웬만한 베테랑이
아니면 어려운 일이다. 그녀의 어머니는 동네에서 '콩 심기 선수' 라
고 불렸다.

더욱 중요한 것은 시골의 논두렁을 다니면서도 자신의 품위를 잃
지 않아 누구든 한눈에 그녀의 지체를 알아볼 정도였다는 것이다. 형
옥도 중년 이후 삶의 상당 기간을 거친 시장에서 기성복 제품을 공급
하는 옷장사로 연명했지만 말년의 그녀는 깔끔하고 정갈하기 그지
없었다.

형옥에게 지난날은 더 이상 고통으로 자리하지 않았다. "사람에
게 가장 중요한 것은 마음"이라며 돈이나 물질을 나눠주는 것보다 마
음이 우선해야 한다는 그녀는 지난날을 조상이 베푼 은덕으로 잘 살
아왔다고 여겼다.

2005년 5월 4일 이형옥은 눈을 감았다. 형옥에게 동영은 생명과도 같았다. 국회의원이 된 이후에도 동영의 일이 꼬이면 반드시 그녀의 몸이 아팠다. 갑작스런 그녀의 사망 또한 당시 친척이 벌인 송사로 동영이 난처한 지경에 빠졌던 것과 무관해 보이지 않는다. 그녀는 마지막 숨을 불살라 아들을 지키고자 했던 것은 아니었을까.

자신은 거리낌 없을 정도로 잘했는가를 가끔 생각한다던 그녀였다.

"이세상 떠도 (정씨 가문의) 밑거름이 되어야지 하고 생각해요. 대대손손 명맥을 이어 (정씨 가문이) 장하다는 것을 (사람들이) 잊지 않게요. 내가 잘해야 한다, 사람들에게 말이라도 부드럽게, 친절하게 하자고 다짐해요."

그녀의 마지막 말처럼 하늘에서도 아들을 지키고 있을 것이다.

정동영 전 당의장에게는 고된 삶을 굳건히 살아오신 부모님의 삶 자체가 가장 값진 인생의 교훈이자 소중한 유산일 것이다.

"유소년기는 나의 뿌리다. 나의 DNA에는 아버지와 어머니로부터 물려받은 정신적 유전인자가 담겨 있다. 전형적인 외유내강형인 어머니는 자존심이 강하고 강인하다. 어머니로부터 은근과 끈기, 강인함을 물려받았다. 아버지는 외향적이고 활달했다. 아버지로부터 개방성과 호연지기를 물려받았다."

자녀의 뜻을 존중하고 믿어라

지금, 그리고 앞으로 태어나고 자랄 세대들은 21세기를 살아갈 주역들이다. 그들이 생활하는 시대는 무엇보다 창의성이 중요한 가치를 지닌다. 창의성의 원천은 자유에 있다. 그러나 자유롭게 키운다는 것은 말처럼 쉽지 않다. 부모들은 거의 예외 없이 자신의 경험에 기초하여 정립한 방식을 자녀들에게 주입시키려고 들기 때문이다. 또한 자유롭게 키운다는 것은 방임과 다르다. 간섭이 아닌 관심을 기울이며 자녀들의 의사를 존중하면서 바른 방향으로 이끌어가는 것이다. 부모의 기대와 기준에 미치지 못하는 자녀들이 제대로 성장할 때까지 참고 기다리는 인내가 무엇보다 필요하다.

가수 이적의 어머니 박혜란은 아이들 셋을 자유롭게 자라게 하면서 모두 다 서울대학교에 입학시켰다. 그녀는 자신의 육아 비법을 '아이들을 키우지 않았다. 내 자신을 키우면서 아이들이 커가는 모습을 그저 바라보았다' 고 들려준다. 아이들을 공부 기계로 바라보지 않고 한 인격체로 따듯하게 대하는 눈길과 그들의 능력을 무조건 믿고 밀어주는 것, 그리고 무엇보다 아이와 함께 커 나가려는 어머니 자신에 대한 치열함이 자녀들의 성공적 삶을 약속해 준 셈이다. 박혜란은 '자유롭게 자라기' 를 선택한 배경을 저서 『믿는 만큼 자라는 아이들』을 통해 이렇게 털어놓았다.

"나는 아이들을 아이들 뜻대로 자라게 하지 않고 부모들이 자신의 뜻대로 키우려는 것 자체가 잘못이라는 믿음을 가지고 있다. 나 자신을 돌아보건대 과연 얼마만큼 부모가 자신의 뜻을 세울 만큼 성숙했다고 자신할 수 있느냐는 의문이들기 때문이다. 이 변화무쌍한 땅에서 거칠고 험한 세상을 뚫고 나가면서 나는 한시도 갈팡질팡하지 않을 때가 없었다. 수많은 육아 교과서들이 강조하듯 부모인 우리가 정말 자식을 독립적인 개체로 생각한다면 내 뜻보다는 자식이 뜻을 세우도록 도와주는 게 부모로서 할 일이 아닐까. 자식이 앞으로 살아 나갈 사회를 내다보면서……."

이 책에는 수록되지 않았지만 내가 인터뷰한 게임의 황제 임요환 선수의 어머니도 자녀의 선택을 존중하고 지원했다. 임요환 선수의 어머니 강태순은 어린 아들의 고집을 꺾지 않음으로써 아이 스스로 길을 선택하고 몰두할 수 있도록 자질을 키워주었다. 임요환 선수는 게임 선수들을 쌈장에서 게임의 황제로 부상시킨 장본인이다. 그는 게임에 대한 사회적 인식을 바꿔놓고 게임 선수의 사회적 위상과 발전의 가능성을 모색하는 데 크게 기여했다.

지금은 애늙은이로 통하는 그이지만 어릴 때는 이름난 말썽꾸러기였다. 온 동네 아이들을 몰고다니며 골목대장 노릇을 했다. 저녁에 흙투성이가 되어 돌아가지 않는 날이 거의 없었다. 고집이 무척 셌을 뿐만 아니라, 하나에 몰두하는 성격이어서 딱지치기에 열중하면 온 동네의 딱지를 다 따고서야 집으로 돌아왔다. 놀이뿐만 아니라 곤충채집 같은 것에도 광적일 정도여서 방학이면 하루 종일 산으로 들로 누비고 다녔다. 중학 시절에는 축구에 빠져 오버헤드킥까지 구사해 '축구 영웅'이라는 별명까지 얻었다.

만약 강태순이 이런 아들을 교정하려 들었다면 오늘날 '게임의 황제 임요환'은 탄생하지 못했을 것이다. 자녀의 삶의 방식을 이해하려고 애쓰는 어머니의 자세가 미래에 자녀 스스로 인생 항로를 결정할 수 있게 하는 원동력이 되는 것이다.

재임에 실패한 미국 대통령으로 퇴임 후에 더 많은 존경과 칭송을 받고 있는 인물이 바로 지미 카터다. 진정한 세계 평화와 박애의 인도주의를 실천하고 있는 지미 카터의 행적은 개인주의를 중시했던 어머니 릴리언 고디 카터의 생활 태도에서 큰 영향을 받고 있다. 간호사의 경험을 살려 68세에 평화봉사단에 가입하고, 인도에서 2년간 봉사 활동을 완수할 정도로 평생 관습에 얽매이지 않고 자유를 지향했다. 인종차별이 심한 조지아 주에서 흑인을 가정으로 초대하는 등의 행동을 통해 그녀는 자녀들로 하여금 기존의 관념을 뛰어넘어 자신의 의지에 따라 살아가는 법을 가르친 것이다.

육 . 영 . 수

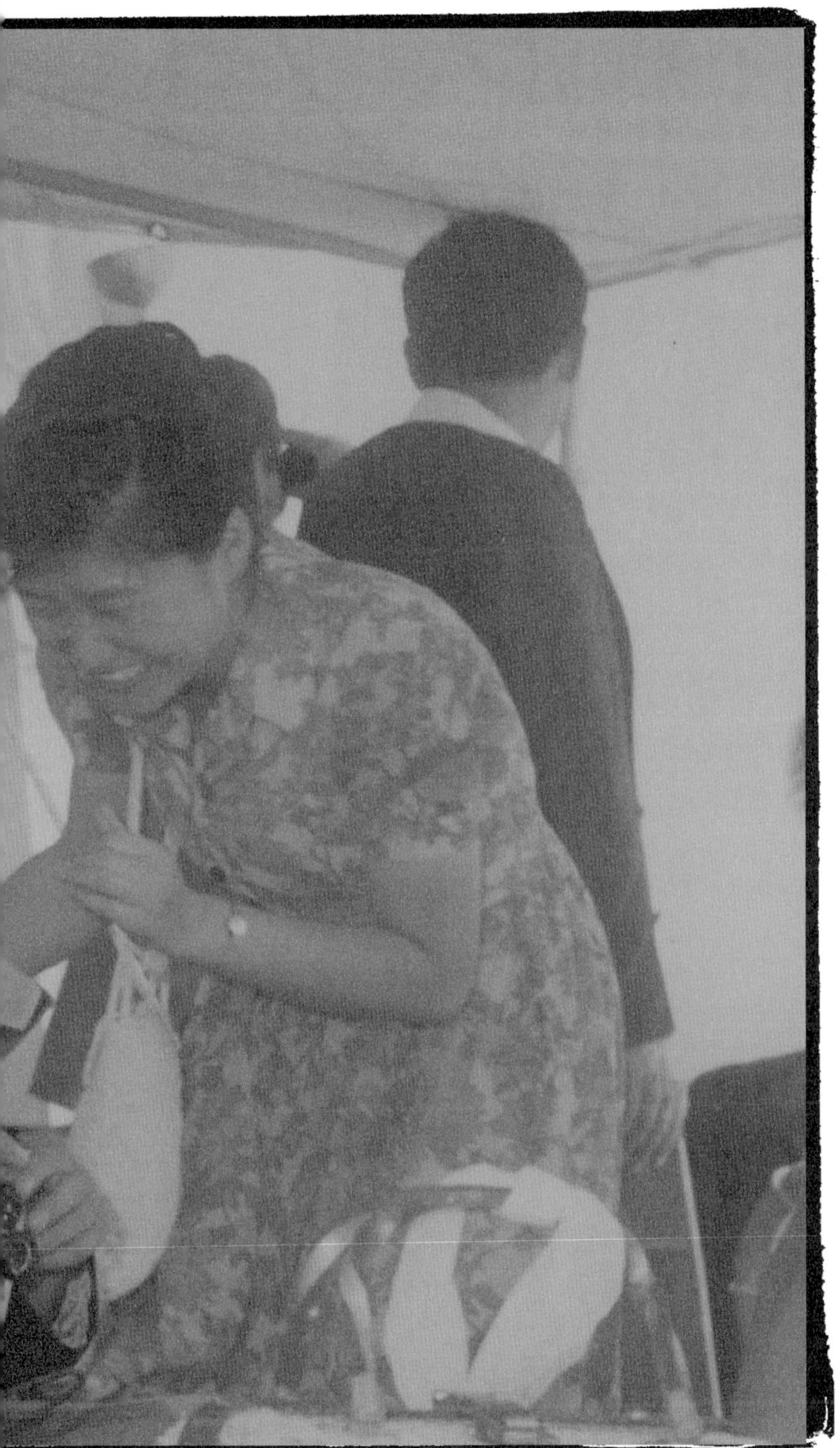

박근혜 전 한나라당 대표의 어머니

Theme 07

박근혜

1952년 대구에서 태어나, 1974년 서강대학교 전자공학과를 졸업했다. 1978년 새마음봉사단 총재, 1979년 사회복지법인 경로복지원 이사장을 거쳐 1993년 한국문화재단 이사장, 1994년 정수장학회 이사장 등을 지냈다. 1998년 한나라당 후보로 출마해 제15, 16대 국회의원에 당선되었으며 2001년까지 한나라당 부총재를 지냈다. 2004년 제17대 국회의원에 당선돼, 한나라당 대표를 맡아 활동했다.

을 받은 것이다. 전자공학과 학생인 근혜에게 학생회가 발간하는 잡

목련은 너무나 깨끗하여 단순히 깨끗함을 지나 어떤 고귀함을 느끼게
한다. 한창 피어나는 목련나무를 한동안 바라보면 그 고귀함이 오히려 오
만하게까지 보여, 인간이다 보니 자꾸만 결점을 잡아보려고 해도 티만 한
결점도 찾을 수가 없다. 우리 인간은 저 백목련 같을 수는 없을 것이다. 아
무리 아름다운 미인이라도 여러 가지 장식품으로 그 아름다움을 꾸미고
돋보이려고 하는데 목련은 아무런 꾸밈이 없다. 이른 봄 잎새 한 장의 도
움도 없이 앙상한 가지 정상에서 꽃만 피어 하늘로 치솟는 듯 새하얗고 묘
한 꽃잎 사이로 강하지도 약하지도 않은 은은한 그 향기, 또 꽃잎이 미처
시들기 전에 바늘끝만 한 흠도 나지 않았건만 미련 없이 떨어지는 모습은
보는 이로 하여금 너무나 아쉬움과 미련을 갖게 한다.

박근혜는 잠시 펜을 멈추고 생각했다.
'역시 어머니의 생각은 근사해.'
오늘 글은 근혜가 다니고 있는 서강대학교의 학생회로부터 청탁
을 받은 것이다. 전자공학과 학생인 근혜에게 학생회가 발간하는 잡

지에 수필을 한 편 써달라고 했던 것이다. 글감을 무엇으로 할까 궁리했지만 선뜻 떠오르는 것이 없어 근혜는 어머니 육영수를 찾았다.

"봄꽃에 대해 쓰면 어떻겠니? 개나리는 멀리서 보면 유난히 곱게 보이지만, 가까이서 보면 아무런 표정이 없고 무심해 반응이 없는 무뚝뚝한 남자 같지. 반면에 진달래는 가까이 볼수록 방실방실 웃으면서 사람을 그렇게 반길 수가 없다. 목련은 너무나 깨끗해 어떤 고귀함까지 느끼게 하잖니."

영수는 마치 써놓은 글을 읽어가듯 술술 목련에 대한 상념을 풀어놓았다. 그대로 받아쓰는 것만으로도 충분할 듯했다.

'어머니에게 의논드리길 정말 잘했구나.'

근혜의 가슴에 어머니에 대한 존경심이 솟아올랐다.

육영수는 근혜의 단골 대화 상대였다. 아무리 바빠도 어린 근혜가 학교에서 돌아와 학교에서 일어난 크고 작은 일들을 손짓발짓 해가며 들려주면 즐겁게 들어주곤 했다. 딸은 커가면서 어머니에게 아무런 거리낌 없이 모든 고민을 털어놓았다. 그녀는 딸의 가장 가까운 존재였다.

반드시 지켜야 할 예절을 잊지 마라

청구동 집의 대문을 열기가 무섭게 근혜가 영수를 보며 말했다.

"어머니, 오늘 선생님에게 야단을 맞았어요."

영수의 얼굴빛이 달라졌다. 웬만한 일에도 좀처럼 낯빛을 바꾸지 않는 그녀였지만 이번에는 사정이 달랐다.

'왜 저런 얼굴을 하실까?'

어리둥절해하는 근혜를 보고 영수가 입을 열었다.

"너, 이리 와서 바로 앉아라."

근혜는 가슴이 덜컹 내려앉았다.

'오늘따라 어머니가 왜 저러실까?'

사실 그날 학교에서 일어난 일은 큰일이 아니었다. 장충초등학교 1학년들에게 손수건은 필수였다. 화장실을 다녀올 때는 반드시 손을 씻고, 흐르는 콧물은 손이나 옷에 문지르지 않도록 하는 생활 교육을 위해 손수건을 사용하는 습성을 길러주기 위해서였다. 교사들은 매일 손수건을 몸에 지니고 있는지 꼼꼼히 체크했다. 항상 학교 준비물을 잘 챙겨가던 근혜가 그날따라 깜박했다. 담임은 근혜에게 앞으로 손수건을 잘 챙기라고 주의를 주었다. 선생님에게 지적을 받은 적이 거의 없는 근혜인지라 이것은 엄청난 사건이었다.

"근혜야, 야단이라는 말을 함부로 써서는 안 돼. 그 말은 선생님의 행동을 표현하는 데 적절하지 않다. 선생님이 야단을 치셨다는 말을 다시는 하지 마라. 선생님께 걱정을 들었어요라고 해야 한다. 알겠니? 명심하거라."

영수는 생각했다.

'귀엽고 소중한 아이일수록 엄하게 예절을 가르쳐야 해. 단어 하나도 반듯하게 가려 쓰도록 가르치지 않으면 안 돼.'

스승의 지적은 크게 꾸짖는다는 뜻인 '야단'이 아니라, 학생의 미래를 염려한다는 뜻이 담긴 '걱정'이라야 옳았다.

'말버릇이야말로 예절의 기본이야. 말버릇을 제대로 들이려면 바르고 고운 우리 언어를 골라 사용할 줄 알아야 해. 단어에도 엄연히

품격이 있으니까.'

대한민국 사상 최장기 집권을 한 통치자의 아내이자, 21세기 우리 사회의 대표급 정치 지도자의 어머니 육영수였다. 공직자의 아내, 그 중 상당 기간을 최고권력자의 아내로 살아왔음에도 불구하고 자녀를 향한 그녀의 레이더는 한순간도 멈추지 않았다.

둘째 딸 근영(나중에 서영으로 개명)이 초등학교 저학년 때의 일이다. 청와대에서 우연히 빨간 주머니를 발견한 근영은 쾌재를 불렀다. 신주머니로 적격이었던 것이다. 여태 들고 다니던 까만색 신주머니와는 비교도 안 될 정도로 근사했다. 더구나 매일 책가방과 함께 챙겨야 하는 필수품인 신주머니였던 까닭에 근영은 더욱 신이 났다. 화사한 빨간색 신주머니를 들고 다닌 지 며칠 뒤, 영수는 학교에 가기 위해 청와대를 나서는 근영을 불러세웠다.

"네 신주머니가 바뀌었구나. 혼자 그러면 안 된다. 남들처럼 검은 신주머니를 가져가려무나."

그녀는 단호하게 말했다.

"선생님도 아무 말씀 없으셨어요. 그냥 가지고 다니게 해주세요."

빨간 신주머니를 너무나 좋아했던 근영은 어머니에게 통사정을 했지만 영수는 완강했다. 특권 의식은 예고 없이 찾아와 어린아이들의 정신을 좀 먹을 수 있다. 영수는 그 점을 놓치지 않았고, 근영은 그날 빨간 신주머니와는 작별해야만 했다.

영수가 자녀를 키우는 비밀의 열쇠는 열정이었다. 그녀의 '열정'은 자녀들의 진학을 준비하는 과정에서 대표적으로 드러났다.

근혜의 초등학교 입학을 앞두고 영수도 보통 엄마들처럼 세칭 일류 초등학교에 보내고 싶어했다. 당시에는 중학교부터 입시가 있었다. 일류 중학교의 입학은 일류 고등학교의 입학을 담보했다. 일류 고등학교는 말할 것도 없이 일류 대학의 입학으로 이어졌다. 이런 때인 만큼 무엇보다도 명문 중학교에 많은 학생을 합격시키는 일류 초등학교에 들어가는 것이 관건이었다. 교육열은 세계에서 둘째가라면 서러울 대한민국의 어머니들이 아닌가. 너나 할 것 없이 자녀를 둔 가정이라면 '일류'로 꼽히는 서울 시내 몇몇 사립학교를 보내고 싶어해서 이들 학교는 경쟁률이 높았다.

영수는 일류로 소문난 한 사립초등학교를 찾아갔다.

"아이를 이 학교에 보내고 싶습니다. 절차가 어떻게 되나요?"

학교 직원의 대답은 엉뚱했다.

"기부금만 내면 들어올 수 있어요. 얼마 내시겠습니까?"

마치 물건을 놓고 흥정하듯 하는 교직원의 말투에 그녀는 자리에서 일어섰다.

"미안합니다. 제가 잘못 찾아온 것 같군요."

영수는 망서리지 않고 근혜가 배정받은 장충초등학교에 입학시켰다.

'일류 학교가 면학 분위기가 좋고 학업 성취도를 높이는 데 효과적일지 몰라. 그러나 돈이면 다 된다는 식의 가치관으로 운영되는 학교 문화라면 바른 인간 교육을 하기 어려울 거야.'

영수는 속으로 생각했다.

근혜가 중학교와 대학교를 진학할 때 보인 그녀의 태도 역시 열정이었다. 그러나 그녀는 자신의 열정을 숨길 줄 알았다. 보통 어머니들보다 더 열정적이었지만, 자녀들의 성장에 발맞춰 밖으로 드러나는 자신의 열정을 조절했다. 자녀들이 자신의 진로를 스스로 결정하게끔 유도해 결과에 대한 책임감을 느끼도록 한 것이다.

근혜가 초등학교를 졸업할 무렵, 영수는 어느 중학교에 보낼 것인가를 놓고 생각을 거듭했다. 당시는 중학교와 고등학교를 동일계로 진학하는 풍조였다. 좋은 중학교에 들어가면 명문 대학행 예비 티켓을 확보하는 것과 진배없었다. 그래서 당시 중학교는 입시 경쟁이 치열했다.

영수는 서울 시내 중학교들을 살펴보기 시작했다. 성심여자중학교가 적당하다는 판단이 섰지만 객관적인 정보만으로 결정하기에는 부족함을 느꼈다. 영수는 지인 가운데 성심여자중·고등학교를 다니는 자녀를 둔 사람을 찾았다. 그들로부터 학교 생활의 이모저모를 알아낸 영수는 근혜를 성심여자중학교에 보내기로 마음을 굳혔다. 그러나 한 가지 결정은 내리지 않았다. 그녀는 그 몫을 근혜에게 넘기기로 마음먹었다.

당시 성심여자중·고등학교 재학생들에게는 기숙사 생활의 선택권이 주어졌다. 영수는 근혜를 불렀다.

"성심여자중학교에 가면 학생들이 기숙사 생활을 할 수 있다는구나. 집을 떠나서 기숙사에서 공동생활을 하면 좋은 점도 있고 불편한 점도 있을 거야. 기숙사는 학교 안에 있어 통학하는 데 편리하고, 친구들과 늘 함께할 수 있기도 하다. 자기 자신을 전적으로 자기 책임하에 이끌어 나가는 힘이 생기지. 그러나 집만큼 편안하지 않을 거야. 또 매일 아침저녁으로 대하던 가족들과 떨어져 지내니 외로울 수도 있다. 네가 차근차근 생각해 보고 결정하도록 해라.”

남다른 환경 속에서 사춘기를 맞게 되는 딸이 아닌가. 영수는 내심 근혜를 위해서 기숙사 생활이 좋을 것 같다고 생각했다.

‘한창 꿈 많은 소녀 시절이 아닌가. 이런 때 공동생활로 우정을 다진다면 평생 변하지 않을 거야.’

그녀는 이미 성심여자중학교의 기숙사를 방문해 그곳 시설까지 두루 살펴보고 결론을 내린 상태였다. 그러나 마음에 담아두었다. 모든 것을 부모가 알아서 결정하면 의존적인 아이가 될 수밖에 없다. 자율적으로 의사 결정을 하는 훈련이 필요하다고 생각한 영수는 기숙사 생활 선택 여부를 기회로 활용하기로 마음먹었다. 자율적 판단은 결과에 대한 책임을 수반한다. 그녀는 근혜가 어떤 선택을 하든 그에 따른 성과에 대해 책임을 느낄 것이며 어린 시절의 이런 경험이 뇌리에 각인되어 평생 좋은 교훈이 될 수 있다고 믿었다.

“어머니, 기숙사에 가겠어요.”

골똘히 생각하던 근혜의 입에서 흘러나온 답변을 듣고 영수는 보일 듯 말 듯 미소를 지었다.

대학의 전공은 미래의 삶의 방향을 결정하는 요소 중 하나다. 학과 선택은 그만큼 중요하기 때문에 대학 진학을 앞둔 근혜에게 영수는 넌지시 의향을 물었다.

“전자공학을 전공하고 싶어요. 대학을 졸업한 뒤 사회에 나가면 제품 생산에 기여할 수 있지 않겠어요?”

'제품 생산에 기여하는 사람이 되겠어.'

이것이 근혜의 꿈이었다.

박정희 전 대통령은 실용적이고 실질적인 것을 좋아해서 말만 앞세우는 것을 무엇보다 싫어했다. 그는 과학자, 기술자, 기능공들이 국가 발전에 매우 중요한 사람들이라고 판단하고 과학과 기술을 중시하는 사회 기풍을 만들려고 노력했다. 이에 따라 각종 연구소가 설립되었다. 대학 입시를 앞두고 있던 근혜에게 이런 아버지의 태도는 커다란 영향을 미쳤다.

수출을 획기적으로 늘릴 방법을 고민하던 박 전 대통령은 전자산업이 중요하다는 것을 알고 이를 집중적으로 육성할 계획을 짜고 있었다. 자연히 청와대에는 전자공학자들의 발걸음이 잦았다. 근혜도 여러 사람들로부터 전자공학의 중요성을 듣고 접할 기회가 자주 생겼다. 근혜의 꿈은 점차 확실하게 모습을 갖춰갔다.

'전자공학을 전공하자. 그래서 우수한 전자제품을 생산하도록 하는 거야.'

딸의 뜻을 안 영수는 담임교사와 의논하기 시작했다. 그녀는 대학에서 전자공학을 가르치고 있는 교수들과도 상의했다. 전자공학의 미래, 공학을 공부하는 과정, 남성과 여성에 대한 인식 등을 조목조목 따져보았다. 모두를 종합한 결과는 부정적이었다.

영수는 근혜를 불렀다.

"네 뜻은 알겠다만, 공학도의 길은 쉽지 않다고들 하는구나. 여자로서는 벅차다는 거지. 전자공학과 말고 다른 학과를 찾아보면 어떻겠니?"

"어머니, 그러니까 더욱 공부할 보람이 있지 않겠어요. 쉬운 길보다 어려운 길을 가서 뭔가 이뤄낼 수 있다면 더욱 값진 게 아닐까요."

영수는 더 이상 만류할 수 없다는 것을 알았다. 자신의 미래는 스스로 설계하는 것이다. 끝까지 전자공학과를 고집하는 근혜를 보며 영수는 저 정도의 결심이면 어떤 어려움도 극복할 수 있을 거라고 생각했다. 그녀는 태도를 바꾸어 딸이 그토록 원하는 전자공학과를 갈 수 있도록 전폭적으로 지원했다. 수험생인 딸이 자지 않고 공부를 하고 있는지 밤늦은 시각에 살짝 들여다보는 일도 게을리하지 않았다.

여성이 공과대학을 가는 일도 드물었을 뿐더러 전자공학과에 도전하는 경우는 더더욱 없던 시절이었다. 과학기술입국의 꿈을 안고 도전장을 내민 딸이 서강대학교에 좋은 성적으로 합격해 장학금까지 타게 되자 영수는 기쁨으로 눈시울이 젖었다. 남편도 몹시 반가워했다. 근혜는 옳은 선택이었음을 증명이라도 하듯 이과계열 수석으로 대학을 졸업했다.

훗날 박 전 대표는 대학 시절 학업 성적이 뛰어났던 것에 대해 "남학생들과 미팅을 할 수도 없었고, 친구들과 어울려 노는 것도 쉽지 않았다. 학교와 집만을 오가며 공부했기 때문에 좋은 성적을 받은 것 같다"고 말했지만 그 때문만은 아닐 것이다. 그보다는 자율적인 결정이 끊임없이 자신을 채찍질하는 원동력이 된다고 보았던 영수의 교육법이 효과를 나타낸 것으로 봐야 할 것이다.

자신만의 능력과 슬기로움을 키우다

영수의 감춰진 열정은 자녀들에게 일찍부터 외국어를 익히게 한 것에서도 찾아볼 수 있다. 누구든지 자유롭게 사귀며 제 능력으로 자신의 앞날을 개척할 수 있는 능력과 슬기로움을 길러주어야 한다고 믿은 그녀는 이런 도구로 어학을 선택한 듯하다. 이런 영수의 판단은 장교의 아내로서 영어에 대한 필요성을 느낀 것으로부터 출발한다.

1953년 서울 고사북동 389번지에 독채 전세를 얻어 공간적인 여유가 생기고 친정어머니와 독신인 동생과 함께 살아갈 수 있게 되자 그녀는 영어 공부를 시작했다. 한국전쟁으로 미군이 한국에 주둔하자 장교의 아내였던 그녀도 영어로 말할 수 있어야 한다는 것을 실감한 터였다. 짬짬이 여동생의 도움을 받아 두 돌이 채 못 된 근혜를 돌보며 공부에 매달렸다. 하지만 영어 공부는 오래가지 못했다. 둘째 아이의 임신과 출산 때문이었다. 그러나 영수는 영어에 재도전했다. 남편이 제1군참모장으로 원주로 내려가자 학원에 등록하고 영어를 파고들었다. 그녀의 어학열은 자녀를 향해서도 똑같이 타올랐다.

"근혜야, 가을에 오세아니아 주 순방을 갈 텐데 함께 가겠니?"

초여름의 더위가 시작될 무렵, 영수는 학교에서 돌아온 근혜에게 넌지시 물었다.

근혜의 입이 함박만큼 벌어졌다. 영수는 이를 놓치지 않았다.

"자, 그럼 이번 여름방학에는 영어 회화 공부를 집중적으로 하자. 그곳 사람들은 영어를 쓰거든. 우리가 그곳에서 사람들과 자유롭게 대화를 나눈다면 얼마나 좋겠니? 친한 친구도 사귈 수 있을 테고."

근혜의 눈이 빛나기 시작했다. 방학 내내 영수는 딸의 영어 교육에 집중해 하드 트레이닝을 했다. 근혜는 힘든 줄 몰라했고 영수도 흡족했다. '눈에 보이는 목표가 있어야 더욱 열중할 수 있다' 는 교육 심리를 활용한 것이 적중했기 때문이다.

1968년 9월 그녀는 성심여자고등학교 2학년인 딸과 함께 호주와 뉴질랜드 순방길에 오른다. 영어가 공용어인 이들 나라를 방문하는 기회를 활용해 근혜에게 일종의 '영어 전지 훈련'을 시키겠다는 영수의 깜짝 아이디어였다.

요즘 여유가 있는 가정에서는 초등학교 학생들도 방학을 이용해 해외어학연수를 떠난다. 대학생들 가운데는 1년 정도 해외어학연수를 다녀오거나 자매 결연을 맺은 외국 대학에서 교환학생 자격으로 1년 정도 수업을 받고 돌아오는 것이 점차 일반화되고 있다. 그러나 이런 풍조는 1990년대 이후에 생겨난 것들이다. 제5공화국이 해외여행 자율화제도를 도입하기 전까지 국민의 해외여행은 엄격히 통제되었다. 대통령의 딸이라도 마음대로 외국을 드나들 수 없던 시절이었다. 그런 만큼 해외여행의 매력은 상당했다. 현지 체험이 딸에게 외국어의 중요성을 절감하게 만들 것이라는 영수의 생각은 들어맞았다. 여행에서 돌아온 후 영어에 대한 관심이 부쩍 높아진 근혜에게 영수는 개인교사의 지도를 받게 해주었다.

"네 자신을 준비해야 한다. 영원히 부모의 그늘 아래 있을 수 없잖니? 세계를 향해 손을 펴려면 언제, 어디서, 누구를 만나도 제 생각을 말과 글로 표현할 수 있어야 할 거야. 상대방의 모국어로 의견을 주고받는다면 서로 이해도 깊어지고, 오해가 생기는 일도 없게 되지."

영수는 내친김에 프랑스어와 스페인어도 섭렵하게 했다. 외교 무대에서 공식 언어이기도 했거니와, 발음도 매혹적인 프랑스어는 영어 다음으로 비중을 두었다. 서강대학교를 졸업한 후 프랑스 유학 길

에 오른 근혜는 동생으로부터 어머니의 사망을 알리는 아버지의 친
필 편지를 건네받고 한국에 돌아오기 전까지 언어 과정에 입학해 공
부하기도 했다.

　박근혜 전 대표는 현재 모국어를 포함하여 6개 국어에 능통한 것
으로 정평이 나 있다. 1979년 청와대를 떠나 1997년 12월 이회창 한
나라당 총재의 선거대책위원회 고문으로 정계에 복귀하기 전까지 야
인으로 지내면서 라디오 강좌로 중국어를 익히기도 했다. 1998년 4월
대구 달성 국회의원 보궐선거에서 한나라당 후보로 나서 국회의원에
당선되면서 본격적으로 일본어와 중국어에 매달렸다. 이런 그녀의
어학열의 뿌리는 영수의 교육이었던 셈이다.

단호히 소신대로 행동하다

육영수는 육종관과 이경령의 1남 3녀 중 둘째 딸이었다. 5남매 중 막
내였던 종관은 1909년 8월 열여섯의 나이에 두 살 아래인 이경령과
결혼한다. 훗날 종관이 나이가 들어 사랑에 눈뜨게 되자 조혼은 돌이
킬 수 없는 불만이 되어버렸다. 부부 관계가 사랑에 바탕을 두지 않고
형식적인 관계로 이어지는 것은 불행을 의미했다. 더욱이 유교의 가
치가 지배적이었던 시대에 그것은 여성에게 희생을 강요하는 것으로
이어졌다. 장성한 영수가 "군인에게 절대로 시집을 보낼 수 없다"는
아버지의 거센 반대에도 불구하고 딸까지 둔 박 전 대통령을 끝내 남
편으로 택한 것도 '사랑'이 전제되지 않은 부부 생활의 고통을 어린
시절부터 지켜보았기 때문일 것이다. 박 전 대통령이 보낸 뜨거운 사
랑의 편지와 시는 그녀의 배우자 선택 기준이 '사랑'이었음을 짐작하

게 한다.

영수는 1925년 11월 29일 옥천에서 태어났다. 위로 언니와 오빠가 있었다. 영수를 평생 돕던 여동생은 그로부터 3년 뒤에 출생했다.

자수성가한 종관은 쌀농사만 연간 400석을 추수하는 부자였다. 대지 3,000여 평의 옥천 교동집뿐만 아니라 서울 체부동에도 집이 있을 정도였다. 풍류도 즐길 줄 알아 1920년대 자가용을 손수 운전할 정도로 '멋쟁이'였다. 그러나 집안에서는 남녀의 차별을 당연시할 정도로 완고하고 보수적이었다. 영수의 형제들은 두 손을 맞잡고 부친의 식사가 끝날 때까지 상 앞에 서 있어야 했다.

"여자는 부덕이 제일이다. 아무리 속이 상하고 분한 일이 있어도 참아야 한다. 화난 얼굴로 남편과 시부모님을 대해서는 안 된다. 잘 섬겨야 한다."

어머니는 영수에게 귀에 못이 박히도록 일렀다. 어머니의 이런 가르침은 한편으로는 자신을 지키는 버팀목이기도 했을 것이다. 영수의 부친은 서울에 소실을 두고 생활했기 때문이다.

"여자가 공부를 많이 하면 공연히 시건방지게 된다. 신여성이란 것을 봐라. 바람 피우는 게 고작 아니냐!"

이런 부친의 편견은 영수의 꿈을 꺾고 만다. 옥천에서 초등학교를 졸업하고 서울 배화여자고등학교로 진학한 영수는 전문학교에 가기를 원했으나 고등학교 졸업으로 만족해야만 했다. 집안의 절대권력자로 모든 것을 좌지우지하는 아버지의 막강한 힘 앞에 그녀는 미약할 수밖에 없었다. 채워지지 않는 배움에 대한 갈구, 불행한 어머니에 대한 안쓰러움……. 이런 현실적 모순을 눈감는 방법으로 그녀는 독서에 매진했다.

　가녀린 외양과는 달리 영수는 단호한 면모를 지니고 있었다. 수놓기를 즐겼던 그녀는 손을 씻고 옷매무새를 가다듬고서야 수틀을 잡았다. 수를 놓던 가운데도 집중이 안 되면 다시 손을 씻고 와서 색실을 잡을 정도로 정성을 들였다. 하지만 완성을 눈앞에 두고서도 마음에 들지 않으면 일말의 주저함 없이 버렸다. 부친은 그녀의 이런 단호함을 꿰뚫어 보았다. 영수에게 경리를 보게 하고 금고 열쇠를 맡겼다.

　농사의 규모가 컸던 만큼 경리가 챙길 일도 상당했다. 도조를 받는 일, 소작인과의 거래, 크고 작은 집안의 씀씀이 등 돈의 드나듦은 사뭇 복잡했지만 영수는 빈틈없이 이를 꾸려갔다. 부친을 대신하는 영수에게 돈이 필요해지면 집안의 누구나 달려왔다. 그러나 그녀는 호락호락 돈을 내주지 않았다. 심지어 "급히 돈 쓸 일이 생겼다"며 어머니가 사정해도 "예정에 없는 돈이니 아버지 허락 없이는 금고문을 못 연다"며 버틸 정도였다.

　영수의 짧은 직장 생활은 이런 단호함을 보여주는 결정판이었다. 고등학교를 졸업한 후 가사를 돕던 어느 날, 손님이 찾아왔다. 옥천여자중학교에서 온 사람이었다.

　"가사 담당 교사 자리가 비었습니다. 학생들에게 가사를 가르쳐주시면 좋겠습니다."

　뜻밖에 가사 교사를 맡아달라는 제안이었다.

　"며칠 말미를 주세요."

　영수는 곰곰히 생각한 끝에 이를 수락했다. 학교에는 탁구대도 있어 탁구를 즐기는 영수에게는 더욱 안성맞춤이었다. 학교 생활에 점점 빠져들 무렵 옆자리에 앉은 남자 교사가 짓궂은 농담을 건넸다.

"학교를 그만두겠습니다."

다음 날 영수는 교장에게 사표를 제출했다. 주위 사람들이 나서 극구 말렸지만 그녀의 결심은 굳었고 사표는 수리되었다.

그녀의 이런 단호함은 자녀 교육에도 그대로 발휘되었다. 5.16 군사정변(1961년)이 성공해 그녀는 한 나라를 통치하는 최고권력자의 아내로 부상했다. 국가재건최고회의 의장공관에서 생활하던 어느 날이었다.

"와, 어머니, 이것 좀 보세요. 정말 신기해요."

막내인 아들 지만이 선물 받은 장난감을 들고 달려오며 감탄을 연발했다. 태엽을 감아주면 강아지가 상자에서 기어 나와 '멍멍' 하고 짖어대는 것이 아닌가. 처음 보는 신기한 장난감에 지만은 환호했다.

'이 일을 어쩐담.'

좋아서 어쩔 줄 모르는 지만의 모습을 보는 순간 영수에게 낭패감이 밀려왔다.

'화근이 될지 몰라. 그대로 두어서는 안 되겠어.'

영수는 미소를 지으며 지만을 안아주며 말했다.

"정말 신기하구나. 아마 이런 장난감을 가진 아이들은 없을 것 같구나. 이제 실컷 구경을 했으니, 다른 아이들에게 이 강아지 장난감을 주면 어떨까? 너 혼자서 가지고 노는 것보다 많은 아이들이 이 강아지 장난감과 놀 수 있다면 장난감 강아지도 몹시 기뻐할 것 같은데."

그녀는 남이 안 가진 장난감을 가지고 있다는 자체만으로도 아이들이 우월감을 가질 수 있다고 생각했다. 신기한 장난감은 그날로 의장공관에서 추방당했다.

자녀의 친구 관계에 대한 배려

제3공화국이 탄생했고 남편은 대통령이 되었다. 청와대로 이사를 앞두고 영수는 고민에 빠졌다. 초등학교 4학년, 1학년인 두 딸 때문이었다.

영수에게 있어 자녀 교육의 가장 큰 어려움은 친구 문제였다. 국가재건최고회의 의장공관으로 옮겨갈 때도 그녀는 초등학교에 다니는 근혜만 시간을 두고 데려왔다. 갑작스런 환경 변화로 친구가 단절될 것을 우려한 때문이다.

'죽마고우란 평생 무엇으로도 대신할 수 없을 만큼 소중해. 대통령을 아버지로 두어 청와대에 살더라도 보통 사람들처럼 친구 관계를 맺어갈 수 있어야 해.'

전학을 시키자니 한창 새로운 학교 친구들을 사귀기 시작한 둘째와 제법 친구 관계가 돈독해진 큰딸의 어깨가 처질 것이 뻔했다. 그렇다고 학교까지 버스나 전차를 타고 통학하라고 하기에는 두 딸은 너무 어렸다.

마침내 그녀는 단안을 내렸다. 청와대로 이사하는 날, 영수는 막내아들만 데리고 떠났다. 두 딸은 신당동 집으로 돌아갔다.

'아직 어려서 청와대에서 장충동까지 가는 일이 쉽지가 않아. 그렇다고 자가용 통학을 하면 으레 차를 타고 다녀야 하는 것으로 아는 버릇이 생길 수 있어. 차라리 신당동 집에서 좀 더 지내보라고 하자.'

시간이 흐르면 자녀들이 상황을 받아들여 친구들과의 관계를 조절해 낼 수 있을 것이라는 계산이었다. 영수는 시차를 두고 두 딸을 청와대로 데려왔다. 이후 장충초등학교에서 청와대 인근에 있는 청운초등학교로 전학했다.

"너희들이 의식하지 않아도, 상대방은 너희들을 선입견을 가지고 볼 수도 있단다. 그러니 언제든 평범하게 남들과 어울리려는 자세를 잃지 말아야 한다."

영수는 두 딸에게 당부하곤 했다. 딸의 친구들이 청와대에 놀러 오면 바쁜 와중에도 영수는 반갑게 맞이하며 잠시라도 함께 이야기를 나누었다. 자녀의 친구는 그녀에게 가장 중요한 손님이었던 셈이다.

영수는 특히 막내아들의 친구 관계에 신경을 썼다. 어린아이들은 또래 친구들을 통해 그들만의 독특한 문화를 익힌다. 뿐만 아니라 친구가 없이 외톨이로 어린 시절을 보낸 경험은 사회성 발달에 걸림돌이 되어 훗날 성인이 된 다음에도 이를 극복하기란 좀처럼 쉽지 않다. 특히 세상 물정 모르는 코흘리개 꼬마 시절부터 여느 아이들처럼 자유롭게 지내기 어려운 처지에 놓인 아들인지라 그녀의 마음은 더욱 무거웠다.

영수는 지만의 친구 만들기에 직접 나섰다. 그녀는 청와대 근처에 사는 아들 또래의 아이들을 물색해 5~6명의 명단을 확보했다. 그 다음 점찍은 아이들의 부모를 일일이 만나 자녀끼리 친구로 지내게 해 달라고 부탁했다.

코흘리개 아이들이 아닌가. 누나들과 나이 차도 크고, 더군다나 남자 형제도 없는 지만이 또래들과 어울려 놀고 싶은 마음이 얼마나 클까. 지만의 사정을 들은 이웃 부모들은 그녀의 제안을 흔쾌히 받아들였다. 꼬마들은 친구를 찾아 청와대로 왔다. 가끔 지만도 청와대에서 벗어나 친구들의 집에 놀러가고 싶어했다. 그때마다 영수는 친구 집에 전화를 걸어 그들의 부모에게 지만의 뜻을 전하고 형편을 물었다. 이런 세심한 보살핌 덕분에 '청와대의 아이'에게도 여느 아이들처럼 서로 집을 오가며 왁자지껄 신나게 노는 단짝이 생겼다.

자녀에 대한 칭찬은 신중하게 하라

1950년 12월 대구 계산동 천주교 성당에서 부친이 불참한 가운데 영수는 박정희 소령과 결혼했다. 맞선에서 결혼까지 불과 넉 달도 채 걸리지 않은 초고속 결혼이었다. 전쟁의 와중에, 군인과의 결혼인 탓이었다. 1952년 1월 17일 첫딸을 낳은 뒤 딸과 아들을 차례로 더 낳았다. 그러나 살림은 늘 쪼들렸다. 관사를 벗어나 서울 살림을 시작했을 때 단칸 셋방이 고작이었다. 신당동 401번지 7호의 제 집을 마련한 것은 1956년 4월, 결혼한 지 5년 4개월 만이었다.

그리고 5년 뒤, 영수의 생활은 급변했다. 박정희 전 대통령은 1961년 5.16 군사정변으로 권력을 잡은 뒤, 1978년 김재규 전 중앙정보부장에 의해 암살당하기까지 18년이라는 긴 세월을 무소불위의 최고권력자로 살았다.

남편이 최고권력의 지위에 올랐으나 세 자녀는 너무 어렸다. 맏딸 근혜가 겨우 아홉 살이었다.

'부모의 지위가 높다 해서, 또는 부유하다 해서 아이들이 사회적인 특권 의식과 우월감을 가진다면 인생을 망치게 돼. 부모의 인생과 자녀의 인생이 같지 않다는 사실을 잊지 않게 하자.'

신분 상승으로 영수의 자녀 교육지침 제1호는 자녀들의 우월감이나 특권 의식에 대한 경계로 바뀌었다.

성신여자중학교가 기숙사를 폐지해 근혜는 1년 만에 청와대로 돌아왔다. 교실이 부족해 기숙사를 허물고 그곳에 교실을 더 짓기로 했기 때문이다. 당장 학교가 있는 원효로까지 통학하는 수단이 문제였다. 주위에서는 영수에게 자가용 통학을 적극 권했다. 지금이야 자가용 한 대 없는 가정이 드물지만, 자동차가 귀했던 당시로서는 서울 시내를 질주하는 자가용을 구경하기도 쉽지 않았다. 영수는 망설였다.

'자가용으로 학교를 오가면 우월감이 생길 수밖에 없어. 가뜩이나 감수성이 예민한 시기가 아닌가. 특권 의식을 갖게 되면 친구들이나 선후배 관계도 불편해지지.'

마침내 영수는 결정을 내렸다.

"근혜야, 힘들겠지만 학교까지 버스나 전철을 타고 다니도록 해라. 중학교 2학년이니 할 수 있을 거야. 그렇지?"

근혜는 영수의 말에 따라 효자동에서 원효로까지 대중교통 수단을 이용해 통학하기로 했다. 교복에 책가방을 들고 정류장에서 버스나 전철이 오기를 기다렸다. 어느 날 등교하느라 버스에 오른 근혜를 보고 한 승객이 말을 걸었다.

"너, 성심여자중학교에 다니는구나. 대통령 딸도 그 학교에 다닌다고 하던대?"

깜짝 놀란 근혜는 승객의 기색을 살폈다. 다행히 자신을 알아본 것 같지는 않았다. 근혜는 시침을 떼고 말했다.

"예. 그렇다고 하대요."

근혜의 이야기를 들은 영수는 파안대소했다.

영수는 자녀에 대한 칭찬도 엄격하게 통제했다.

근영은 신데렐라나 공주를 기막히게 잘 그렸다. 통상 그 또래 여자아이들이 그리는 수준 이상이었다. 근영의 솜씨에 감탄한 이모가 "그림을 너무 잘 그린다"며 칭찬을 연발했다.

영수는 이 말을 놓치지 않았다.

"아이들에 대한 칭찬은 신중해야 해. 아직 칭찬하기는 이른 것 같은데."

초등학교를 졸업한 근영이 경기여자중학교에 미술 특기생으로 입학했으니 일찍부터 그림에 소질을 보였을 텐데도 불구하고 영수는 주위의 칭찬에 제동을 걸었다. 아이가 우월감에 빠질 것을 염려한 까닭이다.

그렇다고 칭찬에 마냥 인색했던 것은 아니다. 어려운 일을 잘해냈을 때는 진심으로 아낌없이 기뻐했다.

대통령 부인으로 수행해야 하는 공식 업무가 줄을 이어 영수는 몸이 열 개라도 모자랄 지경이었다. 저개발국가에서 개발도상국이 되기 위해 안간힘을 쓰던 당시인지라 해외 행사도 적지 않았다.

하와이 이민 70주년을 기념해 하와이교민회에서 영수를 초청했다. 그런데 출발일을 며칠 앞두고 불가피한 일이 생겨 참석할 수 없게 된 영수는 난감했다. 자신을 대신해 공식 리셉션 장에서 기념연설까지 해야 하는 만큼 적당한 인물을 찾기가 어려웠기 때문이다. 고민하던 영수의 눈에 청와대를 오가는 근혜의 모습이 눈에 띄었다.

'그렇지! 근혜가 있구나!'

얼마 전 일본 정부가 초청한 진수식에 자신을 대신해 첫 해외공식 활동을 무사히 마치고 돌아온 근혜가 생각났다. 교민을 상대로 연설하는 것이 부담스럽긴 했지만, 달리 방법이 없었던 영수는 근혜를 하와이로 보냈다.

"어린 나이에 저렇게 의젓할 수 있다니 정말 놀라웠어요."

자신보다 훨씬 나이가 많은 청중들을 상대로 어머니를 대신해 연설을 한 근혜를 보고 감탄했다는 참석자들의 반응이 영수에게 전해졌다. 그녀는 귀국한 근혜에게 이렇게 말했다.

"네가 성공적으로 임무를 완수해 정말 기쁘다. 장하구나."

정성껏 가족의 식단을 챙기다

식생활은 건강과 직결되어 있다. 게다가 식습관은 평생 간다는 점을 영수는 잊지 않았다.

둘째를 임신했을 당시 영수는 입덧이 나서 사과를 먹고 싶어도 돈이 없어 참곤 했지만 어린 근혜에게만은 그렇게 하지 않았다. 쪼들리는 생활이었지만 남편의 월급에서 제일 먼저 근혜 간식비를 따로 떼어놓았다. 당시 웬만한 가정에서조차 빵이나 과자를 직접 만들어주기는 쉽지 않았다. 그만큼 시간과 정성이 요구되는 일인 까닭이다. 청와대 생활이 시작되기 전, 영수는 초등학교를 다니는 근혜가 집으로 돌아올 무렵이면 기름에 튀겨 과자를 만들어주곤 했다.

그러나 직접 돈을 쥐어주는 일은 없었다. 가게에 나가 군것질하는 일은 원천 봉쇄되었다. 간식도 시간과 분량을 엄격히 지켰다. 오전 10시 즈음, 쟁반에 우유 한 컵과 비스킷 접시를 담아 아이에게 주었

다. 더 달라고 떼를 쓰거나 간식 시간이 아닌데도 달라고 하면 결코
주지 않았다.

간식을 규칙화할 정도이니 식사야 말할 것도 없었다. 청와대에서
영수는 오전 5시 30분이면 일어나 어머니에게 문안을 드린 후 부엌에
가서 식단을 지시했다. 청와대 생활을 하기 전에는 생선회를 뜰 정도
로 솜씨가 있는 그녀였다.

솜씨도 좋았지만 가족들에 대한 배려가 세심했다. 근혜가 대입 수
험생이 되었을 때 영수는 딸이 가능하면 음식을 적게 먹도록 유의했
다. 대신 영양가가 높은 것을 만들어주려고 애썼다. 음식을 많이 먹
으면 포만해져서 정신을 집중하기 어렵기 때문이었다. 잠을 쫓기 위
해 커피를 주는 대신 토마토를 내어오거나, 때로는 야채를 갈아주는
식이었다.

노환으로 음식을 잘 못 드시는 어머니를 위해 소화가 잘되고 입맛
이 도는 식단을 따로 챙겼다. 남편의 사랑을 잃고 살아온 불행한 어머
니가 그녀의 정성에 조금이라도 위안을 얻어 한 맺힌 젊은 시절을 잊
고 지냈으면 하는 바람이었다.

가족들의 건강을 위해 영수가 택한 대표적인 식단은 야채 갈아 먹
기와 현미밥이다. 특히 현미는 꺼끌꺼끌해서 남편이 싫어했다. 쌀에
현미를 섞어 밥을 지어 공기에 담아놓으면 남편은 젓가락으로 이리
저리 들춰가며 현미를 골라냈다. 그래도 그녀는 단념하지 않았다. 일
단 현미에 맛을 들이면 씹는 맛과 고소한 맛을 즐기게 되기 때문이다.
영수는 꾀를 내어 현미의 양을 거의 눈에 띄지 않을 정도로 조금씩 늘
여갔다. 어느새 남편은 현미밥을 통째 먹고 있었다.

가족들이 식사 시간을 엄수하도록 하는 것도 영수의 몫이었다. 특히 중요한 회의가 산적해 있는 남편은 저녁식사 시간도 잊고 회의를 계속하기 일쑤였다.

'빈 속으로 회의를 하다 보면 헛소리가 나올 수도 있어. 중요한 안건일수록 정상적인 컨디션에서 차근히 생각하는 것이 필요해.'

영수는 회의중인 남편에게 편지를 보내는 방법을 쓰기로 했다. 내용은 지금 시간이 어떻게 되었는가를 알려 은근히 식사 시간임을 암시했다. 편지의 머리에는 '진정서'라고 이름 붙였다. 맨 밑에는 가족들이 모두 사인을 했다. 영수가 먼저 사인을 하면, 뒤이어 근혜와 동생들도 사인을 했다. 가족들의 진정서를 받은 남편은 웃으며 저녁식사 테이블로 나왔다. 성공이었다.

훗날 영수가 세상을 뜬 뒤 어머니 역할을 대신하게 된 근혜가 아버지의 식사 시간을 꼼꼼히 챙겼던 것은 이런 어머니의 모습을 보고 배운 것이라고 할 수 있다. 근혜는 아버지가 식사를 할 때 곁에서 신문을 읽어드리거나 그날의 의제가 된 기사를 놓고 이런저런 얘기를 나누곤 했다.

세상의 흐름을 파악하도록 자극하라

정치가로서 박근혜 전 대표의 역할 모델은 아버지였다. 그녀는 무의식적으로 '아버지라면 어떻게 하셨을까?'를 생각하곤 한다. 딸의 기억 속에 있는 아버지는 '시작한 일을 흐지부지 끝내는 법이 없고, 이루고 말겠다는 의지가 대단한 사람'이었다. 제주도에 농장을 지어 귤을 재배하는 일을 계획할 때 1년 수익이 얼마나 될까, 나무를 어떻게 심어야 할까까지 생각했다. 경부고속도로나 공업단지 지정 같은 일을 할 때는 사전 답사를 수차례 반복했다. 그녀는 "일을 할 때 끝까지 점검하고 확인하는 습관이 생긴 것은 아버지의 영향 때문이다"라고 말한다.

특히 그녀는 정치적으로 큰 결심을 해야 하거나 어려운 판단을 할 때 주위의 조언을 듣고 심사숙고하는 타입으로 정평이 나 있다. 결정을 내리기 전까지 많이 생각하지만, 판단이 서면 끝까지 양보하지 않는 것이 특징이다. 스스로도 "분석을 잘하고 나이가 들면서 사리판단을 잘하는 것 같다"고 말한다. 이런 특성의 뿌리는 영수의 '라디오 교육'에 있다.

영수는 자녀들과 라디오를 즐겨 들었는데 특히 뉴스 시간은 빼놓지 않았다. 크고 작은 사건들을 보도하는 뉴스를 듣다가 근혜에게 이런 질문을 던지곤 했다.

"너는 어떻게 생각하니?"

근혜의 의견을 다 들은 후에야 비로소 영수는 자신의 견해를 밝혔다. 어린 시절부터 미디어를 통해 세상사에 관심을 갖게 하고, 또박또박 제 의견을 말하게 함으로써 스스로 생각하고 판단하도록 도왔던 것이다.

1974년 8월 15일 영수는 국립극장에서 열린 광복절기념식장에서 문세광의 총에 맞아 운명했다. 총을 쏘며 뛰어나오는 저격범과 혼비백산한 참석자들의 비명 소리, 단상 위에 있던 정부요인들의 혼란으로 아수라장이 된 그 현장에서 마지막까지 꼿꼿하게 앉아 기품을 잃지 않은 채 그녀는 세상과 작별했다.

현대인들은 바쁘고 어머니들은 더욱 바쁘다. 합계 출산율이 1.08명까지 떨어져 국가적 비상사태에 돌입할 지경이지만 자녀수가 적다고 해서 어머니들이 한가해진 것은 결코 아니다. 직장에 다니는 어머니는 그들대로, 전업주부인 어머니는 그들대로 뛰어다니며 산다. 남들에게 뒤쳐지지 않기 위해서 뭔가 하지 않으면 안 되기 때문이다. 그러나 바쁜 일상 속에서도 잃어버려서는 안 되는 것이 있다. 자녀에 대한 열정이 그것이다.

훌륭한 어머니들에게서 공통적으로 발견되는 특징 가운데 하나는 자녀에게 엄청난 열정을 보인다는 것이다. 이들은 어떤 상황에서도 자녀에 대한 관심의 끈을 놓지 않고 에너지를 쏟아붓는다.

아들 프랭클린을 대통령으로 키워낸 어머니 사라 델러노 루스벨트의 열정이 대표적이다. 성홍열에 걸린 어린 루스벨트가 그라튼학교 양호실에 격리 수용되어 있는 것을 안 사라는 유럽 여행까지 중단했지만 '면담 불허'라는 학칙 때문에 만날 수 없자 사다리를 타고 올라가 사다리 꼭대기에 앉아 아들과 이야기를 나누고 책을 읽어주었다.

또한 린든 존슨 대통령의 어머니 레베카 베인스 존슨은 웅변교사로 생계를 꾸려가면서도 두 살부터 철자를 가르쳐 네 살에 아들을 초등학교에 입학시켰다. 막노동꾼 생활을 전전하다 어렵사리 대학에 진학한 린든이 돈 문제로 중퇴하려는 것을 알고 몰래 아들 친구와 접촉해 돈을 빌려줄 것을 호소해 린든이 대학을 졸업할 수 있게 했다. 자녀의 상태를 파악할 수 있도록 알게 모르게 늘 안테나를 세워두고 있었던 것이다.

이 책에 소개된 조수미의 어머니 김말순의 열정도 이들에게 뒤지지 않는다. 직장에 다니면서 두 아이를 출산한 김말순은 퇴근 후 집에 오면 어린 수미를 붙잡고 글씨를 가르쳤다. 네 살 난 딸이 글씨를 읽을 수 있게 되자 매일 일기를 쓰게 하고 꼬박꼬박 검사를 했다. 또한 딸이 변성기를 거치면서 마음에 상처를 입을 것에 대비해 미리 위인전 등을 읽게 했다. 사춘기에는 '귀가 시간 밤 10시'를 엄수하게 하려고 매일 밤 대문 앞을 지키기도 하였다.

한 국가의 통치자의 아내인 퍼스트레이디에게도 어머니의 책무는 무엇보다 중요하다. 박근혜 전 한나라당 대표의 어머니 육영수가 보여준 자녀에 대한 관심과 열정은 '1인 다역'에 허덕이는 오늘의 어머니들에게 가장 중요한 것이 무엇인가를 일깨워준다. 쉴새없이 밀려드는 공적 임무를 수행하면서도 자녀의 신주머니까지 챙겨보는 세심함은 자녀에 대한 지극한 열정 없이는 불가능하다. 어린 자녀의 친구 만들어주기에 나서고, 밤늦게까지 대입수험생 감독을 하는가 하면, 글감 소재도 같이 궁리한다. 일찍부터 다양한 외국어를 익히게 한 선견지명에, 라디오 뉴스를 함께 듣고 나서 자녀들이 각자 의견을 말하도록 한 '라디오 교육법'까지 육영수의 교육에 대한 지칠 줄 모르는 열정이 없었다면, 부친의 후광이 있었다고 해도 박근혜 대표가 제1야당의 선두주자로 자리매김하기는 어려웠을 것이다.

어머니들의 과도한 열정은 때로 '치맛바람'이 되기도 한다. 그러나 다른 아이들의 권익에는 눈감고 내 아이만을 위한 '빗나간 열정'만 아니라면, 아무리 뜨거워도 아이를 데게 하지는 않는다.

맥아더 장군의 어머니 메리 하디 맥아더는 아들을 위해 코치, 치어리더, 로비스트 역을 마다하지 않았다. 삼성 장군의 미망인이었던 메리 하디는 아들이 웨스트포인트 육군사관학교에 들어가자 밀워키에서 웨스트포인트로 옮겨와 졸업할 때까지 4년 내내 아들의 연병장이 내려다보이는 호텔방에 자리를 잡았다. 그 뒤에도 아들이 부임하는 임지마다 따라다닌 것으로 유명하다.

언제나 자녀 교육의 문제는 부족한 열정과 관심에 있음을 일러주는 좋은 사례다.

강.정.례

Theme 08

김정태

1947년 전남 광산에서 태어나 서울대학교 경영학과를 졸업한 후, 대신증권 상무, 동원증권 사장 등을 역임했다. 주택은행과 국민은행 행장을 맡았으며 국내에서는 최초로 뉴욕증시에 상장해 1998년 주당 3,500원이었던 주가를 3만 원으로 올려놓아 'CEO주가'라는 개념을 도입시켰다. 1998년 「비즈니스위크」 지 '아시아 스타 50인' 선정, 1999년 「인스티튜셔널 인베스터」 지에 '한국에서 가장 영향력 있는 금융인'으로 선정되기도 했다.

"어머니, 제게 돈과 땅을 대주십시오."

느닷없는 아들의 요구에 강정례는 가슴이 철렁했다. 아직 대학생인 주제에 돈을 달라니? 게다가 중농 규모의 면장집이라고는 하지만 일곱이나 되는 아이들을 비롯해 열서너 명을 헤아리는 식솔들이 있잖은가. 1년에 한 번 목돈을 쥐는 농가 살림은 금이 간 바가지처럼 돈이 줄줄 새 나가서 이리저리 머리 써서 돌려막지 않으면 학비 대기에도 벅찼다. 그런 형편을 누구보다도 잘 알고 있는 맏아들 정태가 갑자기 돈과 땅을 달라니 이건 결코 예삿일이 아니었다. 정례는 애써 놀란 기색을 감추며 물었다.

"뭣에 쓰려고 그러냐?"

마음먹은 것과는 달리 그녀의 목소리는 떨렸다.

"송이 재배를 하겠습니다."

서울대학교 상경대학 경영학과 2학년에 올라가 이제 조금씩 청년 티가 나는 정태의 답변은 또렷했다. 정례는 말없이 아들의 눈을 들여다보았다. 정태의 눈은 뜨거웠다. 정례는 아들이 포기하지 않을 것임을 직감했다.

"얼마나 있어야 하느냐?"

"20만 원은 있어야 합니다. 나라에서 양송이 재배 농가에 자금의 50퍼센트는 무상 보조를 해준대요. 양송이를 일본에 수출하면 많은 돈을 벌 수 있습니다. 집안 땅도 있으니 제게 너무나 좋은 조건입니다. 반드시 성공할 수 있을 겁니다."

"알았다. 내가 어떻게 해서든 마련해 보마."

정례의 시원한 답변에 오히려 놀란 것은 정태였다.

당시 20만 원은 결코 적은 돈이 아니었다. 보통 서울의 한옥 한 채 값이 100만 원 정도 하던 시절이었다. 정부가 농가 소득을 올리기 위한 방안으로 양송이 수출을 목표로 지원을 시작한 참에 양송이 재배사업을 하겠다고 나서기는 했지만 어머니의 승낙을 얻어내려면 적어도 한 달은 '투쟁'해야만 할 것이라는 예상과는 달리 어머니의 결단은 빨랐다.

실패를 두려워하지 마라

과감하고 신속한 정례의 결정으로 정태의 양송이 재배사업은 일사천리로 진행되었다.

"과연 될까?"

가까운 이웃은 물론 광산군 일대에서조차 양송이 재배를 꿈꾼 농가는 없었다. 주위에서는 모두들 고개를 갸웃거렸지만 정례는 아들을 신뢰했다. 양송이 재배사 건설 작업이 시작되었다. 땅을 3~4미터 깊이로 파고 배수가 잘 되도록 만들었다. 농사를 짓는 데 적합했던 땅은 버섯 재배사로 탈바꿈했다. 정태는 신명나게 양송이에 매달렸다.

양송이버섯의 재배는 그야말로 황금 방석이 될 가능성이 컸다. 향도 좋고, 몸에도 좋은 송이는 엄청난 고가로 일본으로 수출되었다. 그러나 자연에서 채취하는 송이의 양은 너무나 적었다. 양송이 재배는 농촌에서 자란 정태에게 희망을 제공했다. 땅과 더불어 살아가는 농부의 삶은 정태에게는 너무나 익숙했다. 정태는 불확실한 미래를 담보로 학업을 계속하기보다 양송이 재배에 젊은 꿈을 걸어보겠다는 야심을 품었다. 그러나 하늘은 젊은이의 패기에 호락호락 응답하지 않았다.

1년도 버티지 못하고 꿈을 접어야 했다. 정태는 양송이 재배에 뛰어든 지 6개월 만에 손을 들었다. 큼직하고 탐스런 양송이의 모습은 어디에서도 찾아보기 힘들었다. 우리 토양에서 어떻게 양송이를 재배해야 하는지조차 모르던 때였다. 양송이 재배에 적절한 온도가 얼마인지, 몇 시간 간격으로 환기를 해야 하는지, 습도는 얼마를 유지해야 하는지 하는 기본 자료조차 없었다. 지금은 양송이 재배에 대해 아무런 상식이 없는 사람이라도 인터넷을 뒤적이면 양송이 균사의 생장에서 최적 온도는 섭씨 23~25도라는 것, 자실체의 형성과 생장은 섭씨 15~18도가 알맞다는 것, 균사 생장에 알맞은 실내 습도는 90~95퍼센트라는 것, 수확 기간 중에는 80~90퍼센트의 수준으로 습도를 유지하는 것이 이상적이라는 정보를 손쉽게 얻을 수 있다. 하지만 당시는 개척 시대였다.

말이 좋아 선구자이지, 시행착오의 연속이었다. 정부 지원에 기대어 양송이 재배에 뛰어들었던 많은 농가가 2년을 넘기지 못하고 손을 들었다. 자본이 넉넉하지 못한 농가는 그나마 1년을 버티기도 힘들었다. '황금송이'를 꿈꾸며 반년 동안 비지땀을 흘린 정태에게 주어진 송이는 겨우 한 끼 된장국을 끓일 정도에 그치고 말았다. 더 이상 양송이의 허상에 매달릴 수는 없었다.

정태가 양송이 재배사업을 접기로 한 날, 정례는 아들을 불렀다. 안채로 향하는 정태의 발걸음은 무겁기만 했다. 자신의 말만 믿고, 선뜻 목돈을 대준 어머니를 뵐 면목이 없었다. 중죄인처럼 무릎을 꿇고 고개를 숙인 정태는 어머니의 말씀이 떨어지기를 기다렸다.

"이번 일이 네게 좋은 경험이 되었을 거여. 실패를 두려워하지 말어라. 실패를 겁낸다면 아무 일도 할 수 없다."

정례는 아들을 위로했다. 대학생 신분으로 그 많은 돈을 날려버린 데 대한 엄한 꾸지람을 내릴 법도 하건만 정반대였다. 이후 그녀는 다시 그 일을 입에 담지 않았다.

양송이 재배 시행 3년차에 접어들며 마침내 양송이는 한국 농부의 노력에 화답하기 시작했다. 역사에는 가정이 없다고 한다. 시대와 국운만 그런 것이 아니라 개인의 인생에서도 마찬가지다. 그렇지만 분명 정태가 2년만 시기를 늦춰 양송이 재배를 했더라면 결코 실패하지 않았을 것이다. 2년간의 시행착오를 거쳐 드디어 이 땅에서도 양송이를 양식하는 노하우가 확립됐기 때문이다. 정태는 나주의 한 농가가 양송이 재배에 성공해 한국에서 양송이 재배의 길이 열렸다는 신문 기사를 읽고 가슴이 쓰라렸다. 자신에게 실패를 안겨주었던 좌절의 시간이 다른 이에게는 성공을 약속한 희망의 시간이었던 것이다.

정태가 나주 농가의 양송이 재배 성공 소식을 전하자 정례는 빙그레 웃으며 말했다.

"아이고, 우리 아들이 2년만 늦게 시작했으면 떼돈을 벌었을 텐데, 정말 아깝구먼."

정례가 정태에게 내준 땅은 1마지기 분의 농토였다. 1년 내내 농사를 지어야 쌀 2가마가 고작인 땅이지만 양송이의 양은 다르다. 게다가 값도 쌀과는 비교할 수 없을 정도로 두둑했다. 양송이 재배와 벼농사의 경제성은 하늘과 땅만큼 차이가 났다. 초반의 어려움을 극복하고 양송이 재배를 계속한 농가들은 1960년대 후반 큰돈을 벌었다. 일본으로 수출할 뿐 아니라 서울로 가져와도 생산가의 몇십 배는 너끈히 받았다. 그러나 정례는 아들의 실패를 결코 되새김질하지 않았다.

종교적 믿음으로 바른 생활을 실천하다

결단이 빠르고 담대하기까지 한 정례는 어린 시절에도 마음 씀씀이가 넓고 고왔다. 1926년에 태어난 정례는 16세의 어린 나이에 광주시 광산군(지금의 광산구)으로 시집왔다. 광산군은 광주광역시로부터 12킬로미터 떨어진 곳으로 그녀가 낳고 자란 함평군 나산면과는 산 하나를 넘으면 되는 그리 멀지 않은 곳이었다. 강우성과 홍복순의 7남매 중 둘째 딸인 정례는 여자 형제만 여섯이나 있는 까닭에 출가가 빨랐다. 부잣집 맏며느릿감이라는 말을 줄곧 듣고 자랄 정도로 후덕한 인품을 지녀 어린 나이에 시집왔지만 며느리 노릇에는 손색이 없었다.

조상 대대로 광산군에서 살아온 (김해 김씨) 72대손인 남편 김수철은 면장을 지냈다. 면장은 학식과 덕망이 출중해야 한다. 그래서 물리적 나이와 상관없이 마을의 어른 대접을 받았다. 특히 농사가 생업인 시골에서 면장은 가장 출세한 이로 꼽혔다.

이런 집안에 후손이 없는 것이 딱 하나의 근심이었다. 시집온 지 6년이 지나도록 정례는 출산을 하지 못했다. 이런 정례를 바라보는 집안 어른들의 눈총은 곱지 않았다. 슬하에 자식을 두지 못한 죄로 정례는 '죽은 목숨'이나 다름없었다. 더욱이 대를 이어야 할 아들을 못 낳는 설움은 말로 다 할 수 없을 정도로 컸다. 6년 만에 아들을 낳고서 정례는 비로소 숨을 크게 쉴 수 있었다. 그녀에게 가문에서 사람 대접을 받게 해준 정태는 너무나 고마운 존재였다. 그녀가 이처럼 혹독하게 마음 고생을 한 것은 남편이 외아들이었던 탓이다. 그녀가 시집간 광산 김씨 가문은 윗대가 거의 외아들로 이어져 왔으며 남편 역시 1남 2녀 가운데 외아들이었던 것이다.

정태의 출산 이후 그녀에게 임신은 더 이상 두려운 일이 아니었다. 그녀는 '면장집 큰아들'을 낳은 뒤, 딸-딸-아들-아들-딸-딸로 이어지는 3남 4녀의 어머니가 되었다. 일곱 남매는 모두 장성해 대학 교육을 마쳤다.

정례의 의식을 평생 지배한 것은 정태에 대한 고마움이다. 그런 까닭에 그녀는 특별히 아들에게 '공부하라'는 주문을 하지 않았다. 대신 종교 생활에는 철저했다.

시어머니는 며느리에게 확실하게 종교 생활을 물려주었다. 정례는 자녀들이 어릴 때부터 아침저녁으로 함께 기도를 하지 않으면 밥을 주지 않았다. 이런 그녀의 영향으로 어린 정태는 두꺼운 기도서를 술술 외웠다. 그뿐 아니라 신학교에 진학해 로만컬러복을 입은 신부가 되는 것이 정태의 첫 꿈이었다. 그러나 아무리 가톨릭 집안이라고 해도 대를 이을 맏아들을 사제로 보내기는 어려웠다. 오랜 풍습의 힘은 그렇듯 강력한 것이다. 정태는 어른들에게 꾸지람을 듣고서 신부가 되는 것을 포기했다. 하지만 그의 일상은 여전히 어머니의 강력한 지도 아래 종교에 지배되었다.

어린 정태는 성당의 종소리만 들리면 자신도 모르게 고개를 숙이곤 했다. 일주일에 한 번은 빠짐없이 성당에 가서 신부에게 고해성사를 해야 했다. 코흘리개를 갓 면한 어린아이가 특별한 죄를 지을 리 만무했다. 고작해야 욕 몇 번 했다는 정도가 아니었을까. 그러나 정례는 아이들에게 고해성사를 생활화함으로써 그 의식 자체가 주는 두려움을 몸에 배게 만들었다. 정례는 이런 방법으로 자녀들에게 죄를 지으면 안 된다는 의식을 심어주었다.

식탁을 활용한 가르침

대식구라 정례는 매끼마다 평균 15인분의 식사를 준비했다. 모내기 철에는 20~30명이 모를 심고 있어도 식사는 100인분을 마련했다. 늘 상 여유 있게 식사를 준비해야 한다는 것이 그녀의 생활 철칙이었다. 면장의 특징 가운데 첫째가 손님이 많다는 것이다. 마을에서 학식이 깊은 이로 통하는 까닭에 이런저런 일들을 의논하려는 주민들의 발길이 끊이지 않기 때문이었다. 평동면의 사정도 여느 마을과 크게 다를 게 없었다. 그녀는 "우리집에는 누가 언제 찾아오든 밥을 먹을 수 있게 해야 한다"고 단도리를 했다. 이 마을, 저 마을로 떠돌며 장사를 하는 봇짐장사가 늦은 밤 마을로 찾아들어 바깥채에 머물게 될 때에도 거뜬히 밥상을 차려주었다. 정례는 수요를 예측하고 준비하는 것이 얼마나 중요한지를 행동으로 보여준 것이다.

그녀를 보면 가정 교육이 얼마나 막중한지를 알 수 있다. 특히 식솔을 보살피는 안주인답게 식탁과 연관지어 자녀 교육이 저절로 몸에 배도록 가르쳤다. 식객을 위한 식사 준비뿐만 아니라 식사 예법도 집안의 질서를 잡는 데 활용했다. 맏이에 대한 깍듯한 대접이 그것이다.

다른 자녀들과 달리 정태를 위한 상차림은 남편에 버금가는 것이었다. 여섯 아이들은 이런 그녀의 처사에 입을 내밀며 툴툴거렸지만 그녀는 조금도 흔들림이 없었다.

정태는 뭐든지 잘 먹고 편식이라고는 몰랐다. 그런데도 정례는 여름이면 집에서 키우던 닭을 잡아 백삼과 중탕한 뒤 뼈는 버리고 살코기만 발라서 정태에게 먹이곤 했다. 백숙은 통째로 정태의 차지였다. 나머지 아이들은 맏형이 맛있게 먹는 모습을 바라보며 그저 입맛만 다실 뿐이었다. 이런 일은 비일비재했다.

정례는 일곱 남매나 되는 아이들 간의 위계질서를 확실히 잡아주는 일이 무엇보다 중요하다고 생각했다.

'평소 부모가 맏이를 품격을 갖춰 대접하면 아무리 천방지축인 어린 것들이라고 해도 어려워하는 마음이 생길 거야. 그러면 맏이의 권위가 서고, 형제간에 다툼이 생겨도 맏이를 중심으로 해결해 나갈 수 있겠지.'

그녀의 생각은 적중했다. 여섯 형제들은 한결같이 '형님'을 어려워했고 이런 태도는 어른으로 성장한 뒤에도 이어졌다. 반면 '특별 대접'을 받고 자란 맏이는 동생들에 대한 책임감이 강했다. 취직한 정태는 첫 월급을 타기가 무섭게 남동생의 학비 지원에 나섰고, 두 여동생이 교육대학에 진학하는 데 단단히 한몫한 것을 볼 때 정례의 방법이 옳았음을 알 수 있다.

자녀의 술버릇은 부모가 가르쳐라

그녀의 삶을 희망으로 전환시킨 정태는 초등학교 때부터 빼어난 실력을 보이며 상을 휩쓸었다. 그녀는 영특한 맏아들을 도회지 광주로 유학 보내기로 결심하고 이를 실행에 옮겼다. 정태는 전국에서 명문학교로 꼽히는 광주서중학교로 진학했다.

아직 철부지인 아들을 떼어 보낸 정례는 아들이 공부는 잘하는지, 친구는 잘 사귀고 학교 생활도 즐겁게 하고 있는지 궁금한 것이 한두 가지가 아니었다. 그러나 그녀는 학교를 찾지 않았다. 대신 성적표를 꼬박꼬박 챙겼다. 지금도 그렇지만 한국의 어머니들은 자녀의 학교 생활에 대한 관심이 지대하다. 요즘처럼 한 가지에 몰두해 빼어난 실력을 인정받으면 그것으로 앞날을 기대할 수 있는 시대도 아니어서 오직 우수한 학업 성적만이 미래를 기약받을 수 있는 전부였다. 그런 까닭에 어린 자녀를 학교에 맡겨놓은 어머니들은 늘 가슴을 졸였다. 더구나 떨어져 살아 자녀의 일상을 지켜볼 수 없는 경우에는 더했다. 그러니 정례라고 해서 학교를 찾아가고 싶은 유혹과 갈등이 없었을 리 없다. 그런데도 정례가 아들이 전해주는 성적표만으로 모든 궁금증을 대신했던 것은 그만큼 아들을 깊이 신뢰하고 있었던 것이다. 다행히 정태의 성적은 좋았다.

광주제일고등학교로 진학한 정태는 이제 턱밑 수염이 거뭇거뭇해

지고 목소리도 걸걸해졌다. 소년의 티를 벗고 조금씩 청년으로 변해 가는 아들이었지만 그녀는 스스럼이 없었다.

고등학교 1학년이 된 정태가 어느 날 친구 두엇과 함께 고향집을 찾았다. 그녀는 아들 친구들의 밥상을 내오며 막걸리가 가득 담긴 4리터들이 주전자를 함께 건네주었다. 놀란 눈으로 쳐다보는 십대 아이들에게 정례는 서슴없이 말했다.

"막걸리를 반주 삼아 마시면 몸에 좋다니께. 한번 먹어들 봐."

그날 이후 정례는 정태의 친구를 대접할 때마다 약방의 감초처럼 막걸리를 빼놓지 않았다. 어느 날 광주에서 내려온 정태가 안채에서 친구들과 술을 마시고 얼큰하게 취해 있는데 남편이 집에 돌아왔다. 기가 막힌 남편은 "야, 이놈들아 조금만 먹어!"라고 소리치며 안채에서 나가 버렸다. 정례는 그날 남편의 상을 바깥채로 내가야 했지만 그것으로 끝이었다. 식구들은 모두 불호령이 내릴 것이라고 지레짐작하며 살얼음을 걷다시피 했다. 기절초풍할 일이었지만 그녀는 오히려 담대했다. 술에 취한 아들과 친구들 중 누구도 취기를 빙자해 무례한 짓을 하지는 않았기 때문에 내심 별일 아니라고 믿고 있었던 것이다. 남편 역시 이를 크게 문제 삼지 않았다.

정태가 처음 술을 입에 댄 것은 초등학교 4학년 때였다. 아들이 열 살이 넘자 그녀는 이제 아들에게 술을 가르쳐야 한다고 생각했다. 술을 접하는 방법으로 그녀는 음복을 선택했다. 시제를 지내고 음복하게 하고, 제사를 모시면서 음복하게 하며 그녀는 차츰 아들의 주량을 늘려갔다. 제사를 모시는 것은 몸과 마음을 바로하여 고인에게 예를 올리는 가장 경건하고 엄숙한 집안의 행사다. 일가친척이 모인 가운데 정연하게 위계를 갖춰 고인을 추모하는 이 자리는 연세가 지긋한 어른에서 코흘리개 꼬마에 이르기까지 누구나 몸가짐을 가벼이 흐트러뜨릴 수 없게 한다.

'남자가 사회에 나가 생활하려면 술을 마실 수밖에 없다. 그렇다면 일찌감치 술을 제대로 마시도록 버릇을 들여야 해.'

이것이 정례의 결론이었다.

비록 남편과 상의하지는 않았지만 남편도 이심전심으로 그녀의 속내를 짐작하고 있었다. 그래서 아들이 술을 마시는 것에 대해 별다른 잔소리를 하지 않았다. 그렇다고 방조하거나 무관심했던 것은 아니다.

대학교 2학년 여름방학에 정태는 고향을 찾았다. 때마침 친구들은 입대를 앞두고 있었다. 오랜만에 고향 친구들과 만난 정태는 앞으로 몇 년 동안은 볼 수 없으리라는 아쉬움에 젖어 밤새 통음을 했다. '원숭이도 나무에서 떨어질 때가 있다'고 했던가. 웬만큼 술을 마셔서는 끄떡 없을 정도의 주량가로 소문난 정태였지만 이날만은 예외였다. 술을 너무 많이 마셔 몸을 가누기 어려워진 정태는 미처 마루에도 오르지 못한 채 마당에서 잠이 들고 말았다. 해가 머리에 떠오를 무렵 잠에서 깨어난 그 앞에 상다리가 휘도록 엄청나게 잘 차려진 밥상을 놓고 아버지가 기다리고 있었다.

"너 혼자 끊으라고 하려니 도저히 안 되겠다. 둘이 함께 원없이 마시자. 그리고 나서 우리 둘 다 술을 끊자."

1967년 전남 지역에 가뭄 피해가 극심했다. 겨우 모를 심기는 했지만 워낙 가물어서 버티지 못하고 다 타버릴 정도였다. 방학 동안 집안일을 돕자는 생각으로 귀향했지만 방학이 끝나도록 상황은 전혀 호전되지 않았다.

정태는 스승인 서울대학교 상경대 학장에게 편지를 썼다.

"학교에 가야 할 때가 됐지만 집안 형편이 말이 아닙니다. 휴학을 해야겠습니다."

하지만 학장으로부터 온 답신에는 학비는 걱정하지 말고 서둘러 서울로 올라와 공부를 계속하라는 것이었다. 그러나 서울로 올라가는 일이 어디 쉬운가. 당장 손에 들고 갈 생활비도 궁했다. 정례는 아들이 집안 걱정을 하며 좀 더 있겠다고 하자 못 이기는 척 내버려두었다.

9월의 가뭄으로 상황은 더욱 악화되었다. 풍성한 나락을 뽐내야 할 벼들은 비쩍 마르다 못해 타들어 갔다. 거북이 등처럼 이리저리 갈라 터진 논자리는 손가락이 쑥쑥 들어가도록 골이 패였다.

가뭄이 몇 달 동안 계속되던 어느 날 밤, 저절로 얼굴에 웃음꽃을 피게 하는 빗소리가 들렸다. 정태는 뛰어나가 온몸에 소나기를 맞으면서 논에 물대기를 했다. 행여 다른 곳으로 물이 빠져나갈까 봐 손으로 논뚝을 막으며 밤을 꼬박 새웠다. 새벽 내내 굵은 빗줄기를 등에 지고 일한 식구들과 아침상을 받던 아버지는 막걸리병을 들었다.

"고생했다. 이제 술 한잔 먹자."

그날 비로소 정태의 금주령이 풀렸다. 그리고 그날 오후 정태는 서울행 기차를 탔다. 정례는 집안의 돈을 싹싹 긁다시피 해서 정태 손에 쥐어주었다. '눈물의 학자금'이었다. 다행히 등록금은 이미 장학금으로 거의 처리되어 단돈 500원 납부로 정태는 학업을 계속할 수 있었다.

정태의 주량이 최고치에 달한 것은 고등학교 1학년 때로 소주병을 주머니에 넣고 다닐 정도였다. 단 둘이 1.8리터나 되는 소주를 김치를 안주 삼아 비운 적도 있었다. 그렇게 함께 어울려 다니며 술을 마신 정태의 단짝 친구는 훗날 대학에 진학한 뒤 위에 구멍이 뚫렸다고 하니 가히 그 양을 짐작할 만하다. 하지만 어머니의 보살핌 속에 술 마시는 법을 익힌 정태는 평생 술주정과는 거리가 멀었다.

공부하라는 이야기는 하지 않은 그녀이지만 아들의 건강에는 늘 신경을 곤두세웠다. 어릴 때부터 객지에 내놓은 아들인 탓에 더욱 마음이 쓰였다.

"술 적게 먹고, 일 좀 많이 하지 말거라."

모든 일을 스스로 알아서 처리해 나무랄 데 없는 맏이에게 그녀는 오직 이것만을 당부했다. 지금도 그녀는 정태를 보면 이렇게 말하곤 한다. 아들에게 술을 가르친 책임감이 그녀의 의식을 놓지 않고 있는 것이다. 1998년 제2금융권 출신으로 주택은행장이 되어 '금융계의 기린아'로 떠오른 김정태 전 행장은 모두들 불가능하다고 머리를 저었던 국민은행과의 합병을 성공리에 완수하고 초대 행장이 된다. 2004년 국민은행장 임기 만료를 몇 달 앞두고 생전 처음 병원 신세를 지면서 마침내 술과 작별했다.

자녀의 결정에 믿음을 가져라

정례는 정태의 배필이 누가 될지 늘 마음이 쓰였다.

"얘야, 며느리는 내가 고를 테니 넌 그리 알거라."

정례는 아들의 귀에 못이 박히도록 이 말을 들려주었다. 그러나 정작 결혼을 앞둔 아들은 어머니의 선택을 기다리지 않았다. 마음에 둔 여성이 있다는 사실을 어머니에게 '통보' 했다.

군대를 마친 후 직장 생활을 하던 정태에게 어느 날 친구가 넌지시 말을 꺼냈다.

"좋은 여자가 있는데, 한번 만나보지 않을래?"

때로 운명은 우연처럼 다가온다. 스물여덟 살은 상대방에 대한 부푼 기대로 가슴을 설레기에는 늦은 나이였다. 더구나 정태에게는 어린 시절부터 평생 며느리는 당신 손으로 고르겠다는 어머니의 말이 가슴에 깊이 새겨져 있었다. 그런 정태인지라 '만남=결혼' 이라는 것은 상상조차 하기 힘들었다.

그러나 운명이란 자신의 의지를 넘어설 정도로 강력하다. 네 살 아래인 최경진을 본 순간 정태는 운명을 느꼈다. 데이트를 시작한 지 반년 만에 정태는 결혼을 결심했다. 그러나 어머니가 문제였다. 정태는 어머니와 실랑이를 벌이는 것은 시간 낭비일 뿐 누구에게도 득이 되지 않는다고 생각하고 어머니의 의견을 뛰어넘기로 마음먹었다.

"어머니, 11월 6일 결혼식을 올리기로 했습니다. 그러니 바쁘시더라도 시골에서 올라오셔야겠습니다."

정례는 아닌 밤중에 홍두깨를 맞은 격이었다. 순간 제 귀를 의심했다.

"애야, 지금 뭐라고 했냐? 결혼식이라고 했냐? 누가 누구하고 결혼한다는 거냐?"

정례는 소나기처럼 질문을 퍼부었지만 정작 아들은 태연했다. 전화통에 대고 펄펄 뛰었지만 전화기 저편의 아들은 마치 돌부처처럼 꿈쩍도 하지 않았다. 정례는 화살이 시위를 떠났다는 것을 알았지만 서운한 마음은 주체할 길이 없었다. 정례는 떨리는 목소리로 마지막 일격을 날렸다.

"며느리 얼굴 한 번 못 보고, 뉘 집 딸인 줄도 모른 채 날더러 며느리로 맞으란 말이냐? 그럴 수는 없다."

정태는 정례를 설득하기 시작했다.

"어머니, 제 말을 잘 들어주세요. 제가 이렇게 하는 것은 진정으로 어머니를 위해서입니다. 저는 어릴 때부터 색시는 어머니 손으로 고르겠다는 말씀을 듣고 자랐습니다. 제가 왜 어머니의 깊은 속마음을 모르겠습니까? 그렇지만 제가 이렇게 자라 곰곰히 생각해 보니 오히려 그렇게 하는 것이 어머니에게 짐을 더 지울 수 있다는 것을 깨달았습니다. 어머니께서 골라주신 규수와 잘살면 그것처럼 다행한 일이 없지요. 그러나 세상일을 어떻게 알겠습니까? 만에 하나, 화목하게 살지 못하면 부모 탓을 하게 되지 않겠습니까? 저도 어머니께 미리 신부감을 선보이고 허락을 얻고 싶었지요. 그러나 일이 뒤틀리면 서로 원망만 쌓일 뿐입니다. 그래서 제가 결정하는 것이 옳다는 결론을 내렸습니다. 제가 처를 골랐으니 스스로의 결정에 따른 책임 또한 제가 지는 것입니다. 제 결혼으로 인해 먼 훗날에도 어머니와 제가 불편해질 일은 전혀 없게 되는 것이지요. 제 뜻을 아시겠죠?"

정례는 아들의 깊은 속내를 헤아렸다. 그녀가 아들을 사랑하는 것만큼이나 아들도 자신을 사랑하고 있음을 절절히 느꼈다. 그녀는 마침내 마음을 결정했다.

"오냐, 알았다. 그날 내가 서울로 올라가마."

당시 정태는 서울 정동 덕수초등학교 근처에서 30만 원짜리 전세를 살고 있었다. 1974년 서울의 한옥 한 채 값은 400만 원 정도였다. 정태는 다니던 조흥은행에서 200만 원을 대출받은 뒤 상사(양재봉 대신금융그룹 회장)의 개인담보로 200만 원의 추가대출을 신청했다. 대출만으로 집을 사겠다는 담 큰 생각이었다. 결혼식을 하루 앞두고 아슬아슬하게 마지막 대출금을 받아 정태는 꿈을 현실로 바꾸었다.

하지만 400만 원의 이자는 녹녹하지 않았다. 당시 그의 월급은 10만 원에 연간 보너스가 1,000퍼센트로 적지 않은 소득이었지만 매달 이자 지출로 휘청거렸다. '빚'에 대한 중압감은 신혼 부부를 자린고비처럼 알뜰살뜰 쪼개 쓰도록 만들었다. 1년 뒤에 개인담보대출 200만 원을 상환하고, 1층은 상가, 2층은 살림집으로 된 2층집으로 이사를 했다. 번듯한 집을 보고 고향 사람들은 정태가 큰 부자가 된 것으로 여길 정도였다.

3년 뒤에 정태는 다시 집을 팔았다. 서울 사당동 신혼집으로 시작한 집에 대한 투자 결산은 20평짜리 집 한 채와 현금 1,000만 원이었다. 비록 화려했던 겉모양에 비해 초라한 결산이었지만 학창 시절 그의 목표였던 '서울의 집 한 채와 현금 1,000만 원'은 달성했다. 더욱이 그 시간은 다른 이들에 비해 상대적으로 짧았다. 정태의 이런 실력은 정례의 '아랫돌 빼서 윗돌 고이는' 계주 솜씨와 닮았다.

정례의 살림 솜씨는 빼어났다. 비록 면장이라는 직함이 있었지만, 이것이 실질적으로 생활에 보탬이 되는 것은 아니었다. 집안을 꾸려가는 살림 밑천은 중농 규모의 벼농사였다. 벼농사에 가계 경제가 매달려 있는 만큼 학교 등록금을 제 날짜에 맞춰내는 것이 말처럼 쉬운 일이 아니었다. 하지만 정례는 자식들이 학비에 쪼들리게 만들지 않았다. 벼농사가 수입의 전부라는 것은 1년에 한 차례 수확한 쌀을 내다 파는 것이 소득의 전부라는 것을 의미한다. 연간 소득밖에 없는 형편임에도 정례는 다달이 들어가는 생활비며 분기마다 돌아오는 자녀들의 학비를 귀신처럼 맞춰냈다. 주판알을 굴리거나 종이에다 덧셈 뺄셈으로 한가득 숫자를 늘어놓지 않고도, 또 달력에 그 흔한 동그라미 표시 하나 없어도 정례의 머릿속 메모장은 완벽했다.

정례는 계주를 도맡았다. 계를 운영하며 아랫돌 빼서 윗돌 고이는 능력이 탁월했다. 계원들의 돈을 모아 셈을 맞추느라 끙끙대는 정례를 보고 자식들은 '왜 계주를 해서 사서 고생을 하느냐'고 툴툴거렸지만 정례는 아랑곳하지 않았다.

정례가 계주를 도맡은 데에는 이유가 있었다. 계주는 1번과 끝번을 차지하는 권한이 있다. 이 두 몫 가운데 마지막 몫은 그간 수고했다는 의미인지라 돈을 따로 붓지 않고 계를 탄다. 계주 몫인 1번은 다른 번호에 비해 곗돈 부담은 컸지만 단 한 번 계돈을 붓고 몫돈을 타서 굴리는 만큼 기간도 길고 이자 수입을 얻기도 수월했다. 그러나 계원들의 번호 순서대로 계를 타게 해주면서 각각의 몫을 계산해 내는 일은 그렇게 만만하지 않다. 만일 곗돈을 탄 뒤 줄행랑을 놓거나 다 써버려 빈털털이라며 뒤로 나자빠지는 계원이라도 생기면 계주가 뒷감당까지 도맡아야 했다. 권한과 책임을 함께 지는 것이다.

정례는 복잡한 계산법을 피하지 않고 이리저리 줄타기하는 식으로 많은 계를 운영하며 이 돈으로 자녀들의 교육 밑천을 삼았다. 넉넉하지 않은 자본으로 몫돈을 만들어 그것을 굴리고 다른 사람들의 돈을 관리하는 것까지 도맡느라 정례의 머리는 쉴 틈이 없었다. 정례에게 수학적 재능이 상당했음을 짐작케 하는 대목이다. 일반적으로 여성은 언어 능력이 뛰어나고 수학적 능력이 뒤쳐진다고 하는데 정례는 반대였다. 물론 곗돈이 제때 들어오지 않아 계가 깨지는 것을 막기 위해 대신 물어내는 일도 적지 않았다.

"계는 곧 신용이여. 계주에 대한 '신뢰'가 깨어지면 모든 게 끝장이라니께."

정례는 손해 보는 것을 두려워하지 않았다. 그녀는 철저하게 신용을 쌓는 일에 최선을 다했다. 그 덕분에 정례는 계주로서 신망을 얻어갔고, 많은 계를 운영할 수 있었다.

중·고등학교 시절 정태의 성적은 뛰어났기 때문에 남편은 의과대학에 진학해 의사가 되기를 바랐다. 아들은 법대 진학을 희망했지만 남편은 이를 완강히 반대했다. 대학을 마치면 면허증을 획득해 평생 직업이 보장되는 의사와는 달리, 대학을 졸업해도 '사법고시'라는 또 하나의 힘든 산을 넘어야만 비로소 앞길이 열리는 것이 법대였기 때문이다. 정태가 최종적으로 서울대학교 상대로 방향을 튼 것은 부친과의 갈등을 수습하려는 일종의 타협의 산물이었다. 정태는 왜 하필 상대를 타협점으로 떠올렸을까? 정례의 지난 삶의 궤적을 훑다 보면 답이 나온다. '타협의 우연한 결과'가 아니었던 것이다. 정태의 더운 피 속에 흐르는 정례의 DNA가 영향력을 발휘했다고나 할까?

하지만 아무리 정례의 살림 경영 능력이 탁월했다고 해도 일곱이나 되는 자식들 뒷바라지를 부족함 없이 해주기란 처음부터 불가능한 일이었다. 더욱이 도회지로 유학을 떠난 자녀들의 교육비를 대는 일은 더더욱 쉽지 않았다. 그래서 정례는 일찌감치 자녀들에게 학비와 필수 생활비만을 대어주기로 선을 그었다. 자녀들에게 돈이 부족한 것은 당연했다. 그러나 정례는 추호도 틈을 보이지 않았다.

"용돈까지 달라는 것은 염치없는 짓이다. 스스로 벌어서 써야 하느니."

이런 정례의 금전 교육은 훗날 정태로 하여금 돈벌이와 관리에 대한 인식을 남들보다 먼저 눈뜨게 만들었다.

당시 정태는 학생 과외로 용돈을 벌어 썼다. 그러나 고향에 머무는 방학 동안에는 과외를 할 수 없었다. 정태는 농사 품앗이로 돈을 계속 벌어야겠다고 마음먹었다. 그러나 노동의 대가는 균등하지 않았다. 대학생인지라 반품만 주겠다고 했던 것이다. 부당하다고 생각한 정태는 이에 맞섰다.

"온품을 주세요. 제가 더 젊어서 기운도 좋고 열심히 하잖아요."

온품을 받기 위해 정태는 몸이 부서지도록 일했다. 돈을 더 달라고 한 만큼 농사꾼보다 잘해야 된다는 생각에서였다. 그리고 하루 일을 하고 나서 다음 날 다시 일감을 받기 위해서이기도 했다. 그러나 사실 농사라는 게 보기에는 쉬워 보여도 막상 하기에는 쉽지 않은 일이 태반이다. 모내기도 마찬가지였다. 하루 종일 모내기를 하고 나면 온몸이 욱신거렸지만 정작 일솜씨는 형편없었다. 농사꾼에 비해 작업 속도가 현저히 늦었던 것이다. 더구나 모내기는 한 줄로 나란히 서서 매는 협동의 노동이다. 정태의 설익은 손질은 옆사람까지 고생하게 만들어 완전히 앓아 눕게 할 정도였다. 품삯이 모이기는커녕 오히려 남에게 손해 끼친 것을 갚아주기에 급급했다. 도회지 학생은 농사일에는 건달임을 인정하지 않을 수 없었다. 정태는 몸에 익지 않은 서툰 일로 돈을 벌려고 덤비면 오히려 손해라는 사실을 뼈저리게 느낄 수밖에 없었다.

정태는 농사일은 포기했지만 놀고 있을 수만은 없었다. 정례의 교육은 자연스럽게 시골에서도 나름대로 돈 벌 궁리를 거듭하게 만들었다. 정태는 개천이 많다는 것에 착안해 물고기를 잡아 팔기로 했다. 한꺼번에 많이 잡을 수 있는 고기잡이 방법이 필요했다. 궁리 끝에 그는 쫄대를 활용해 물고기를 잡기로 했고 결과는 대성공이었다. 정태는 '고기잡이 선수'가 되었다.

훗날 그가 금융전문 경영인으로 확고하게 자리잡을 수 있었던 것은 이처럼 잘할 수 있는 것과 그렇지 않은 것을 냉철하게 분석해 내고 새로운 방법으로 도전하는 모험심과 결단력에서 힘입은 것이다. 목표를 달성하기 위해 새로운 방법을 개발하는 창의적 발상은 이런 과정을 거쳐 그의 자연스런 습관이 되었다.

'실패는 성공의 어머니.'

'부족하면 채워라.'

'필요한데 없다면 개발해서 활용하라.'

정례는 생활 속에서 이런 적극적인 도전 의식을 아들에게 심어주었다.

희망을 심는 수호천사

정례는 평생 검소하게 살았다. 남편이 면장이었지만 그녀는 혼자서 살림을 다했고, 치장이라고는 몰랐다. 그 흔한 회갑연이나 칠순 잔치에도 식구들만 모여 조촐하게 지냈다. 금융계의 성공한 CEO로, 아시아의 대표적 금융인으로 명성을 누릴 당시 맏아들이 사회의 시선을 의식해 정례에게 "우리끼리 잔치합시다"라고 할 때도 그녀는 묵묵히 따랐다. 친지나 이웃의 행사라면 발벗고 나섰던 정례인지라 간단한 산술로는 손해 보는 일일 수도 있고, 아는 이들에게 자랑하고 싶은 마음도 있었으련만 한 번도 그런 기색을 내비치지 않았다. 맏손자인 김 전 행장의 큰아들이 구민들에게 무료로 빌려주는 서울 대치동 복지회관에서 조촐한 결혼식을 올리기로 했을 때에도 그녀는 선선히 동의할 정도였다.

정례의 집안은 대대로 장수하는 가문이다. 그녀의 어머니 홍복순도 100세를 훌쩍 넘기고 3년 전 작고했다. 가톨릭 교도였던 그녀의 어머니는 서울 상계동 성당의 가장 나이 많은 교우로 꼽혔다. 어머니는 타고난 건강과 명랑함을 지니고 있었다. 게다가 약주도 좋아하고 노래부르기를 즐겼으며 우스갯소리도 곧잘 해 인기가 높았다. 그런 어머니를 두었음에도 정작 정례는 낙천적이 아니었다. 더욱이 정례는 건강도 이어받지 못했다.

스무 해 전 쯤 정례는 남편과 함께 정태를 찾아 서울로 이사했다. 그렇게 자랑스러워했던 맏이와의 생활을 신이 질투한 것일까. 10여 년 전 남편이 세상을 뜬 뒤 그녀에게 노년 우울증이 찾아왔다. 깊어지는 우울증의 진행 속도를 늦추기 위해 가족들이 안간힘을 쓰고 있지만, 한 번 찾아온 병마를 물리치기에는 역부족이었다. 길을 잃기 쉬워 혼자서는 외출도 하지 못하면서도, 아직도 아들을 위해 따뜻한 밥을 손수 준비할 정도로, 희미한 의식 속에서도 정태는 또렷하게 자리잡고 있다.

정례와 아들의 인연의 끈은 아주 강력하게 이어져 있는 듯하다. 2004년 5월 3일 김정태 전 행장은 고려대학교병원에 입원했다. 그때까지 병원 신세를 진 적이 없을 만큼 건강이라면 자신했던 그였다. 그날따라 그는 깊어가는 어머니의 병환으로 마음이 무거웠다. 사는 게 바빠 어머니를 자주 찾지 못했다는 자책과 함께 초조함마저 느꼈다. 만사를 젖히고 그는 어머니와 병원 신경과를 찾았다. 정례가 진료를 받는 동안 그도 몸살 약이나 받을 요량으로 내과 진료를 신청했다. 담당의사는 그에게 엑스레이 촬영을 권했고, 촬영을 끝내고 진료실로 돌아왔을 때 담당의사는 보이지 않았다. 한참을 기다리던 그는 밀린 사무 처리를 위해 사무실로 돌아왔다. 일은 그후에 터졌다.

그의 왼쪽 허파 3분의 1이 이미 기능을 잃어버린 상태였다. 진단 방사선과 전문의는 즉시 입원을 권고했지만 열흘 후 노무현 대통령을 수행해 미국에 가야 했기에 망설였다. 병원 측의 강권에 떠밀려 입원한 그는 세 시간 후 호흡이 가빠지며 의식을 잃었다. 급성폐렴이었다.

"하도 오랜만에 효도를 해서 하늘이 살려주었나 보다 하고 생각했습니다."

그러나 어쩌면 '효도' 보다는 자신의 목숨이 붙어 있는 한 '고마운 아들'을 반드시 지키겠다는 정례의 의지가 하늘에 통한 건 아니였을까.

'수호천사' 정례가 정태에게 깊숙이 심어준 것은 따로 있다. 그것은 희망이다. 그녀는 아들에게 평생 자신에 대해 긍정적 이미지를 지니고 살게 했다. 아들의 가슴에 새겨진 어머니의 말씀은 "너는 잘될 것이다. 걱정하지 마라"다. 긍정의 힘으로 그는 그에게 닥쳤던 많은 고난과 맞섰다. 1998년 8월 동원증권 사장에서 주택은행장으로 전격 발탁됐을 때만 해도 은행권에서는 부정적 시각이 많았다. 더욱이 주택은행은 부실투성이였다. 그는 특유의 자신감으로 몰아부쳐 불과 1~2년 만에 국내 정상급 은행으로 올려놓았다. 3,000억 원의 적자를 감수하고 대규모 부실을 턴 과감한 결정과 허명 속에 허우적거리는 대우에 대해 여신을 1조 원 이상 회수하는 조치 등은 당시 은행권으로서는 상상하기조차 힘든 일이었다.

"요즘 같은 변화의 시기에 CEO의 최고 목표는 회사를 생존시키는 것이다. 생존이란 안정적이고 평탄한 상태를 말하는 것이 아니다. 사업에는 그런 상태가 없다. 지금보다 나아지지 않으면 쓰러질 뿐이다."

이것이 '금융개혁 전도사'인 그의 생각이었다.

정례는 대식구를 이끌며 바람 잘 날 없는 세월을 보냈다. 식솔들이 끼니 걱정을 하지 않고 자신의 일에 열중할 수 있도록 뒷바라지를 하는 그녀의 삶은 참으로 고단했다. 큰 걱정, 작은 걱정이 늘 정례의 머리를 떠나지 않았다. 여느 어머니들처럼 학비를 낼 때가 다가오면 한숨이 늘었고, 주름이 깊어졌다. 돈이 되는 것이라면 단 한 푼이라도 벌이가 될 수 있도록 안간힘을 썼다.

그런 그녀가 정태에게 낙천성을 길러줄 수 있었던 것은 아들에 대한 믿음이 확고했기 때문이다. 영특한 정태는 뛰어나게 공부를 잘했을 뿐 아니라 그 또래 아이들처럼 싸움을 하거나 투정을 부리는 등 말썽을 피우는 일이 거의 없었다. 이런 아들의 모습을 보며 정례는 큰아들에 대한 믿음을 키웠다. 그 믿음은 정태가 자라서 사업에 실패했을 때에도 여전히 지속되었다.

모두 불가능할 것으로 보았던 주택은행과 국민은행의 합병을 성공할 수 있게 터전을 닦고, 관치금융으로 낙인 찍힌 한국의 은행을 주주가치 극대화와 은행이익 최우선 경영 방침으로 이끌어 외국계 투자자들로부터 '시장 수호자'로 평가받았던 김정태 전 행장. 보수적인 금융계를 탈바꿈하게 만들었던 그 힘을 정례가 키워주었던 것이다.

실패를 가르치고 격려하라

거스 히딩크 감독은 태극전사들의 사령탑으로 2002년 월드컵 4강 진출의 신화를 이룩해 대한민국의 영웅이 되었다. 우리나라와 인연을 맺은 수많은 외국인들 가운데 가장 널리 사랑을 받은 외국인으로 꼽히는 인물이기도 하다. 그는 이렇게 말했다고 한다.

"축구는 실패의 스포츠다."

한 경기 안에서도 수없이 반복되는 패스미스, 이편 저편 가릴 것 없이 90분 내내 골문을 두들겨도 그물망을 출렁이게 하는 경우는 몇 손가락을 꼽기조차 힘든 것이 바로 축구이기 때문이라는 것이다. 그러나 그라운드를 누비는 선수들은 그 실패를 맛보며 다음을 준비한다. 같은 실패를 반복하지 않으려고 노력하는 것, 그것이 축구가 지닌 매력이 아닐까.

실패와 실수는 다르다. 실패와 실수는 원하는(또는 목표로 한) 것을 결과적으로 얻지 못했다는 점에서는 같다. 그러나 그 과정은 커다란 차이가 있다. 실수란 충분히 해낼 수 있음에도 불구하고 부주의 등으로 일을 그르치는 것을 의미한다. 그러나 실패는 최선을 다했음에도 불구하고 소기의 성과를 얻을 수 없기도 하다. 또한 실수란 작은 일에서 종종 빚어지는 것이지만 실패란 상대적으로 큰일, 또는 더 의미가 있는 일에서의 결과를 얻지 못하는 것이기도 하다. 그런 까닭에 누구나 실패를 두려워한다. 현실적으로도 실패를 만회하기는 쉬운 일이 아니다. 그래서 자녀들을 실패를 두려워하지 않게 키워내는 일이 더욱 어려운 것이다.

그러나 훌륭한 어머니들은 자녀들로 하여금 실패를 통해 배울 수 있는 기회를 부여했다. 그리고 실패에 좌절한 자녀들을 격려했다.

농구의 신동이라 불리는 마이클 조던이 고등학교 농구팀에서 잘렸다는 사실은 잘 알려져 있다. 뿐만 아니라 조던은 그가 뛰고 싶어했던 노스캐롤라이나 주립대학에서도 퇴짜를 맞았다. 그를 선택할 수도 있었던 NBA 두 팀 또한 그를 선발하지 않았다. 그의 농구 인생 초반은 실패의 연속이었다. 그러함에도 그는 일어섰고 농구계의 우상으로 자리매김할 수 있었다.

조던이 고등학교 팀에서 잘렸을 때 그의 상심은 이만저만이 아니었다. 이런 조던에게 어머니는 "다시 처음으로 돌아가 열심히 훈련하라"고 격려했다. 그는 어머니의 말에 따라 학교에 가기 전에 연습하려고 오전 6시에 집을 나섰다. 노스캐롤라이나대학에서도 그는 끊임없이 자신의 약점인 수비와 볼 핸들링, 슈팅을 보강하기 위해 노력했다. 코치는 다른 누구보다도 열심히 연습하는 그의 의지에 깜짝 놀랐다. 언젠가 팀이 시즌의 마지막 경기에 패배한 뒤에도 조던은 몇 시간 동안 슛을 연습했다. 그는 다음 해를 준비하고 있었던 것이다. 그의 끈덕진 연습은 전설로 내려온다.

"정신적 강인함과 가슴은 당신이 가질 수 있는 육체적 장점 몇 가지보다 훨씬 더 강하다. 나는 언제나 그렇게 말하며, 언제나 그렇게 믿어왔다."

조던이 말하는 성공의 비결이다. 만일 어머니가 그에게 실패를 두려워하지 않는 법을 가르치지 않았다면, 과연 조던이 이런 성장마인드세트를 지닐 수 있었을까.

그러나 상당수의 부모들은 자녀의 실패에 대해 비난하고, 심지어 조롱까지 한다. "잘난 척하더니, 그렇게 될 줄 알았어!"라고 말하는 경우가 얼마나 많은지 헤아려보면 아마 스스로도 놀라지 않을 수 없을 것이다. "그 좋은 머리에 고작 이 정도냐!" 하는 식으로 대한다면 아이들은 더 이상 자라지 못한다.

미국 대통령을 지낸 제럴드 포드는 학창 시절 경기에서 지면 낙담하곤 했다. 그러면 어머니인 도로시 가드너 포드는 "앉아서 손이나 비틀고 있지 말거라. 다음 경기를 생각해야지" 하고 격려와 자극을 아끼지 않았다. 훗날 포드는 어머니를 회상하며 이렇게 말했다.

"어머니의 그 말은 내가 대통령 선거에서 졌을 때도 해당되는 말이었다. 나는 주저앉아서 슬퍼하고 괴로워하지 않았다. 어머니는 늘 내게 새로운 삶, 새로운 경기가 있다고 확신시켜 주었다."

ⓒ 최상규

최 . 명 . 순

오연호 오마이뉴스 대표이사의 어머니

Theme 09

오연호

1964년 전남 곡성에서 태어나 연세대학교 국문과를 졸업했다. 1998년 월간 「말」 기자로 시작해 워싱턴 특파원으로 활동했으며, 미국 리전트대학에서 저널리즘으로 석사학위를 받았고 서강대학교에서 박사과정을 마쳤다. 10년 이상 기자로 활동하면서 진보적 시각과 치밀한 취재를 바탕으로 한 독특한 기사를 써온 그는 2000년 상근기자 4명, 뉴스게릴라 727명으로 구성된 인터넷신문 「오마이뉴스」를 창간해, 세계 언론계의 주목을 받았다.

「오마이뉴스」

금세기 세계 언론사의 신화로 자리매김하고 있는 인터넷 언론매체의 문패다. 100여 년이 넘는 우리나라의 근대 신문사를 뒤적여도 일간지 단위에서 영자로 발간되는 신문을 제외하고 유일하게 발견할 수 있는 영어 이름이기도 하다.

문패만 그런가? 아니다. 「오마이뉴스」에는 '포토 뉴스' 도 있고 '카툰', '디카' 도 있다. 영어가 세계 공용어처럼 되어 있는 넷 세상의 기류로 살피건대 새삼스러울 일은 전혀 아니다. 오히려 놀라움은 맨 아랫단에 눈을 멈출 때다.

잉걸뉴스 : 잉걸은 순 우리말로 나무에 불이 붙어 이글이글 거리고 있는 상태를 말합니다.

생나무 : 생나무는 「오마이뉴스」 편집부가 정식 기사로 채택하지 않은 기사입니다. 생나무에 대한 명예훼손 책임은 전적으로 기사를 작성한 기자

에게 있습니다. 밤 8시부터 아침 8시까지는 편집부의 검토를 거치지 않은 경우 제목만 볼 수 있습니다.

지구촌 전령사를 자처하는 뉴미디어에 생뚱맞게 웬 한글인가? 더구나 한국에서 태어나고 자란 이 시대의 한국인이라도 자세한 풀이까지 곁들여야만 비로소 이해할 수 있는 순 우리말이라니, 인터넷에 푹 빠진 네티즌이라면 더욱 이상할 터였다. 더욱 놀라운 것은 이런 단어가 겉치레로 활용된 것이 아니라는 사실이다. 「오마이뉴스」호의 선장 오연호 대표이사가 어린 시절 함께 일하던 어머니와의 추억이 깃들어 있는 것이다.

노동의 고귀함을 알게 하다

아침상을 대강 치운 최명순이 부엌을 나서며 둘째 아들을 불렀다.

"우리 연호, 학교 가야지."

그녀의 두 손에는 방금 아궁이를 빠져나온 검은 운동화가 쥐어져 있었다.

'아이쿠, 벌써 어머니가 부르시네.'

조금만 더, 조금만 더 하고 속으로 되뇌이며 따스한 아랫목에 깔린 이불 속으로 발을 디밀고 있던 연호는 화들짝 자리를 떨치고 일어났다. 운동화의 온기가 찬바람에 조금이라도 덜 식으려면 서둘러야 했기 때문이다.

코흘리개 연호가 다니는 압록초등학교는 집에서 4킬로미터나 떨어진 곳이었다. 조그만 발로 십 리를 걸어가야 겨우 모습을 드러내는 학교는 겨울 길에는 더욱 멀기만 했다. 바람이라도 매섭게 부는 날이면 학교 갈 일이 까마득해 한숨부터 나왔다. 어린 연호는 방 안에 조금이라도 더 머물기 위해 늑장을 부리거나 꾀를 부리기도 했다.

‘어린 것이 얼마나 발이 시러울까이. 무작정 빨리 학교 가라고 재촉하는 것이 능사는 아니어.’

명순은 아들의 마음을 달래줄 비법을 찾았다. 아침밥을 짓고 난 아궁이 속을 들여다보며 그녀는 손뼉을 쳤다. 나무가 타고 재만 남은 아궁이는 연호의 작고 귀여운 까만 운동화를 덥히기에는 안성맞춤이었다.

명순이 댓돌에 신발을 내려놓기가 무섭게 연호는 운동화에 발을 쑥 집어넣었다. 매운 바람을 이길 만한 변변한 겉옷도 없었지만 훈훈해진 발가락은 추위를 잊게 하기에 충분했다. 들판을 가로지르는 겨울 바람을 씽씽 가르며 연호는 학교를 향해 달리기 시작했다.

명순의 연호에 대한 사랑은 특별했다. ‘운동화 덥혀주기’도 오직 연호에게만 해당되는 특별 대접이었다. 특별히 영계백숙이라도 상에 오르는 날이면 으레 닭 다리 하나는 연호 차지였다. 명순이 싸고도는 연호를 다른 형제들이 곱게 볼 리 없었다.

그러나 워낙 애지중지했기 때문에 드러내놓고 타박을 주지는 못했다. 연호는 그녀에게 가장 소중한 존재였다. 워낙 밖으로 돌아다니는 남편인지라 얼굴 보기가 하늘에 별 따듯 했기 때문에 어린 연호가 오히려 그녀에게는 심리적인 위안이 되었는지 모른다.

명순은 18세에 전라남도 곡성군 죽곡면 용정리로 시집왔다. 아들만 넷 있는 집안의 맏이인 남편 오종근은 21세였다. 농사를 짓는 오씨네는 논농사가 10마지기, 밭농사는 7마지기 규모로 머슴 한 명이 일손을 돕고 있었다.

명순도 죽곡면 태생으로 딸만 여섯 있는 집의 셋째였다. '딸 부잣집의 셋째는 눈감고 데려간다'고들 한다. 초등학교를 졸업하고 집안일을 돕고 있던 명순에게도 주위에서 며느릿감으로 눈독을 들였다.

명순의 집에서는 대를 잇기 위해 양아들을 들였다. 이런 집안의 분위기를 보고 자란 그녀인지라 아들에 대한 소망이 클 수밖에 없었다. 더구나 농사일에는 남성의 노동력이 절대적으로 필요했다. 그녀는 결혼을 한 뒤 평균 3년 터울로 일곱 남매를 낳았다.

당시는 영아 사망율이 높았던 때였다. 병원도 부족했고, 약품도 비싸 어릴 때 병에 걸려 죽는 경우가 흔했다. 웬만한 집치고 어릴 때 자식 한두 명 잃어본 경험이 없는 집이 드물었다. 더구나 한국전쟁을 겪은 직후여서 집집마다 다산 풍조가 팽배했다. 대를 이을 아들을 서너 명은 두어야 마음을 놓곤 했다.

그러나 그녀의 욕심과는 달리 아들을 많이 낳지 못했다. 슬하의 일곱 남매 중 다섯이 딸이었다. 결혼한 지 2년 후 명순은 첫아들을 낳았다. 일곱 남매 중 다섯째인 연호는 32세에 출산한 둘째 아들이었다. 11년 만에 둘째 아들을 얻고서도 출산을 계속해, 두 딸을 더 얻은 뒤에야 아들 욕심을 접었다.

연호는 다섯 명의 여자 형제 틈에 끼어 유일한 남자로 어린 시절을 보냈다. 형은 거의 볼 기회가 없었기 때문이다. 바짝 마르고 눈에 힘이 있어 날카로워 보이는 그이지만 정작 말문을 열면 예상외로 부드럽고 다감하다. 그가 부드러운 성향을 갖게 된 것도 여자 형제들과 어울려 지낸 어린 시절의 영향 때문인지 모른다.

연호가 초등학교에 들어가기도 전에 형은 읍내로 나가 생활했다. 집에서 가장 가까이 있는 중학교가 곡성군에 있는 학교였던 까닭이었다. 3년 후 맏아들이 곡성중학교를 졸업하자 명순은 그를 광주공업고등학교로 진학시켰다. 광주에서 자취를 하던 맏아들은 주말에 집에 왔다가 월요일이면 부리나케 새벽밥을 먹고 광주로 돌아갔다. 어린 연호가 형의 얼굴이나마 보는 것은 이때가 전부였다. 연호는 외아들 아닌 외아들이 되었던 셈이다.

그러나 그녀는 여느 어머니와는 달랐다. 정작 일에 있어서는 사정을 두지 않았다. 어린 연호였지만 그 나이에 걸맞은 노동을 요구했던 것이다.

시골 어머니들이 그렇듯 명순은 논농사도 짓고 밭농사도 지었다. 영농화 작업이란 꿈도 꾸기 어려웠던 시절이라 씨뿌리기에서부터 수확까지 모든 일이 노동으로 이루어졌다. 그녀는 열심히 일했다. 시부모와 시동생들, 그리고 머슴이 함께 농사일을 거들었지만 부족한 일손을 메우기에는 턱없이 부족했다. 세월이 흐르면서 시동생들은 결혼해 살림을 차려 나가고, 머슴마저 떠나 그녀를 도울 일손이 절실했다. 열 살 무렵의 연호는 거친 일을 할 수 있는 유일한 남자였다.

"연호야, 이제부터 너는 리어카를 끌거라."

연호는 눈을 둥그렇게 뜨고 명순을 쳐다보았다.

'내 몸집의 몇 배나 되는 리어카를 끌라니……. 내가 잘못 들은 게 아닐까?'

연호의 마음을 읽은 듯 명순은 단호하게 말을 이었다.

"리어카를 끄는 것은 남자가 하는 일이어. 아직 어린아이이긴 해도 너는 남자여. 우리집에서 너 말고 리어카를 끌 사람은 없다니께."

그날부터 손수레는 연호의 차지가 되었다.

연호를 기다리는 일은 또 있었다. 학교에서 돌아오면 연호는 어머니와 함께 산으로 가서 땔감을 마련했다. 땔나무와 물만 있으면 얼어죽거나 굶어죽지는 않을 수 있던 시절이었다. 땔감은 그만큼 중요했다. 더구나 겨울철에 대비하려면 미리미리 땔감을 쌓아둬야 했다.

동네 뒤에도 바로 산이 있었지만 나무다운 나무를 하려면 십 리나 되는 천덕산까지 가야 했다. 산까지 가는 것도 쉽지 않았지만, 돌아오는 길은 더욱 힘겨웠다. 지게에 한 짐 가득 땔나무를 지고 내려오는 연호를 앞세우고 명순이 뒤따랐다. 1미터 50센티미터가 될까말까한 작은 체구의 명순이 커다란 나뭇짐을 머리에 이고 걸을 때면 땔나무에 가려 아예 그녀의 모습은 보이지도 않아 마치 나뭇짐이 혼자 걷는 듯했다. 더구나 명순은 손도 빨랐다. 보통 사람들은 한나절 일을 해서 땔감 한 짐을 만드는데 명순은 그 네 배를 해냈다. 한나절이면 보통 네 짐을 만드는 그녀의 모습을 보고 장정들도 혀를 내둘렀다.

마른 체구여서 연약해 보이는 아들인데도 주어진 일을 마다하거나 꾀를 부리지 않았다. 더욱이 여느 집 아이들처럼 꼴 베기며 나무하기 같은 일들을 다 하면서도 학업 성적이 뛰어났다. 그런 연호를 명순은 깊이 신뢰했다.

'저 애는 정말 든든해.'

명순은 연호가 학업을 위해 집을 떠난 뒤에도 주말이나 방학을 이용해 집에 오면 마치 기다렸다는 듯 일을 시켰다. 연호가 고등학교

2학년을 마칠 때까지 그녀의 노동 교육은 계속되었다.

부지런함에 당할 자는 없다

명순 부부는 장성한 자식이 다 떠난 고향집을 지키며 살고 있다. 농사 일로 잔뼈가 굵은 명순은 나이가 든 지금도 잠시도 쉬지 않을 만큼 부지런하다. 그것도 마지못해 하는 게 아니라 신명나게 일한다. 2년 전 잇몸에 생긴 암세포 제거 수술을 받은 이후에도 그녀의 생활 태도는 여전하다. 부부의 질긴 인연이 세월 속에 녹아든 탓일까, 나이가 들면서 명순과 남편은 비슷해졌다.

그러나 젊은 시절 남편은 명순과 반대였다. 전형적인 한량 스타일이었던 그는 양봉으로 꿀농사를 지으며 절기마다 꽃피는 지역을 찾아 돌아다녔다. 이따금 한 번씩 집을 찾는 것이 고작이었다. 명순은 이런 남편에게 아예 눈을 감았다. 게다가 남편의 성품은 무뚝뚝한 편에 가까워 홀로 남겨진 명순의 고달픔을 헤아려주지 못했다. 남편의 빈자리는 휑했다. 그러함에도 연로한 시부모를 공양하는 일은 그녀의 몫이었다. 이런 명순의 마음을 아는지 모르는지 시어머니의 매운 시집살이는 한결같았다. 오직 시아버지만이 명순을 다독이며 아껴주었다.

명순은 누구에게도 눈물을 보이지 않았다. 남편에 대한 야속함을 이기기 위해 명순은 마치 일에 걸신이라도 들린 듯 낮에는 밭농사로, 밤에는 길쌈으로 쉬지 않고 일했다.

"어머니, 그만 주무세요."

연호의 말은 언제나 대답 없는 메아리가 되어 돌아왔다. 제풀에 지친 연호는 베틀에 매달린 엄마를 두고 쓰러져 잠이 들곤 했다. 연호는 초등학교를 졸업할 때까지 늘 '베틀 자장가'를 들었다.

'달카닥, 달카닥.'

리듬이 실린 베틀 소음만이 농촌의 적막을 깼다. 어린 연호의 기억 속에 고이 잠든 어머니의 모습은 없었다.

'작고 가냘픈 어머니에게서 지칠 줄 모르고 끊임없이 솟아오르는 저 힘은 대체 어디서 나오는 걸까?'

연호는 늘 궁금했다.

한번은 베를 팔러 가는 새벽 4시까지 일을 했다. 자다 깬 연호가 보니 명순은 그때까지 베틀에 앉아 있었다.

'빨리 짜서 팔아야 아이들을 키울 수 있다.

명순의 머리에는 오직 그 생각뿐이었다.

"어머니 쉬엄쉬엄 하세요."

연호의 말에 명순은 웃으며 대답했다.

"일하는 게 바로 쉬는 거지."

명순은 단신에 마른 체구였지만 강골이었다. 어쩌면 정신력이 그녀를 그처럼 강인하게 만들었을지도 모른다. 눈앞에 고물거리는 고만고만한 자식들을 보며 명순이 아플 새가 있었을까? 어쩌면 그녀에게는 몸져 눕는 것이 사치였을지도 모른다.

그러나 그토록 작은 체구가 황우장사 못지 않은 힘을 발휘했다는 것은 생계 유지의 절박함만으로 설명하기는 부족하다. 다이너마이트의 불꽃처럼 그녀의 모터를 돌리는 원동력은 따로 있었다. 일 욕심이었다.

명순의 일 욕심은 대단했는데 그와 관련된 일화가 한 가지 있다.

마을 한쪽에 닥껍질 채취장이 있었다. 가로 5미터, 세로 3미터 규모로 마치 트럭만 한 아궁이에 닥다발을 수십 개씩 집어넣고 쪄내는 곳이었다. 쓰임새가 많은 닥껍질을 채취하려면 닥나무를 쪄야 했기 때문이다. 이 대형 아궁이에 연기가 오르기 시작하면 그 속은 단 수초를 견디기가 힘들 정도로 뜨거워져 마치 지옥의 불구덩이와 같았다.

뜨거운 열기와 자욱한 수증기로 앞을 분간하기도 어려운 이곳은 마을 사람들에게 짭짤한 부수입을 가져다주는 천국이기도 했다. 찐 닥나무에서 껍질을 벗기고 남은 나무는 각자의 차지였다. 이 나무는 아주 훌륭한 땔감이라서 사람들은 저마다 닥나무 다발을 많이 차지하려고 북새통을 이루었다. 하지만 워낙 '지옥의 불구덩이' 같았기 때문에 그곳은 남자들 차지였다.

그러나 명순은 이곳을 지나치지 않았다. 아니, 누구보다도 적극성을 보였다. 불을 끄기가 무섭게 뛰어들어야 닥나무 다발을 건져올 수 있는 이 치열한 경쟁 속에서 명순은 결코 뒤지지 않았다. 남자들도 두 다발 정도 확보하면 흡족한 기색이었지만 명순은 아니었다. 작고 가냘픈 체구의 명순은 불을 끄는 기미가 보이면 쏜살같이 달려가 다른 사람들을 젖히고 여러 차례 드나들며 많은 닥나무 다발을 챙기곤 했다. 동네 장정들을 무색하게 만들 만큼 수북하게 다발이 쌓일 때마다 명순의 입은 저절로 벌어지며 얼굴에 웃음이 만발했다.

오연호 대표가 「말」지 기자 시절은 물론, 「오마이뉴스」가 세계 언론으로부터 주목받는 대상으로 성장한 지금까지도 일벌레로 정평이 난 것은 이런 명순을 떠올릴 때 전혀 새삼스러운 일이 아니다.

명순에게서 더욱 놀라운 면은 타의 추종을 불허하는 인내심이다. 밖으로만 도는 남편에게 명순은 결코 싫은 내색을 하지 않았다. 그리고 자식들 앞에서 남편에 대한 원망을 단 한마디도 한 적이 없다. 오히려 입에 침이 마르도록 추켜세웠다.

"주위를 둘러봐라. 쉰 집밖에 더 돼냐? 이런 산골 벽지에서 자식을 셋이나 대학교에 보낸 집이 또 있드냐? 다 니들 아버지가 요량이 뛰어났기 때문이여."

장성한 자녀들이 가정을 돌보지 않는 아버지를 비판이라도 할라치면 오히려 명순은 쌍지팡이를 들고 남편을 방어했다.

"니들이 뭘 안다고 그냐? 아무리 그래도 니들 아버지 같은 사람이 없다. 니들은 아버지 반만 좇아가도 훌륭하다는 소릴 들을 것이어."

연호가 곡성중학교에 진학하자 명순은 큰아들처럼 읍내로 보냈다. 용정리에서 학교가 있는 읍내까지 20킬로미터는 족히 되었다. 동네에서 학교가 있는 읍내까지 다니는 버스가 있기는 했지만 하루 두 번 정도 다니는 것이 고작이었다. 명순은 연호에게 자취를 하라고 했다. 큰아들은 이미 육군3사관학교에 가 있었기 때문에 연호는 혼자서 생활할 수밖에 없었다.

명순은 큰아들에 대한 기대가 컸지만 돈이 없었기 때문에 대학에 보낼 수 없었다. 아무리 명순이 몸이 부서져라 일을 해도 농사를 지어 대학 학비를 대기에는 너무나 버거웠다. 명순은 큰아들을 설득했다. 큰아들은 혼자 힘으로 집안을 꾸려가는 명순의 설득을 받아들여 학비가 무료인 육군3사관학교를 선택했다.

세 딸은 중학교 졸업으로 만족해야 했다. 고등학교 진학은 꿈도

꿀 수 없었다. 중학교를 졸업한 후 세 딸은 서울로 올라와 공장에 취직했다. 훗날 연호를 대학에 보낼 수 있었던 것은 딸들의 지원 덕분이었다. 그 시대의 딸들이 그러했듯 명순의 세 딸도 한 푼을 쪼개 쓰며 돈을 모아 연호의 학비에 보탰다.

그러나 훗날 연호의 두 여동생은 대학을 졸업했다. 이런 것을 보면 명순이 '딸은 덜 배워도 된다'는 남성우월적 사고를 가지고 있었던 것은 아니었던 듯하다. 다만 가난이 그녀로 하여금 어쩔 수 없이 누군가는 희생할 수밖에 없다는 판단을 내리게 했던 것 같다.

자녀에 대한 믿음은 자녀를 더욱 큰 사람으로 만든다

연호는 중학교 3학년이 되자 새 자취방으로 이사했다. 땔감으로 나무를 쓰는 시골의 집들과는 달리 읍내에서는 연탄을 때고 있었다. 그러나 구들장을 놓고 완벽하게 마무리를 하는 집들이 많지 않아 연탄가스 중독사고가 심심치 않게 일어났다. 어느 때에는 한방에서 잠자던 일가족이 모두 깨어나지 못했다는 뉴스가 잇달아 터지기도 했다. 연호가 이사하는 날, 명순은 서둘러 집을 나섰다.

이삿짐을 다 부리고 난 뒤 명순은 연호에게 말했다.

"오늘은 형네 자취방에서 자고 학교에 가거라."

"왜요? 모처럼 어머니도 오셨는데 같이 있을 게요."

"안 된다. 새 방에는 오늘 내가 가서 잘 테니께 너는 내일 학교 끝나고 그리로 오너라."

명순은 싫다는 연호를 억지로 보내고 혼자 이사한 방으로 갔다. 냄새를 맡아보았지만 연탄가스가 새는 것 같지는 않았다.

‘이래도 모를 일이어. 밤을 보내봐야 확실하지.’

다음 날 아침 새 자취방에서 눈을 뜨고 나서야 명순은 비로소 마음을 놓았다.

‘이제 연호를 불러와도 되겠구먼.’

연호가 자취방을 옮길 때마다 명순의 ‘밤샘 점검’은 거르지 않고 시행되었다. 뒤늦게 연호는 어머니의 마음을 알아챘다.

그러나 명순은 아들의 공부에 대해서는 간섭하지 않았다. 특별히 배움이 깊지도 않고, 미래를 내다볼 만큼 세상을 알지도 못한다는 것을 스스로 잘 알고 있었기 때문이다. 다행스럽게도 혼자 크다시피 한 연호는 영특해 공부를 곧잘 했다. 어린 나이에 객지에 혼자 나와 있었지만 기가 죽거나 하지도 않았다. 지금껏 한 번도 말썽을 피워본 적도, 속을 썩힌 적도 없는 아들이 아닌가.

‘스스로 알아서 잘하것지.’

그녀는 아들을 믿었고 그런 어머니에게 아들은 우수한 성적표로 응답했다.

명순은 고등학교에 진학하는 아들을 곡성에서 벗어나게 해야겠다고 생각했다. 동네 사람들도 “공부 잘하는 아이들은 도회지로 보내야 한다”며 명순의 결심을 재촉했다. 곡성중학교에서도 연호는 단연 뛰어났다. 곡성고등학교에 보내는 것보다 순천의 명문 고등학교로 보내라고들 했다.

‘그래, 순천으로 보내자. 이나저나 주말에 집에 오는 것이 전부 아녀. 어차피 떨어져 지내는데 도회지라고 해서 다를 것 없제. 애기도 한 3년 혼자 살아봤으니 특별히 잘못 될 일은 없겠제.’

명순은 아들이 바란다면 순천으로 유학을 보내기로 마음먹었다. 순천고등학교는 알아주는 명문이었다. 고등학교 평준화로 서울에서는 이미 고등학교 입시가 없어졌지만 지방의 명문 고등학교 가운데에는 시험을 부활한 곳이 있었다. 순천고등학교도 그중 하나였다. 연호는 시험을 쳐서 합격했다.

'이제 고등학생이니께 공부가 더 힘들것제.'

명순은 그동안 주말마다 집을 찾던 아들에게 이제부터는 오지 말라고 통고했다. 살림을 도맡고 있는 그녀인지라 매주 아들을 보러 가지는 못했지만 틈틈히 짬을 내 아들을 보러 갔다.

사춘기에 접어든 연호는 도회지의 색다른 공기에 쉽게 빨려들었다. 문예반 활동은 연호에게 새로운 세계에 눈뜨게 했다. 그는 닥치는 대로 소설책을 읽었다. 소설 속에 깔린 무한한 상상력은 사춘기 소년의 가슴을 설레게 했다. 순천여자고등학교 문예반 학생들과 나누는 문학 이야기는 그의 가슴을 뛰게 했다. 삶의 고동이었다. 그의 재능이 진가를 발휘하기 시작했다. 문학소년 오연호는 교내 백일장과 순천시 백일장에서 당당히 입상했다. 그러다 보니 자연히 교과 공부는 뒷전이었다.

문학에 심취해 있었던 연호는 고등학교 2학년이 끝날 무렵 비로소 대학 진학을 생각했다. 문학을 하더라도 대학에서 전문적인 수업을 받아야 한다는 생각이 점점 굳어졌다. 뒤늦게 돌아본 성적은 자신이 보기에도 한심스러웠다. 아주 잘했을 때가 고작 중간 정도였기 때문에 이런 성적으로는 대학 문턱을 넘을 수 없다는 위기감이 밀려왔다. 돌파구가 필요하다고 생각한 연호는 주말에 집으로 내려갔다.

"아버지, 저 꼭 대학을 가고 싶습니다."

아버지와 담판을 짓겠다는 각오로 연호는 말문을 열었다.

"대학을 가겠다면 공부를 열심히 하면 되지 않느냐?"

"공부할 수 있는 환경을 갖추는 것이 중요합니다. 제가 지금껏 자취를 해왔는데 이래서는 대학 가기 어려울 것 같아요. 밥을 해먹기가 귀찮아서 라면만 먹으니 몸이 부실해졌어요. 고3 때 공부는 결국 체력입니다. 오래 책상에서 버티는 사람이 이기게 되어 있어요. 그러니 1년만 하숙을 시켜주세요."

"안 된다. 네가 정신이 약해서 그런 소리를 하는 게 아니냐. 네가 꼬박꼬박 밥을 챙겨 먹으면 될 일을 가지고 왜 돈을 쓰겠다는 거냐."

연호가 아무리 떼를 써도 아버지에게는 소용이 없었다. 연호는 집을 뛰쳐나가 밤늦게까지 돌아오지 않았다.

부자가 나누는 대화를 귀동냥으로 듣고 있던 명순은 속으로 눈물을 흘렸다. 오랜만에 본 아들은 애처로울 정도로 비쩍 말라 있었다. 퀭한 눈과 누렇게 뜬 얼굴은 아무리 자신을 닮아 마른 체격이라고 해도 여태까지 이렇게 여윈 적은 없었다. 한창 자랄 나이라 무쇠도 씹어 먹는다는 청년의 혈기는 찾아볼 수 없었다.

하숙은 자취에 비해 돈이 많이 들어서 아무리 적게 잡아도 6~7배는 족히 되었다. 자취를 할 때는 집에서 농사지은 것들로 먹거리를 해결할 수 있었기 때문이다.

이런 현실을 아는 명순인지라 남편의 반대를 탓할 수도 없었다. 뻔한 집안 형편에 도회지에서 공부시키는 것만도 버거운데, 하숙비까지 감당하기는 불가능했다.

그 순간 명순의 뇌리에 얼마 전 들렀던 연호의 자취방 모습이 떠올랐다. 구들장이 제대로 놓이지 않아 불 기운이 전혀 들지 않는 탓에 웃목, 아랫목이 따로 없이 차디찬 방에서 추위로 잔뜩 웅크린 채 새우잠을 자며 밤새 끙끙 앓던 연호였다. 먼지투성이인 담요를 겨우 덮어쓰고, 두 사람의 체온으로 방 안의 공기를 덥혀야 했었다. 그런 집에 아들을 두고 떠날 때 얼마나 가슴이 쓰라렸던가. 그러나 아들은 불평 한마디 하지 않았다. 그런 아들이 이제 '대학을 가기 위해서 1년만 투자해 달라'고 하는 것이다.

명순은 자신이 나서기로 결심했다.

"따뜻한 방에서 더운 밥 한번 제대로 못 먹이며 키운 아들이에요. 그렇다고 언제 저 아이가 말 한 마디 하던가요. 원없이 대학이라도 갈 수 있게 한 번만 밀어줍시다."

걸핏하면 집을 비우는 남편에게 투정은커녕 말대꾸 한 번 하지 않았던 그녀였다. 그동안 참고 견뎌왔던 서러움과 푸념을 녹여 명순은 남편에게 통사정을 했다.

얼마나 지났을까. 남편은 마침내 "알아서 해라"라며 말문을 닫았다. 승낙이었다.

명순은 연호를 찾아 나섰다. 울컥한 심정으로 집을 뛰쳐나갔던 아들은 망연자실한 채 동네를 서성이고 있었다.

"당장 순천으로 올라가그라. 하숙집을 구하려면 서둘러야 할 것 아니여."

자취에서 하숙으로의 전환은 성공이었다. 연호는 보상이라도 하듯 밤낮을 가리지 않고 책상에 매달렸다. 성적은 눈에 띄게 향상되었고 연호는 연세대학교에 거뜬히 합격했다.

'진즉 하숙을 시켜줄걸. 빨리 하숙을 시켰더라면 건강도 좋아지고 공부도 더 잘했을 텐데.'

명순은 두고두고 이 일이 가슴에 한으로 남았다.

의연함으로 어려움을 이겨내다

아들이 전공을 놓고 고민할 때나 사회로의 진출을 놓고 망설일 때 명순은 더 이상 힘이 될 수 없었다. 한계에 부딪혔던 것이다. 그러나 여전히 그녀는 강인했다. 운동권 학생의 어머니로서도 그녀는 강인함을 잃지 않았다.

벽지 출신이 서울에서 번듯한 대학교를 다니는 것은 집안의 경사일 뿐 아니라 마을의 자랑거리로 여기던 시절이었다. 그만한 인물이라면 대학을 졸업하고 사회에 나가면 출세가도를 달려 명예와 부를 한손에 거머쥐리라 믿었다. 연호에 대한 마을과 집안의 기대는 그래서 대단했다.

누나 집에서 기거하면서 연세대학교를 다니던 연호는 4학년이 되자 총학생회의 간부가 되었다. 총학생회는 우리 사회 민주화운동을 이끄는 전위부대의 사령탑이었다. 당시 학생운동에 가담한다는 것은 안온한 미래를 포기한다는 것과 같은 의미였다.

대학에 입학한 후 우리 사회의 민주화에 심각한 의문을 갖게 된 연호는 자연스레 학생운동에 가담했다. 그는 대학 시절 내내 학생운동과 노동운동을 했다.

눈앞에 어머니 얼굴이 아른거리며 부모의 기대에 부응할 수 없다는 것이 늘 그를 괴롭혔다. 생각 끝에 연호는 민주화운동을 한다는 사실을 가족에게는 철저히 비밀에 붙이기로 했다. 다행히 집에서는 눈치를 채지 못했다.

그는 총학생회 교육부장이었는데 당시 교육부장은 새로 만들어진 직제였다. 학생운동 조직에서 핵심은 기획부장이었다. 그런데 기획부장만 되면 경찰에 단골로 잡혀가는 통에 직책을 교육부장으로 살짝 눈가림을 했던 것이다.

학생회 간부가 된 이후 연호는 밖에서 밤샘을 하는 일이 잦아졌다. 서울에 유학 오며 신세를 지게 된 누나 집에도 어쩌다 한 번 들를 정도였다. 그때마다 연호의 옷에서는 최루탄 냄새가 진동했다.

'어머니, 아무래도 연호가 이상해요. 한번 서울에 올라오셨으면 해요.'

불안에 사로잡혀 전전긍긍하던 딸은 마침내 명순에게 연락을 보냈다. 의논 끝에 남편이 가보기로 했다. 서울 지리에 밝은 남편은 다짜고짜 연세대학교 총학생회 사무실로 들이닥쳤고 사태를 직감했다.

명순은 내심 연호에 대한 기대가 컸다. 더구나 그녀에게 연호는 '항상 예쁜 짓만 하는 자식'이 아닌가. 소에게 먹일 꼴을 베고, 리어카를 끄는 등 온갖 노동을 마다하지 않으면서도 공부가 뛰어났다. 연호에 대한 명순의 신뢰는 그런 만큼 더욱 절대적이었다.

아들이 학생운동을 한다는 사실을 남편에게 전해들은 명순은 가슴이 철렁 내려앉기는 했지만 연호에게 나쁜 일이 일어나지는 않을 것이라고 확신했다.

다음 날 그녀는 아들에게 연락을 했다.

"아버지에게 네 말 들었다. 네가 처신을 잘할 것이라고 믿는다만 세상이 험하니 걱정이 된다. 어미가 바라는 것은 오직 한 가지다. 몸조심하그라."

그러나 전두환 정권은 이들을 그대로 내버려두지 않았다. 명순은 1986년 아들이 경찰에 붙잡혀 감옥에 가게 됐다는 소식을 들었다. 이른바 '중·고등학교 의식화 편지 사건'이다. 전국의 중·고등학생에게 총 4만 장의 편지를 보내 전두환 정권이 왜 나쁜지, 한미 관계가 왜 불평등한지를 알린 것이다. 1985년 그와 절친한 대학 친구가 주한 미 문화원에 침입한 사건에서 충격을 받은 연호가 미국은 우리에게 무엇인가를 고민한 결과물이었다. 이 일로 연호는 법원으로부터 1년의 징역형을 선고받았다.

믿었던 아들이 범죄자로 낙인찍혀 감옥살이까지 하게 된 이 엄청난 사건에도 불구하고 명순은 단 한 번도 재판정을 찾지 않았다. 아들의 부탁 때문이었다.

'어머니, 이렇게 된 모습을 보여드리게 되어 정말 송구합니다. 그러나 어머니는 저를 믿으실 것이라고 생각합니다. 어머니가 약한 모습을 보이시면 제 마음 또한 약해질 것입니다. 그리운 어머니, 보고픔은 하늘에 닿습니다. 하지만 어머니, 재판정에는 오지 말아 주세요. 만약 어머니가 저 때문에 눈물을 흘리시거나 마음 아파하신다면 저는 평생 어머니에게 드린 고통과 상처 때문에 괴로워할 것입니다. 저의 나약함을 보고 싶지 않으시거든, 제가 선택한 이 길을 마음 편히 갈 수 있도록 해주세요.'

오매불망 그리던 아들이 차디찬 감방에서 수형 생활을 한다는 것은 상상만으로도 충분히 고통스러웠다. 그러나 그녀는 아들의 당부를 잊지 않았다.

'그 착해빠진 것이 학생운동을 한다면 틀림없이 뭔가 있을 거여. 암, 그렇고말고. 그 애는 옳지 않은 일을 한 적이 없어.'

그녀는 자신이 당당해져야 한다고 마음먹었다. 동네 사람들이 수군대거나 등 뒤에서 손가락질을 해도 의연해야 한다고 다짐했다.

곡성군 죽곡면 용정리는 아주 작은 동네다. 명순이 시집와 둥지를 튼 이후 오랫동안 마을은 50가구를 맴돌았다. 지금은 그나마도 줄어 40여 가구에 불과하다. 그런 까닭에 마을 사람이라면 너나 할 것 없이 누구네 집에 숟가락이 몇 개인지까지 훤히 꿰고 있을 정도였다. '손바닥만 한'이란 표현이 딱 들어맞는 작은 마을이다.

당시 내무부(현 행정자치부의 전신)는 오랫동안 범죄가 일어나지 않은 마을에는 좋은 동네라는 뜻으로 '범죄 없는 마을'이라는 팻말을 세워주었다. 용정리 역시 전국에서 손꼽히는 범죄 없는 마을이었다. 마을 사람들은 내무부가 세워준 이 팻말을 자랑스럽게 여겼다. 그런데 이 마을에서 처음으로 범죄자가 나온 것이다. 이유야 어찌 됐든 마을 사람들에게 미안한 일이 아닐 수 없었다. 그러나 고개를 숙일 수는 없는 노릇이었다.

'내 아들이 깡패여서 붙잡혀 간 것도 아니고, 남의 돈을 떼먹고 줄행랑을 놓다가 걸린 것도 아니제. 누구 맘 아프게 해서 징역을 사는 것도 아니니께.'

그녀는 의연함을 보이느라 더욱 악착같이 일했다. 만약 몸져 눕기라도 하면 당장 아들 때문에 속을 끓여 병이 난 것이라고 소문이 날

게 뻔했다. 명순은 아플 수조차 없었다.

전두환 정권이 막을 내리고 노태우 정권이 들어서며 연호는 특별 사면으로 풀려났다. 명순의 가슴은 묵은 체증이 한꺼번에 내려가는 듯했다. 명순은 만나는 사람마다 붙잡고 들뜬 목소리로 말했다.

"우리 아들이 전두환 씨 반대해서 잡혀 있었는디, 이제 풀려났구만요."

동네 사람들은 박수를 치거나, 그녀의 손을 잡으며 자기 일처럼 기뻐했다. 연호가 민주화운동을 하다가 감옥에 갔다는 사실은 동네에서도 알고 있었다. 그녀 또한 이웃 사람들이 아들이 한 일에 대해 어렴풋하게나마 짐작하고 있다는 것을 느끼기는 했다. 그러나 명순은 연호가 범죄자가 아니라는 사실을 확실하게 못박아 두고 싶었다. '범죄 없는 마을'의 팻말을 떼어내게 한 장본인의 어미로서 동네 사람들에게 지고 있던 마음의 부채도 날려버리고 싶었다. 한나절 내내 그녀는 이웃 사람들만 보면 같은 말을 되풀이하고 또 되풀이했다. 그날 동네 사람들은 한 마음으로 "착한 오씨 집 아들을 감옥에 보낸 전두환 씨는 나쁜 사람"이라고 낙인찍었다.

명순은 결혼하여 자녀들이 떠나간 뒤에도 시골집을 지키고 있다. 밖으로 돌던 남편은 21년 전 고향에 다시 돌아왔다. 하늘의 뜻을 비로소 헤아리게 된다는 지천명의 나이를 넘기고서 부부는 처음 인연을 맺었던 때처럼 한지붕 아래서 얼굴을 마주하며 세월을 보내고 있다. 자식들은 제사나 명절 때 고향집을 찾는 것이 고작인데도 명순은 용정리를 떠나려는 생각을 해본 적이 없다.

오연호 대표이사는 "나에게 커다란 영향을 미친 두 사람"으로 그의 어머니 명순과 아내 유정희를 뽑는다.

"어머니는 나에게 인내와 노동(일)을 물려주었다. 어떤 어려움도 참고 견딜 수 있는 힘과 지치지 않고 일에 몰입하는 에너지는 근원적으로 어머니의 유전인자다. 아내는 나에게 결단력과 강인함을 심어주었다. 중대한 전환점마다 내가 주저하지 않고 판단을 내려 그것을 이끌어가도록 해주었다."

덕성여자대학 2학년 학보사 기자로 처음 만나 3년의 연애 끝에 결혼한 정희는 연호가 인생에서 결정적인 계기를 맞을 때마다 그의 결단을 도왔다.

그의 첫 전기는 미국 유학이었다. 「말」지 기자로서 7년을 넘어갈 무렵 '어, 이게 아닌데……' 하는 생각이 찾아들기 시작했다. 만족감이 차츰 줄어들었던 것이다. 미국을 체험해 봐야 현재의 미흡함이 채워지리라는 판단이 섰다. 돌파구의 필요성을 절감했지만 현실적인 어려움이 너무 컸다.

"언제까지 그런 식으로 고민만 할 거예요. 결심을 하세요. 고민만으로 해결되는 일은 없어요. 시간만 흐를 뿐이죠. 제가 보기에 당신은 충분히 생각했어요. 결정을 내려야 해요. 우리 가족이 먹고살기위해 나도 무엇이든 할 수 있다는 것을 당신이 기억해 줬으면 해요."

아내는 방황하는 그에게 재충전을 재촉했다.

1995년 그는 「말」지 최초의 워싱턴 특파원이 되어 미국으로 떠났다. 월급 10만 원에 기사게재시 고료로 200자 원고지 1장당 4,000원을 받는 조건이었다. 이 돈으로는 학비는커녕 생활도 하기 힘들었다. 아내도 팔을 걷어부쳤다. 서울순대국집에서 접시닦이로 나섰다.

3년간 미국에 머물며 버지니아 주 리전트대학교에서 저널리즘을 공부했다. 이때 수강했던 수업이 후일 「오마이뉴스」의 밑그림을 잡는 데 결정적인 기여를 했다. 그의 흥미를 당겼던 '언론의 판도를 어떻게 바꿀 것인가', '매체를 어떻게 창간할 것인가'를 연구하는 강좌의 공이었다.

1999년 12월 31일 연호는 「말」지에 사표를 냈다. 뉴미디어, 그 가운데에서 인터넷을 활용한 대안미디어에 눈을 돌린 까닭이다. 수익 모델이 없어 망설이던 그를 아내가 채찍질했다.

"누구나 안심하고 투자할 수 있는 여건이 된다면 우리에게 기회는 오지 않아요. 위험 부담이 큰 만큼 우리에게는 기회가 될 수 있어요. 사는 데 큰 욕심을 부리지 않는다면 뭘 하든 먹고살 수는 있어요. 그러니 결심하세요."

그러나 인건비가 문제였다. 고급 인력인 기자들의 월급을 무슨 수로 감당하랴. 궁리 끝에 '게릴라 기자'에 생각이 미쳤다. '모든 시민은 기자다!' 이것이 그의 생각이었다. 누구나 기사를 쓸 수 있게 하고, 이를 취사 선택하는 권한을 편집국이 갖는 방식이었다. 그러나 과연 실제로 동조하는 사람들이 얼마나 될지 막막했다. 그의 아내는 다시 한 번 그를 재촉했다.

"분명히 성공할 수 있어요. 기사를 쓰고 싶어하는 사람들이 얼마나 많은데요. 문제 없어요."

2000년 2월 22일 그는 「오마이뉴스」를 창간했다. '주요 언론에 소외된 사람들이 만드는 언론'은 기성 언론에 접근할 수 없었던 시민들의 폭발적인 참여로 이어지면서 세계 언론계의 신화로 자리매김하게 된다.

2004년 세계적 언론인으로 오연호가 금의환향하던 날, 명순은 아들의 모습을 보기 위해 집을 나섰다. 그의 초청 강연회가 열린 곡성군민 대강당은 이 마을이 낳은 세계적 명사를 지켜보려는 이들로 가득 찼다. 강연 일정을 묻던 연호의 부친은 끝내 모습을 보이지 않았다. 참석을 종용할 때마다 부끄럽기도 하고, 아들이 하는 말이 무슨 말인지 알아듣지도 못할 터이니 안 가겠다고 손사래를 치던 명순은 강연이 끝날 때까지 강당의 한 자리를 당당히 지키며 자랑스런 아들을 지켜보았다.

명순의 건강은 타고났다. 그러나 어쩌면 그만큼 정신이 강인했던 결과였을 수 있다. 일은 그녀에게 시름을 잊게 했고 돈을 벌어주기도 했다. 그녀인들 감기에 걸리지 않고 몸살 한 번 나지 않은 적이 있을까만, 연호의 기억 속에 '몸져 누운 엄마'는 없다.

그런 그녀가 처음으로 병원 신세를 진 것은 최근이다. 2004년 3월 5일 명순은 세브란스에서 잇몸에 생긴 암으로 수술을 받았다. 다행히 생명에는 지장이 없었지만 암은 볼에서 잇몸까지 퍼져 있어 수술이 불가피했다.

농사꾼으로 평생을 살아온 명순은 하늘의 뜻에 순응하며 살아왔다. 삶만큼 자연스럽게 죽음을 받아들였던 그녀였지만 죽음이 가까이 와 있다고 느끼면서 비로소 죽음이 두려운 존재로 변했다. 명순은 일주일간의 병원 신세를 끝내고 집으로 돌아가 원기를 회복하고서야 비로소 예전의 활기를 되찾았다. 그러나 예전처럼 몸을 던져 일하는 것은 그만두었다. 평생 흙과 함께 살아온 그녀는 지금도 논과 밭에서 일을 하고 있지만 농사일은 이전의 절반으로 줄였다.

일에 대한 강인한 애착으로 지칠 줄 모르고 힘이 솟았던 명순이었지만 그녀는 결코 남자보다 힘센 '억척 여장부'가 아니었다. 삶이 그녀로 하여금 다른 이들을 속이게 한 것이라고나 할까.

자녀에 대한 믿음을 잃지 마라

현대의 걸출한 인물들을 키워낸 어머니들의 공통점은 긍정적이라는 것이다. 이들은 가난이란 단지 불편한 것일 뿐이라고 여긴다. 이 책에 등장하는 어머니들도 그랬다. 홀어머니로 온 가족의 생계를 책임져야 하는 상황에서도 어머니들이 보인 자세는 한결같았다. 이들은 가난에 굴복하지 않았을 뿐 아니라, 좌절하지도 않았다. 암담한 현실 속에서도 그들의 눈은 희망의 빛을 보고 있다. 이같은 그들의 내면적 힘의 원천은 긍정적 사고에 있다.

드와이트 아이젠하워 미국 대통령의 어머니 아이다 아이젠하워에게도 이런 모습을 찾을 수 있다. 여섯 아이들은 여러 번 대물림해 누덕누덕 헤진 옷을 입고 학교에 갔다. 드와이트도 어머니의 낡은 신발을 신고 학교에 갈 정도였다. 그러나 확고한 믿음과 타고난 낙천주의로 아이다는 아이들에게 열망과 기회를 이야기하고, 자신감과 잘 웃는 특성까지 물려주었다. 결국 아이들은 열망을 이룰 기회를 붙잡고 성공했다.

어머니는 자식을 두 번 낳는다. 한 번은 자궁으로, 다른 한 번은 가슴으로 낳는다. 물리적 탄생인 자궁의 출산과 정신적 탄생인 가슴의 출산은 한 사람으로 성장하는 데 중요한 원천이 된다.

어머니의 긍정적 사고는 바로 가슴의 출산과 맞닿아 있다. 이는 자녀 교육을 통해 자녀에 대한 신뢰로 나타난다.

영화 감독이자 제작자인 스티븐 스필버그의 어머니 레아는 아들이 아주 많은 호기심과 상상력을 가졌다는 것을 알고 그의 유별난 행동을 통제하지 않았다. 스필버그는 학교를 지옥처럼 여겼다. 당연히 성적은 바닥을 기었고, 그는 정규대학도 가지 않았다. 그러나 그는 누구보다 대중의 사랑을 받는 영화를 만들어내 'C학점의 천재'라고 불린다. 스필버그는 학교에서 4년 내리 C학점만 받은 아주 평범한 아이였다. 공부에 열중하는 대신 늘 외톨박이로 공상에 잠겨 있었다. 누구도 눈여겨보지 않았지만 어머니만은 아들이 다른 아이들과 다르다는 믿음과 그것에 대한 긍정적 기대를 버리지 않았다. 이런 어머니의 신뢰가 오늘의 스필버그를 낳은 것이다.

소설가 최인호의 어머니 손복녀도 평생 자식들에 대한 믿음을 잃지 않았다. 최인호는 어릴 때 학교에 가기 싫으면 가지 않았다. 심지어 어머니 허락을 얻지 않고 직접 집에서 도장을 챙겨 결석계에 찍은 뒤 학교에 제출했다. 그러나 그녀는 걱정하지 않았다. 어머니가 자식이 잘못된 방향으로 나가지 않을 것이라고 믿어주는 만큼 스스로 잘 자랄 것으로 생각한 것이다.

정신과 의사들은 어떤 직업에서든 자신감이 성공에 이르는 가장 기본적인 요소라고 말한다. 성격과 동기는 다를지언정 정상에 오른 사람들은 한결같이 자기 자신을 믿는다. 아이의 자신감을 길러주는 데 밑받침이 되는 것은 자녀에 대한 어머니의 무조건적인 사랑이다. 자신감은 어린 시절 어머니와 아이 사이에 존재하는 정서적 유대 관계에서 시작된다. 안정되고 위안이 되는 존재는 믿음을 주고, 믿음은 자신감으로 발전되며, 나아가 다른 사람들에게 믿음직스러운 존재가 된다. 전문가에 따르면 아이의 성격은 다섯 살 무렵까지 형성된다고 한다. 이는 어머니에게 막중한 책임이 있다는 것을 뜻한다.

자녀에 대한 열정에서 둘째가라면 서러워할 메리 하디는 웨스트포인트 입학시험을 치러 가는 맥아더에게 이렇게 말했다고 한다.

"너는 네 자신을 믿어야 된다. 그렇지 않으면 어느 누구도 널 믿지 않을 것이다. 자신감을 가지고 독립적이 되어야 한다. 설령 네가 합격하지 못한다 할지라도 최선을 다했으면 된다. 이제 가서 시험을 치거라!"

　"어머니 같은 후원자는 없다. 옳건 그르건 어머니의 관점에서는 아들이 항상 옳다."

　전 미국 대통령 해리 트루먼이 은퇴 후 남긴 말이다.

© 최상규